ॲल्केमिस्ट

ॲल्केमिस्ट

पाओलो कोएलो

अनुवाद : मदन सोनी

MANJUL

मंजुल पब्लिशिंग हाउस

First published in India by

MANJUL

Manjul Publishing House

Corporate and Editorial Office

• 2nd Floor, Usha Preet Complex, 42 Malviya Nagar, Bhopal 462 003 - India

Sales and Marketing Office

• C-16, Sector 3, Noida, Uttar Pradesh 201301, India

Website: www.manjulindia.com

Distribution Centres

Ahmedabad, Bengaluru, Bhopal, Kolkata, Chennai,
Hyderabad, Mumbai, New Delhi, Pune

First published as "O Alquimista" in Portuguese by Editora Rocco Ltd.

Hindi translation of *The Alchemist* by *Paulo Coelho*

This edition first published in 2020
Sixth impression 2022

ISBN 978-93-90085-19-4

Translation by Madan Soni

Cover design © Laura Beers & Jim Tierney

Printed and bound in India by Thomson Press (India) Ltd.

कीमियागर (ॲल्केमिस्ट) के लिए,
जो महान कृतित्व के रहस्यों को
जानता है और उनका उपयोग करता है।

बिना पाप-कर्म के गर्भ में आयी हे मेरी!
हमारे लिए प्रार्थना कर कि हम तेरी ओर मुड़ सकें।
आमीन!

अब जब वे अपने गन्तव्य की ओर चले जा रहे थे, तो उन्होंने एक गाँव में प्रवेश किया और मार्था नामक एक स्त्री ने अपने घर में ईसा का स्वागत किया।

उसकी एक बहन थी, मेरी, जो प्रभु के चरणों में बैठकर उनके उपदेश सुनने लगी।

लेकिन मार्था अपने मेहमान की सेवा में बहुत व्यस्त और व्यग्र थी; और वह उनके पास पहुँची और बोली,

– हे प्रभु, क्या आपको इसकी कोई परवाह नहीं कि मेरी इस बहन ने आपकी सेवा के लिए मुझे अकेला छोड़ दिया है? उससे कहिए कि वह मेरी मदद करे!

लेकिन प्रभु ने उसे जवाब दिया,

– मार्था, मार्था, तुम बहुत-सी चीज़ों को लेकर चिन्तित और परेशान हो, लेकिन मेरी ने अच्छी भूमिका चुनी है, जो उससे छीनी नहीं जा सकती।

ल्यूक, 10, 38-42

अनुक्रमणिका

प्रस्तावना

जब *द अॅल्केमिस्ट* का प्रकाशन 1988 में मेरे अपने देश ब्राज़ील में हुआ था, तो इसकी ओर किसी का ध्यान नहीं गया था। देश के उत्तर-पूर्वी कोने के एक पुस्तक-विक्रेता ने मुझसे कहा था कि पुस्तक के जारी होने के पहले सप्ताह में मात्र एक व्यक्ति ने यह पुस्तक ख़रीदी थी। पुस्तक की दूसरी प्रति से छुटकारा पाने में पुस्तक-विक्रेता को अगले छह महीने लग गए थे - और यह वही व्यक्ति था जिसने पहली प्रति ख़रीदी थी! और कौन जानता है कि तीसरी प्रति के बिकने में कितना समय और लगा था।

साल के बीतते-बीतते यह बात हर किसी के मन में साफ़ हो चुकी थी कि *द अॅल्केमिस्ट* चल नहीं रही थी। मेरे मूल प्रकाशक ने मुझसे निजात पाने और मेरा अनुबन्ध समाप्त कर देने का फ़ैसला कर लिया। उसने इस योजना से अपने हाथ झाड़ लिए और पुस्तक को मेरे हवाले कर दिया। मैं इकतालीस साल का था और हताश था।

लेकिन मैंने इस पुस्तक पर से कभी अपनी आस्था नहीं खोयी, या इसको लेकर मुझे कभी कोई दुविधा नहीं हुई। क्यों? क्योंकि उसके भीतर मैं स्वयं था, मेरा सर्वस्व, मेरा हृदय और मेरी आत्मा। मैं अपने ही रूपक को जी रहा था। एक आदमी, एक ख़ूबसूरत और जादुई स्थल का ख़्वाब देखता हुआ, किसी अज्ञात ख़ज़ाने की खोज में, यात्रा पर निकल पड़ता है। अपनी यात्रा के अन्त में उस आदमी को समझ में आता है कि वह ख़ज़ाना तो इस पूरे समय स्वयं उसके भीतर था। मैं अपनी निजी किंवदंती का अनुसरण कर रहा था, और लिखने की क्षमता ही मेरा ख़ज़ाना था। और मैं इस ख़ज़ाने को दुनिया के साथ बाँटना चाहता था।

जैसाकि मैंने *द ॲल्केमिस्ट* में लिखा है, जब आप किसी चीज़ की आकांक्षा करते हैं, तो सारा संसार गुपचुप ढंग से आपकी मदद करता है। मैंने दूसरे प्रकाशकों के दरवाज़े खटखटाने शुरू किए। एक दरवाज़ा खुला और उसके दूसरी ओर खड़े प्रकाशक ने मुझमें और मेरी पुस्तक में विश्वास जताया और वह *द ॲल्केमिस्ट* को एक और मौक़ा देने पर राज़ी हुआ। धीरे-धीरे एक ज़बान से दूसरी ज़बान तक ख़बर फैलती गयी और अन्ततः पुस्तक बिकने लगी - तीन हज़ार, फिर छह हज़ार, दस हज़ार - एक-एक करके धीरे-धीरे पूरे साल भर के भीतर उसकी बिक्री बढ़ती गयी।

आठ महीने बाद ब्राज़ील की यात्रा पर आए एक अमेरिकी ने पुस्तकों की एक स्थानीय दुकान से *द ॲल्केमिस्ट* की एक प्रति ख़रीदी। वह इस पुस्तक का अनुवाद करना चाहता था और उसके लिए अमेरिका में कोई प्रकाशक ढूँढने में मेरी मदद करना चाहता था। हार्पर कॉलिन्स इसे अमेरिकी पाठक-वर्ग तक पहुँचाने पर सहमत हुआ। उसने इसे धूमधाम से प्रकाशित किया : *न्यू यॉर्क टाइम्स* तथा प्रभावशाली पत्रिकाओं में विज्ञापन, रेडियो और टेलिविज़न पर इंटरव्यू। तब भी पुस्तक की बिक्री में कुछ वक़्त लगा, वह ज़बान-दर-ज़बान चर्चा के रास्ते उसी तरह अपने पाठकों तक पहुँची, जैसे ब्राज़ील में पहुँची थी। और फिर एक दिन, बिल क्लिंटन की एक तसवीर छपी जिसमें वे इस पुस्तक की प्रति हाथ में लिये ह्वाइट हाउस से निकलते दिख रहे थे। इसके बाद मैडोना ने इस पुस्तक के बारे में वैनिटी फ़ेयर में बहुत उत्साह के साथ बात की, और फिर तो - रश लिम्बॉ और विल स्मिथ से लेकर महाविद्यालयों के छात्रों और अपने बच्चों को खेल के लिए प्रेरित करने वाली माताओं तक - विभिन्न क्षेत्रों के लोग इसके बारे में बात करने लग गए।

द ॲल्केमिस्ट एक स्वतःस्फूर्त - और जीती-जागती - घटना बन गयी। पुस्तक *न्यू यॉर्क टाइम्स* की सर्वाधिक बिकने वाली पुस्तकों की फ़ेहरिस्त में शामिल हो गयी, जो कि किसी भी लेखक के लिए एक कीर्तिमान होता है, और वह इस फ़ेहरिस्त में चार सौ से ज़्यादा सप्ताहों तक बनी रही। अस्सी से ज़्यादा भाषाओं में इसका अनुवाद हो चुका है। अब तक भाषाओं की इतनी बड़ी संख्या में किसी भी जीवित लेखक की किसी पुस्तक का अनुवाद नहीं हुआ है। और इसकी गणना व्यापक तौर पर बीसवीं सदी की दस श्रेष्ठ पुस्तकों में होती है।

लोग अभी भी मुझसे पूछते हैं कि क्या मैं जानता था कि *द अॅल्केमिस्ट* को इतनी ज़बरदस्त कामयाबी मिलेगी। इसका जवाब है, नहीं। मुझे कोई अनुमान नहीं था। हो भी कैसे सकता था? जब मैं *द अॅल्केमिस्ट* लिखने बैठा था, तो मैं सिर्फ़ इतना जानता था कि मैं अपनी आत्मा के बारे में लिखना चाहता हूँ। मैं अपना ख़ज़ाना हासिल करने की खोज के बारे में लिखना चाहता था। मुझे जो पूर्व-संकेत मिल रहे थे, मैं उनका अनुसरण कर रहा था, क्योंकि मैं जानता था कि ये संकेत ईश्वर की वाणी होते हैं।

हालाँकि, *द अॅल्केमिस्ट* कुछ साल पहले लिखी गयी थी, तब भी यह अतीत की निशानी नहीं है। मेरे हृदय और मेरी आत्मा की ही तरह इसका जीवन जारी है, क्योंकि मेरा हृदय और आत्मा इसमें मौजूद हैं। मैं वह गड़रिया बालक सेंटियागो हूँ जो अपने ख़ज़ाने की खोज कर रहा है, ठीक उसी तरह जैसे आप अपने ख़ज़ाने की खोज में लगे सेंटियागो हैं। एक व्यक्ति की कहानी हर व्यक्ति की कहानी है, और एक व्यक्ति की खोज सारी मनुष्यता की खोज है, यही मेरे इस विश्वास की वजह है कि *द अॅल्केमिस्ट* इतने वर्षों बाद भी सारी दुनिया की विभिन्न संस्कृतियों के लोगों के भीतर अपनी अनुगूँज बनाये हुए है, उनको समान रूप से बिना किसी पूर्वाग्रह के भावनात्मक और आत्मिक स्तरों पर छू रही है।

मैं *द अॅल्केमिस्ट* को नियमित रूप से बार-बार पढ़ता हूँ और हर बार मुझे वैसी ही अनुभूति होती है जैसी तब हुई थी जब मैंने इसे लिखा था। और मैं क्या महसूस करता हूँ, यह मैं आपको बताता हूँ। मैं सुख महसूस करता हूँ, क्योंकि यह मेरा सर्वस्व है, और इसी के साथ-साथ यह आपका भी सर्वस्व है। मैं इसलिए भी सुख महसूस करता हूँ क्योंकि मैं जानता हूँ कि मैं कभी भी अकेला नहीं पड़ सकता। मैं जहाँ कहीं भी जाता हूँ, लोग मुझे समझते हैं। वे मेरी आत्मा को समझते हैं। इससे मुझे उम्मीद मिलती रहती है। जब मैं दुनिया में जारी टकरावों - राजनीतिक टकरावों, आर्थिक टकरावों, सांस्कृतिक टकरावों - के बारे में पढ़ता हूँ, तो मैं याद करता हूँ कि ऐसे पुल बनाना हमारी सामर्थ्य में है, जिसको पार किया जा सकता है। अगर मेरा पड़ोसी भी मेरे मज़हब को नहीं समझता, या मेरी राजनीति को नहीं समझता, तब भी वह मेरे क़िस्से को समझ सकता है। अगर वह मेरे क़िस्से को समझ सकता है, तो वह मुझसे बहुत दूर नहीं है। पुल बनाना हमेशा मेरी सामर्थ्य में है। सामंजस्य बैठाने का अवसर हमेशा मौजूद है, इस

बात का अवसर कि एक दिन मैं उके साथ मेज़ पर बैठूँगा और टकरावों के हमारे इतिहास को ख़त्म कर दूँगा। और उस दिन वह मुझे अपना क़िस्सा सुनाएगा और उसको मैं अपना क़िस्सा सुनाऊँगा।

पाओलो कोएलो, 2018

अँग्रेज़ी अनुवाद : मार्गरेट ज्युल कोस्टा

प्रवेश

कीमियागर (ॲल्केमिस्ट) ने एक पुस्तक उठायी, जो कारवाँ के किसी व्यक्ति ने ख़रीदी थी। उसके पन्ने पलटते हुए उसे उसमें नार्सिसस के बारे में एक क़िस्सा मिला।

कीमियागर को नार्सिसस की किंवदंती के बारे में मालूम था। वह अपनी ही सुन्दरता को ग़ौर से देखने के लिए रोज़ एक सरोवर के तट पर झुककर उसमें झाँका करता था। वह अपने आप से इस क़दर मोहित हुआ कि एक सुबह वह उस सरोवर में जा गिरा और डूब गया। जिस जगह पर वह गिरा था, वहाँ वह फूल पैदा हुआ, जिसे नार्सिसस कहा जाता था।

लेकिन लेखक ने अपना क़िस्सा इस तरह समाप्त नहीं किया था।

उसका कहना था कि जब नार्सिसस मर गया, तो वनदेवियाँ वहाँ प्रकट हुईं और उन्होंने पाया कि वह सरोवर जो हमेशा मीठे पानी से भरा रहता था, खारे आँसुओं के सरोवर में बदल चुका था।

"तुम क्यों रोते हो?" देवियों ने पूछा।

"मैं नार्सिसस के लिए रोता हूँ," सरोवर ने जवाब दिया।

"आह, यह आश्चर्य की बात नहीं कि तुम नार्सिसस के लिए रोते हो," उन्होंने कहा, "क्योंकि हम जंगल में हमेशा उसका पीछा करते रहते थे, लेकिन तुम अकेले थे, जो उसकी सुन्दरता को इतने क़रीब से निहार सके।"

"लेकिन... क्या नार्सिसस सुन्दर था?" सरोवर ने पूछा।

"यह बात तुमसे बेहतर कौन जानता है?" देवियों ने विस्मित होकर कहा। "आख़िरकार, ये तुम्हारे ही तो तट थे, जहाँ वह हर रोज़ झुककर ख़ुद को निहारा करता था!"

सरोवर कुछ देर ख़ामोश रहा। अन्त में, उसने कहा,

"मैं नार्सिसस के लिए रोता ज़रूर हूँ, लेकिन मैंने इस पर कभी ध्यान नहीं दिया था कि नार्सिसस सुन्दर था। मैं इसलिए रोता हूँ, क्योंकि जब भी वह मेरे तटों पर झुकता था, तो उसकी आँखों की गहराई में खुद मेरी सुन्दरता प्रतिबिम्बित होती थी।"

"क्या ही ख़ूबसूरत क़िस्सा है," कीमियागर ने सोचा।

कथानुवाद : क्लिफ़ोर्ड ई. लैंडर्स

भाग एक

लड़के का नाम सेंटियागो था। जब वह अपनी भेड़ों के झुण्ड के साथ उस वीरान गिरजाघर में पहुँचा तब शाम ढल रही थी। गिरजाघर की छत बहुत पहले कभी गिर चुकी थी, और जिस स्थान पर कभी प्रार्थना-सामग्री का कक्ष हुआ करता था, वहाँ अब चिनार का एक विशाल दरख़्त उग आया था।

उसने वहीं पर रात बिताने का फ़ैसला किया। उसने टूटे दरवाज़े से सारी भेड़ों को अन्दर किया, और उसके बाद वहाँ लकड़ी के कुछ लट्ठों से एक बाड़ तैयार कर दी ताकि रात में भेड़ें बाहर निकलकर यहाँ-वहाँ न भटकने पाएँ। वैसे उस इलाक़े में भेड़िये तो नहीं थे, लेकिन एक बार रात में एक भेड़ बाहर कहीं जा भटकी थी, और लड़के को अगला पूरा दिन उसको तलाशते हुए बरबाद करना पड़ा था।

उसने अपनी जैकेट से फ़र्श को बुहारा और जो पुस्तक उसने अभी-अभी पढ़कर समाप्त की थी, उसे तकिये की तरह इस्तेमाल कर लेट गया। उसने मन-ही-मन कहा कि अबसे मुझे मोटी पुस्तकें पढ़नी होंगी : वे लम्बे समय तक चलती हैं और उनके तकिये भी ज़्यादा आरामदेह होते हैं।

अभी अँधेरा ही था, जब उसकी नींद खुली, और, जब उसने ऊपर की ओर देखा, तो उसे टूटी हुई छत के पार तारे दिखायी दिए।

मुझे कुछ देर और सोते रहना चाहिए था, उसने सोचा। उसने रात में वही सपना एक बार फिर देखा था, जो एक हफ़्ते पहले देखा था, और एक बार फिर वही हुआ था कि सपना पूरा होने के पहले ही उसकी नींद खुल गयी थी।

वह उठा, और अपनी लाठी लेकर उन भेड़ों को जगाने लगा, जो अभी भी सोयी हुई थीं। उसने देखा था कि उसके जागते ही उसके ज़्यादातर

जानवर भी हिलने-ढुलने लगे थे। मानो कोई रहस्यमयी शक्ति थी, जिसने उसके जीवन को उन भेड़ों के जीवन से बाँध रखा था, जिनके साथ वह पिछले दो वर्ष गुज़ार चुका था, और भोजन-पानी की तलाश में उनको इस गाँव से उस गाँव तक ले जाता रहा था। "उनको मेरी इस क़दर आदत पड़ चुकी है कि अब वे समझने लगी हैं कि मैं कब क्या करता हूँ," वह बुदबुदाया। इस बारे में कुछ पल सोचने के बाद उसे लगा कि बात इसके उलट भी हो सकती है कि वह खुद ही उनकी दिनचर्या का आदी हो गया हो।

लेकिन उनमें से कुछ भेड़ें ऐसी भी थीं, जिन्होंने जागने में थोड़ा ज़्यादा वक़्त लिया। उसने एक-एक कर उनको अपनी लाठी से कोंचते हुए उनका नाम लेकर पुकारा। उसका हमेशा से यह विश्वास रहा था कि वह जो कुछ भी कहता है, भेड़ें उसे समझ लेती हैं। इसीलिए ऐसे वक़्त भी आते रहे थे जब किसी पुस्तक को पढ़ते हुए उसे उसके जो हिस्से बहुत प्रभावित करते थे, वे हिस्से वह भेड़ों को पढ़कर सुनाया करता था, या ऐसे वक़्त जब वह उनको चारागाहों में जीवन गुज़ारते गड़रियों के अकेलेपन या खुशियों के बारे में बताता था। कभी-कभी वह उनके सामने उन चीज़ों पर टिप्पणियाँ भी किया करता था, जो उसने उन गाँवों में देखी होती थीं, जहाँ से वे गुज़रे होते थे।

लेकिन पिछले कुछ दिनों से वह उनसे सिर्फ़ एक ही बात करता रहा था : एक लड़की के बारे में, जो उस गाँव के एक दुकानदार की बेटी थी जहाँ वे चार दिन बाद पहुँचने वाले थे। उस गाँव में वह एक ही बार गया था, पिछले साल। वह दुकानदार कपड़ों की एक दुकान का मालिक था, और वह हमेशा कहा करता था कि भेड़ों का ऊन उसी के सामने काटा जाए, ताकि किसी तरह की कोई धोखाधड़ी न हो। उसके एक दोस्त ने उसे उस दुकान के बारे में बताया था और वह भेड़ों को लेकर वहाँ गया था।

* * *

"मैं कुछ ऊन बेचना चाहता हूँ," लड़के ने दुकानदार से कहा।

दुकान में ग्राहकों की भीड़ थी, इसलिए दुकानदार ने गड़रिये से दोपहर बाद तक इन्तज़ार करने को कहा। लड़का दुकान की सीढ़ियों पर बैठ गया और उसने अपने थैले से एक पुस्तक निकाल ली।

"मैं नहीं जानती थी कि गड़रिये पढ़ना भी जानते हैं," उसके पीछे से एक लड़की की आवाज़ आयी।

वह लड़की एंडालूसिया इलाक़े की ख़ास पहचान लिये हुए थी : लहराते हुए काले बाल, और मूर विजेताओं की फीकी-सी याद दिलातीं आँखें।

"हाँ, वैसे मैं पुस्तकों से ज़्यादा अपनी भेड़ों से सीखता हूँ," उसने जवाब दिया। उनके बीच दो घण्टे तक बातचीत होती रही, जिस दौरान लड़की ने बताया कि वह उस दुकानदार की बेटी है। उसने गाँव के जीवन के बारे में बताया कि वहाँ हर दिन एक जैसा होता है। गड़रिये ने उसे एंडालूसिया के देहातों के बारे में बताया, और उन क़स्बों की ख़बरें सुनायीं, जहाँ रुकता हुआ वह आया था। वह अभी तक भेड़ों से बतियाता आया था, इसलिए यह वार्तालाप एक सुखद बदलाव था।

"तुमने पढ़ना कैसे सीखा?" बातचीत के दौरान लड़की ने पूछा।

"जैसे हर कोई सीखता है," उसने कहा, "स्कूल में।"

"अच्छा, अगर तुम्हें पढ़ना आता है, तो फिर तुम निरे गड़रिये क्यों हो?"

जवाब में लड़का कुछ यूँ बुदबुदाया जिससे वह उसके सवाल का जवाब टाल सकता। वह अच्छी तरह से जानता था कि लड़की उसकी बात कभी नहीं समझ पाएगी। उसने अपनी यात्राओं के क़िस्से जारी रखे, और लड़की ख़ौफ़ और अचरज से अपनी मूरी आँखें फाड़े उसकी बातें सुनती रही। जैसे-जैसे समय बीतता गया, लड़के ने पाया कि वह कामना कर रहा था कि काश! वह दिन कभी न बीते, लड़की का बाप उसी तरह व्यस्त बना रहे और उससे तीन दिन तक इन्तज़ार कराता रहे। उसने पाया कि वह कुछ ऐसा अनुभव कर रहा था जैसा उसने उसके पहले कभी नहीं किया था : हमेशा-हमेशा के लिए एक जगह पर टिककर रहने की आकांक्षा। उसे लगा कि काले बालों वाली उस लड़की के साथ उसके दिन कभी पहले जैसे नहीं रह जाएँगे।

लेकिन आख़िरकार वह दुकानदार प्रकट हुआ, और उसने लड़के से चार भेड़ों का ऊन काटने को कहा। उसने ऊन की क़ीमत चुकायी और लड़के से अगले बरस फिर से आने को कहा।

* * *

और अब सिर्फ़ चार दिन बाक़ी थे, जब वह एक बार फिर उसी गाँव में पहुँचने वाला था। वह उत्तेजना से भरा हुआ था, और उसी के साथ-साथ असहज भी महसूस कर रहा था : क्या जाने, वह लड़की उसे भूल ही चुकी हो। इस बीच न जाने कितने गड़रिये आए होंगे और अपना ऊन बेच गए होंगे।

"इससे कोई फ़र्क नहीं पड़ता," उसने अपनी भेड़ों से कहा। "मैं दूसरी जगहों की कई दूसरी लड़कियों को जानता हूँ।"

लेकिन उसका दिल जानता था कि इससे फ़र्क पड़ता है। और वह जानता था कि समुद्री मल्लाहों और घुमन्तू विक्रेताओं की ही तरह गड़रियों को भी कभी-कभी कोई ऐसा क़स्बा मिल ही जाता है जहाँ कोई ऐसा व्यक्ति होता है जिससे मिलकर वे निश्चिन्त ख़ानाबदोशी के जीवन के आनन्द को भूल जाते हैं।

आसमान से सूरज झाँकने लगा था, और गड़रिये ने अपनी भेड़ों से सूरज की दिशा में चलने को कहा। इनको कभी कोई फ़ैसला नहीं लेना पड़ता, उसने सोचा। शायद यही वजह है कि वे हमेशा उसके क़रीब बनी रहती हैं।

भेड़ों को तो सिर्फ़ भोजन और पानी से ही सरोकार था। जब तक लड़का एंडालूसिया में सबसे अच्छे चारागाह खोजने के क़ाबिल बना रहेगा, वे उसकी दोस्त बनी रहेंगी। हाँ, उनके सब दिन समान होते थे, दिन उगने से लेकर दिन डूबने तक वही अन्तहीन जैसा लगता समय; और उन्होंने अपने जीवन में कभी कोई पुस्तक नहीं पढ़ी थी, और जब लड़का उनको शहरों के दर्शनीय स्थलों के बारे में कुछ बताता था, तो उनको कुछ भी समझ में नहीं आता था। वे तो भोजन और पानी मात्र से सन्तुष्ट थीं और, बदले में, वे उदारतापूर्वक अपना ऊन, अपना साथ, और - कभी-कभार - अपना गोश्त दे दिया करती थीं।

लड़के ने सोचा, अगर मैं आज एक दैत्य बन जाता, और उन्हें एक-एक कर मार डालने का फ़ैसला कर लेता, तो उनको तभी इस बात का अहसास होता जब ज़्यादातर रेवड़ को काट डाला गया होता। वे मुझ पर भरोसा करती हैं, और वे भूल चुकी हैं कि उनको किस तरह अपनी सहज बुद्धि पर भरोसा करना चाहिए, क्योंकि मैं ही उनका भरण-पोषण करता हूँ।

लड़के को अपने इन ख़यालों पर आश्चर्य हुआ। उसने सोचा, हो सकता है कि उस गिरजाघर और उसके अन्दर उगे चिनार पर कोई भूत

सवार हो। उसी की वजह से उसको वह सपना दुबारा दिखा हो, और उसी की वजह से उसे अपने इन वफ़ादार साथियों पर गुस्सा आ रहा हो। उसने वह थोड़ी-सी वाइन पी, जो पिछली रात के भोजन के बाद बची रह गयी थी, और फिर अपनी जैकेट को अपने शरीर के और क़रीब खींच लिया। वह जानता था कि अब से कुछ ही घण्टे बाद, जब सूरज सिर पर आ चुका होगा, तब गर्मी इतनी बढ़ चुकी होगी कि उसे अपने रेवड़ को मैदानों से हाँककर ले जाना मुश्किल हो जाएगा। वह गर्मियों के दिन का वह वक़्त होता था जब सारा-का-सारा स्पेन सो जाता था। गर्मी रात होने तक बनी रहती थी, और उसे पूरे समय अपनी जैकेट को ढोना पड़ता था, लेकिन जब उसके मन में उसके बोझ को लेकर शिकायत का भाव पैदा हुआ, तो उसने याद किया कि यह जैकेट ही थी जिसकी वजह से वह भोर की ठण्ड का सामना कर पाता था।

हमें बदलाव के लिए तैयार रहना ज़रूरी है, उसने सोचा, और उसके मन में जैकेट के वज़न और गरमाहट के प्रति कृतज्ञता उमड़ आयी।

जैकेट का अपना एक उद्देश्य था, और लड़के का भी अपना एक उद्देश्य था। उसके जीवन का उद्देश्य यात्रा करना था, और, एंडालूसिया के इलाक़े में दो साल तक सफ़र करने के बाद वह उस इलाक़े के सारे शहरों से वाकिफ़ हो चुका था। उसकी योजना थी कि इस यात्रा के दौरान वह उस लड़की को समझाएगा कि किस तरह एक साधारण गड़रिया जानता है कि पढ़ना कैसे सीखा जा सकता है। वह उसे बताएगा कि उसने सोलह साल की उम्र तक पाठशाला में पढ़ाई की थी। उसके माँ-बाप चाहते थे कि वह पादरी बनता, और इस तरह एक साधारण किसान परिवार के गौरव का स्रोत बनता। वे महज़ भोजन और पानी जुटाने की ख़ातिर कड़ी मेहनत करते थे, जैसे ये भेड़ें करती हैं। उसने लैटिन, स्पेनिश और धर्मशास्त्र की पढ़ाई की थी, लेकिन बचपन से ही उसकी ख़्वाहिश दुनिया को जानने की रही थी, और यह ईश्वर के बारे में जानने तथा आदमी के पापों को समझने से ज़्यादा महत्त्वपूर्ण था। एक दोपहर, जब वह अपने परिवार से मिलने पहुँचा, तो उसने किसी तरह हिम्मत जुटाकर अपने पिता से कहा कि वह पादरी नहीं बनना चाहता। वह यात्रा करना चाहता है।

* * *

"बेटा, तमाम दुनिया के लोग इस गाँव से होकर गुज़रे हैं," उसके पिता ने कहा। "वे नयी चीज़ों की खोज में आते हैं, लेकिन जब वे यहाँ से जा रहे होते हैं तो वे वैस-के-वैसे बने रहते हैं जैसे पहले थे। वे क़िले को देखने पहाड़ पर चढ़ते हैं, और वे अन्त में यही सोचते हैं कि गुज़रा ज़माना आज के ज़माने से बेहतर था। भले ही उनके बाल भूरे हों, या चमड़ी काली हो, लेकिन वे बुनियादी तौर पर होते वैसे ही हैं जैसे यहाँ के लोग हैं।"

लेकिन मैं क़स्बों में जाकर वहाँ के वे क़िले देखना चाहता हूँ, जिनमें लोग रहते हैं," लड़के ने समझाया।

"वे लोग जब हमारे गाँव देखते हैं, तो कहते हैं कि वे यहाँ हमेशा के लिए बस जाना चाहते हैं," उसके पिता ने अपनी बात जारी रखी।

"ठीक है, मैं भी उनके मुल्क देखूँगा, और देखूँगा कि वे किस तरह रहते हैं," बेटे ने कहा।

"जो लोग यहाँ आते हैं, उनके पास ढेर सारा पैसा होता है, इसलिए वे यात्रा कर पाते हैं," उसके पिता ने कहा। "हमारे बीच तो सिर्फ़ वही लोग यात्राएँ करते हैं जो गड़रिये होते हैं।"

"तो ठीक है, मैं गड़रिया ही बनूँगा!"

उसके पिता ने फिर कुछ नहीं कहा। अगले दिन उसने बेटे के लिए एक बटुआ दिया जिसमें सोने के तीन प्राचीन स्पेनिश सिक्के थे।

"ये सिक्के मुझे एक दिन खेत में मिले थे। मैं चाहता था कि ये तुम्हें विरासत में मिलते। लेकिन अब तुम इनसे अपनी भेड़ें ख़रीदना। जाओ चारागाहों में, लेकिन एक दिन आएगा जब तुम्हें समझ में आएगा कि हमारे गाँव से अच्छी जगह कोई दूसरी नहीं है, और हमारे यहाँ की स्त्रियों से सुन्दर कोई दूसरी स्त्रियाँ नहीं हैं।"

और उसने लड़के को आशीर्वाद दिया। लड़का स्वयं अपने पिता की आँखों में दुनिया का भ्रमण करने में सक्षम होने की आकांक्षा देख सकता था - एक ऐसी आकांक्षा जो अभी भी जीवित थी, बावजूद इसके कि उसके पिता पीने के लिए पानी, खाने के लिए भोजन और हर रात एक ही छप्पर तले सोने के बोझ तले वर्षों पहले उस आकांक्षा को दफ़ना चुके थे।

* * *

क्षितिज पर लालिमा छायी हुई थी, और अचानक सूरज प्रकट हुआ। लड़के ने अपने पिता से हुई उस बातचीत के बारे में सोचा, और खुश हुआ; इस बीच वह बहुत-से क़िले देख चुका था और बहुत-सी स्त्रियों से मिल चुका था (लेकिन उसकी बराबरी कोई नहीं कर सकती थी, जो उसके बाद से कई दिनों तक उसकी राह देखती रही थी)। उसके पास एक जैकेट थी, एक पुस्तक थी जिसके बदले में वह दूसरी पुस्तक ख़रीद सकता था, और भेड़ों का एक झुण्ड था। लेकिन सबसे अहम बात यह थी कि वह हर दिन अपने सपने को जी पा रहा था। अगर वह एंडालूसिया के चारागाहों से तंग आ जाता, तो वह अपनी भेड़ों को बेचकर समुद्र पर जा सकता था। जब वह समुद्रों से ऊब जाएगा, तो तब तक वह दूसरे बहुत-से नगरों, बहुत-सी स्त्रियों, और सुखी होने के दूसरे बहुत-से अवसरों से वाकिफ़ हो चुका होगा। मैं पाठशाला में ईश्वर को नहीं पा सका, उसने उगते सूरज की ओर देखते हुए सोचा।

जब भी मुमकिन होता, वह सफ़र के लिए कोई नया रास्ता ढूँढ लेता था। वह उस वीरान गिरजाघर में कभी नहीं गया था, बावजूद इसके कि वह उन हिस्सों से कई बार गुज़र चुका था। दुनिया बहुत विशाल और अनन्त थी; उसको अपनी भेड़ों को उस रास्ते पर थोड़ी देर चलने देने भर की ज़रूरत थी, और वह दूसरी दिलचस्प चीज़ों का पता लगा सकता था। समस्या यह है कि उनको इस बात का अहसास ही नहीं होता कि वे हर दिन एक नए रास्ते पर चल रही होती हैं। उन्हें समझ ही नहीं आता कि जिन चरागाहों में वे होती हैं, वे नये होते हैं और मौसम बदलते रहते हैं। वे तो सिर्फ़ भोजन और पानी के बारे में ही सोच पाती हैं।

हो सकता है हम सभी ऐसे ही हों, लड़के ने सोचा। मुझे ही लो - जबसे मैं उस दुकानदार की बेटी से मिला हूँ, मैंने किसी दूसरी स्त्री के बारे में सोचा ही नहीं। सूरज की ओर देखते हुए उसने हिसाब लगाया कि वह दोपहर के पहले टेरिफ़ा पहुँच जाएगा। वहाँ वह इस पुस्तक के बदले थोड़ी मोटी-सी पुस्तक ले सकता है, वाइन की अपनी बोतल भरा सकता है, दाढ़ी बना सकता है, बाल कटवा सकता है; उसे उस लड़की से मुलाक़ात की तैयारी करनी ज़रूरी थी, और वह इस सम्भावना के बारे में नहीं सोचना चाहता था कि कोई दूसरा गड़रिया, भेड़ों का उससे बड़ा झुण्ड लेकर वहाँ पहले ही पहुँच चुका हो और लड़की का हाथ माँग चुका हो।

किसी सपने के साकार होने की सम्भावना ही ज़िन्दगी को दिलचस्प बनाती है, उसने सूरज की स्थिति पर एक बार फिर नज़र डालते हुए सोचा, और अपनी चाल तेज़ कर दी। उसे सहसा याद आया कि टेरिफ़ा में एक बुढ़िया है, जो सपनों को पढ़ना जानती है।

* * *

वह बुढ़िया लड़के को घर के पिछवाड़े एक कमरे में ले गयी; उस कमरे और उसके बैठक कक्ष के बीच रंग-बिरंगे मनकों का एक परदा डला हुआ था। कमरे में एक मेज़, यीशु के पवित्र हृदय की एक तसवीर और दो कुर्सियाँ थीं।

वह स्त्री बैठ गयी और उसने लड़के से भी बैठ जाने को कहा। फिर उसने लड़के की दोनों हथेलियाँ अपने हाथों में थाम लीं, और धीमे स्वर में प्रार्थना करने लगी।

वह किसी जिप्सी प्रार्थना की तरह लगती थी। लड़के को जिप्सियों का अनुभव था जो उसे रास्ते में मिलते रहे थे; वे भी यात्रा किया करते थे, लेकिन उनके साथ भेड़ें नहीं होती थीं। लोगों का कहना था कि जिप्सी दूसरों को ठगकर अपना जीवन गुज़ारते हैं। यह भी कहा जाता था कि उनका शैतान के साथ समझौता था, और वे बच्चों का अपहरण कर उनको अपने रहस्यमय डेरों पर ले जाते थे और उनको अपना गुलाम बनाकर रखते थे। लड़का बचपन में इस आशंका से बेहद डरा रहता था कि कहीं उसको जिप्सी न पकड़ ले जाएँ, और इसलिए जब उस औरत ने उसके हाथ अपने हाथों में लिये तो उसका बचपन का वह डर वापस लौट आया।

लेकिन फिर लड़के ने ख़ुद को सान्त्वना देते हुए सोचा कि उस औरत ने वहाँ ईसा के पवित्र हृदय की तसवीर लगा रखी है। वह नहीं चाहता था कि उसके हाथ काँपने लगें और औरत को लगे कि वह डर रहा है।

"बहुत ही दिलचस्प," औरत ने लड़के की हथेलियों पर अपनी नज़रें गड़ाए रखते हुए कहा, और फिर वह ख़ामोश हो गयी।

लड़का अन्दर-ही-अन्दर घबरा रहा था। उसके हाथ काँपने लगे, और औरत ने इसे महसूस किया। लड़के ने जल्दी-से अपने हाथ वापस खींच लिये।

"मैं यहाँ आपसे अपनी हाथ की रेखाएँ पढ़वाने नहीं आया था," उसने कहा। उसे वहाँ आने पर पछतावा हो रहा था। पल भर को उसके मन में आया कि वह उसकी फ़ीस अदा करे और वहाँ से चलता बने। उसे यह भी लगा कि वह बार-बार आने वाले अपने उस सपने को कुछ ज़्यादा ही अहमियत दे रहा है।

"तुम यहाँ इसलिए आए थे ताकि अपने सपने के बारे में जान सकते," बुढ़िया ने कहा, "और सपने ईश्वर की ज़बान होते हैं। जब वह हमारी ज़बान में बात करता है, तो मैं समझ सकती हूँ कि उसने हमसे क्या कहा है। लेकिन अगर वह आत्मा की ज़बान में बात करता है, तो फिर सिर्फ़ तुम ही उसे समझ सकते हो। बहरहाल, जो भी हो, मैं तुमसे इस सलाह के लिए फ़ीस तो लूँगी ही।"

लड़के ने सोचा, यह भी इसकी एक और चाल है, लेकिन फिर उसने जोखिम उठाने का मन बना लिया। आख़िर एक गड़रिये को भेड़ियों और भूख से निपटने के जोखिम तो उठाने ही पड़ते हैं, और यही चीज़ उसके जीवन को रोमांचक बनाए रखती है।

"मुझे एक ही सपना दो बार आया है," उसने कहा। "सपने में मैंने देखा कि मैं अपनी भेड़ों के साथ एक चारागाह में हूँ, तभी एक बच्ची आयी और वह भेड़ों के साथ खेलने लगी। मुझे यह पसंद नहीं है कि लोग ऐसा करें, क्योंकि भेड़ें अजनबियों से डर जाती हैं, लेकिन लगता है कि बच्चे उनको डराये बिना उनके साथ खेल सकते हैं। मैं इसकी वजह नहीं जानता। मैं नहीं जानता कि भेड़ों को इंसान की उम्र के बारे में कैसे पता चल जाता है।"

"मुझे अपने सपने के बारे में और बताओ," औरत ने कहा। "मुझे अपना खाना पकाना है, और तुम्हारे पास ज़्यादा पैसे तो हैं नहीं, इसलिए मैं तुम्हें ज़्यादा वक़्त नहीं दे सकती।"

"वह बच्ची मेरी भेड़ों के साथ कुछ देर खेलती रही," लड़के ने कुछ अनमने भाव से कहा। "और फिर उस बच्ची ने अचानक मेरे दोनों हाथ पकड़े और मुझे मिस्र के पिरामिडों पर ले गयी।"

वह पल भर को रुका, यह जानने के लिए कि क्या वह औरत जानती है कि मिस्र के पिरामिड क्या हैं, लेकिन औरत ने कुछ नहीं कहा।

"फिर, मिस्र के पिरामिडों पर," - ये शब्द उसने बहुत धीरे-धीरे बोले थे, ताकि औरत उनको समझ सके - उस बच्ची ने मुझसे कहा, 'अगर तुम यहाँ आओगे, तुम्हें यहाँ पर एक छिपा हुआ ख़ज़ाना मिलेगा।' और जिस वक़्त वह मुझे ठीक-ठीक वह जगह दिखाने वाली थी, जहाँ वह ख़ज़ाना छिपा हुआ था, तभी मेरी नींद खुल गयी। दोनों बार।"

औरत कुछ देर ख़ामोश रही। फिर उसने दोबारा उसके हाथ अपने हाथ में ले लिये और उनको ग़ौर से देखने लगी।

"अब मैं तुमसे कोई फ़ीस नहीं लूँगी," उसने कहा। "लेकिन अगर तुम्हें वह ख़ज़ाना मिल गया, तो मैं उसका दसवाँ हिस्सा लूँगी।"

लड़का खुश होकर हँस पड़ा। वह इसलिए ख़ुश था कि छिपे हुए ख़ज़ाने के उस सपने की वजह से वह अपना वह थोड़ा-सा पैसा बचा पा रहा था जो उसके पास था!

"ठीक है, इस सपने के बारे में समझाओ," उसने कहा।

"सबसे पहले क़सम खाओ। क़सम खाओ कि जो मैं तुम्हें बताने वाली हूँ, उसके बदले में तुम मुझे अपने ख़ज़ाने का दसवाँ हिस्सा दोगे।"

गड़रिये ने क़सम खायी। बुढ़िया ने उससे ईसा के पवित्र हृदय की ओर देखते हुए फिर से क़सम खाने को कहा।

"यह सपना संसार की भाषा में है," उसने कहा। "मैं इसकी व्याख्या कर सकती हूँ, लेकिन यह व्याख्या बहुत मुश्किल है। यही वजह है कि मुझे लगता है कि जो कुछ तुम्हें मिलने वाला है, उसके एक हिस्से पर मेरा हक़ बनता है।

"और यह रही मेरी व्याख्या : तुम्हें मिस्र के पिरामिडों पर जाना चाहिए। मैंने उनके बारे में कभी सुना तो नहीं है, लेकिन अगर वे तुम्हें किसी बच्ची ने दिखाए थे, तो इसका मतलब है कि उनका वजूद है। वहाँ तुम्हें एक ख़ज़ाना मिलेगा जो तुम्हें अमीर बना देगा।"

पहले तो लड़के को थोड़ा आश्चर्य हुआ, फिर चिढ़ भी हुई। यह जानने के लिए तो उसे बुढ़िया की ज़रूरत नहीं थी! लेकिन फिर उसे याद आया कि इसके लिए उसे कोई पैसा नहीं देना है।

"सिर्फ़ इतनी-सी बात के लिए मुझे अपना वक़्त बरबाद करने की ज़रूरत नहीं थी," उसने कहा।

"मैंने तुमसे पहले ही कहा था कि तुम्हारा सपना मुश्किल क़िस्म का है। बहुत सरल दिखने वाली चीज़ें ही ज़िन्दगी की सबसे असाधारण चीज़ें होती हैं; सिर्फ़ अक़्लमन्द लोग ही उनको समझ सकते हैं। और चूँकि मैं अक़्लमन्द नहीं हूँ, इसीलिए मुझे हाथ की रेखाएँ पढ़ने जैसी दूसरी कलाएँ सीखनी पड़ी हैं।"

"ठीक है, ये बताओ कि मैं मिस्र पहुँचूँगा कैसे?"

"मैं तो सिर्फ़ सपनों की व्याख्या करती हूँ। मैं उनको वास्तविकता में बदलना नहीं जानती। इसलिए मुझे अपना जीवन चलाने के लिए अपनी बेटियों पर निर्भर रहना पड़ता है।"

"और अगर मैं कभी मिस्र तक पहुँच ही न पाया तो?"

"तो मुझे कुछ भी नहीं मिलेगा। वैसे भी यह पहली बार नहीं होगा।"

और फिर औरत ने लड़के से कहा कि अब तुम जाओ, वैसे भी मैं तुम्हारे साथ अपना बहुत वक़्त बरबाद कर चुकी हूँ।

लड़का बहुत निराश था; उसने फ़ैसला कर लिया कि वह आगे से कभी सपनों पर विश्वास नहीं करेगा। उसे याद आया कि उसे बहुत सारे काम निपटाने थे : उसने बाज़ार जाकर कुछ खाया, अपनी पुस्तक के बदले उससे कुछ मोटी-सी एक पुस्तक हासिल की, और जो नयी वाइन उसने ख़रीदी थी, उसे चखने के लिए वह चौक की एक बेंच पर जाकर बैठ गया। दिन गरम था, और वाइन पीकर उसे ताज़गी मिली। उसकी भेड़ें नगर के द्वार पर उसके एक दोस्त के तबेले में थीं। लड़का इस नगर के बहुत-से लोगों से परिचित था। इसी वजह से उसे यात्रा आकर्षित करती थी - वह हमेशा नए दोस्त बना लेता था, और उनके साथ उसे अपना सारा समय भी नहीं गुज़ारना पड़ता था। जब किसी को उन्हीं-उन्हीं लोगों को रोज़-रोज़ देखना पड़ता है, जैसा कि उसके साथ पाठशाला में हुआ करता था, तो वे लोग अन्ततः उस व्यक्ति की ज़िन्दगी का हिस्सा बन जाते हैं। और फिर वे उस व्यक्ति को बदलना चाहते हैं। अगर कोई व्यक्ति वैसा नहीं होता जैसा दूसरे लोग उसे देखना चाहते हैं, तो वे लोग उससे नाराज़ हो जाते हैं। लगता है कि हर व्यक्ति के दिमाग़ में स्पष्ट रूप यह धारणा बैठी होती है कि दूसरे लोगों को अपना जीवन कैसे जीना चाहिए, लेकिन खुद उसे कैसा जीवन जीना चाहिए, यह बात वह नहीं जानता।

उसने फ़ैसला किया कि वह तब तक इन्तज़ार करेगा जब तक कि सूरज और थोड़ा ढल नहीं जाता, इसके बाद ही वह अपने रेवड़ को लेकर मैदानों को पार करेगा। अब से तीन दिन बाद वह उस दुकानदार की बेटी के साथ होगा।

वह पुस्तक पढ़ने लगा जो उसने ख़रीदी थी। पहले ही पन्ने पर उसमें एक अन्तिम संस्कार का वर्णन किया गया था। और जो लोग उस अन्तिम संस्कार में शामिल थे, उनके नामों का उच्चारण करना मुश्किल था। उसने सोचा, अगर वह कभी कोई पुस्तक लिखेगा, तो वह एक वक़्त में एक ही व्यक्ति का वर्णन करेगा ताकि पाठकों को ढेर सारे लोगों के नाम याद न रखना पड़ें।

जब वह अन्ततः उस चीज़ पर ध्यान एकाग्र कर सका, जो वह पढ़ रहा था, तो उसे पुस्तक ज़्यादा बेहतर लगने लगी; उस दिन बर्फ़ गिर रही थी जब शव को दफ़नाने का वह संस्कार किया जा रहा था, और इससे उसे सर्दी का जो अहसास हुआ, वह उसको अच्छा लगा। वह अभी पढ़ ही रहा था कि तभी एक बूढ़ा आदमी आकर उसकी बग़ल में बैठ गया और उससे बातचीत करने की कोशिश करने लगा।

"वे लोग क्या कर रहे हैं?" बूढ़े ने चौक में मौजूद लोगों की ओर इशारा करते हुए पूछा।

"काम कर रहे हैं," लड़के ने बूढ़े को यह अहसास दिलाने की गरज से कि वह अपनी पुस्तक पर ध्यान देना चाहता है, रूखे ढंग से जवाब दिया।

दरअसल, वह दुकानदार की बेटी के सामने अपनी भेड़ों का ऊन काटने के बारे में सोच रहा था, ताकि लड़की देख सके कि वह मुश्किल काम कर सकता है। इस दृश्य की कल्पना वह पहले भी कई बार कर चुका था; उस दृश्य में वह हर बार जब भी लड़की को समझाता था कि भेड़ का ऊन पीछे से आगे की ओर काटना होता है, तो लड़की मन्त्रमुग्ध होकर उसे देखने लगती थी। उसने कुछ अच्छे क़िस्से भी याद करने की कोशिश की, ताकि वह उन्हें ऊन काटते समय लड़की को सुना सके। इनमें से ज़्यादातर क़िस्से उसने पुस्तकों में पढ़े थे, लेकिन उसने सोचा कि वह उनको इस तरह पेश करेगा जैसे वे उसके निजी अनुभव हों। वह इस फ़र्क को कभी नहीं समझ पाएगी, क्योंकि उसे पढ़ना नहीं आता था।

इस बीच, वह बूढ़ा उसको बातचीत में लगाने की अपनी कोशिशें करता रहा। उसने लड़के से कहा कि वह थका हुआ है और प्यासा है, और फिर उसने लड़के की वाइन से एक चुस्की लेने की इच्छा ज़ाहिर की। लड़के ने इस उम्मीद से अपनी बोतल बूढ़े के आगे कर दी कि इससे बूढ़ा उसे अकेला छोड़ देगा।

लेकिन बूढ़ा बात करना चाहता था, और उसने लड़के से उस पुस्तक के बारे में पूछा जो वह पढ़ रहा था। लड़के का मन कर रहा था कि वह रुखाई बरतते हुए किसी दूसरी बेंच पर चला जाए, लेकिन फिर उसे अपने पिता की यह सीख याद आयी कि हमें बुज़ुर्गों की इज़्ज़त करनी चाहिए। इसलिए उसने वह पुस्तक बूढ़े को पकड़ा दी - दो वजहों से : पहली यह कि वह ख़ुद नहीं जानता था कि पुस्तक के शीर्षक का उच्चारण कैसे करे; और दूसरी यह कि अगर बूढ़े को पढ़ना नहीं आता होगा तो वह ख़ुद ही शायद शर्मिन्दा होकर किसी दूसरी बेंच पर चला जाएगा।

"हूँ...," बूढ़े ने पुस्तक को हर तरफ़ से देखते हुए कहा, मानो वह कोई अजीबो-ग़रीब चीज़ हो। "यह एक महत्त्वपूर्ण पुस्तक है, लेकिन इसे पढ़कर वाक़ई खीझ होती है।"

लड़के को झटका लगा। मतलब यह कि बूढ़ा न केवल पढ़ना जानता था बल्कि उस पुस्तक को भी वह पढ़ चुका था। और अगर पुस्तक खीझ पैदा करने वाली थी, जैसा कि बूढ़े का कहना था, तो लड़के के पास अभी भी मौक़ा था कि वह उसकी जगह कोई दूसरी पुस्तक ले आता।

"यह ऐसी पुस्तक है, जो वही बात कहती है, जिसे दुनिया की लगभग सभी पुस्तकें कहती हैं," बूढ़े ने कहा। "यह पुस्तक बताती है कि लोग अपनी नियति का चयन ख़ुद नहीं कर पाते। और पुस्तक अन्ततः यह कहती है कि हर कोई दुनिया के सबसे बड़े झूठ में विश्वास करता है।"

"दुनिया का वह सबसे बड़ा झूठ क्या है?" लड़के ने अचरज से भरकर पूछा।

"वह यह है : अपने जीवन के एक ख़ास मक़ाम पर हमारा उस चीज़ पर कोई वश नहीं रह जाता जो हमारे साथ हो रहा होता है, और हमारी ज़िन्दगियाँ नियति द्वारा नियन्त्रित होने लगती हैं। यह दुनिया का सबसे बड़ा झूठ है।"

"ऐसा तो मेरे साथ कभी नहीं हुआ," लड़के ने कहा। "मेरे परिवार के लोग मुझे पादरी बनाना चाहते थे, लेकिन मैंने गड़रिया बनने का फ़ैसला किया।"

"ज़्यादा अच्छा है," बूढ़े ने कहा। "क्योंकि तुम्हें वाक़ई सफ़र करना अच्छा लगता है।"

"यह जानता है कि मैं क्या सोच रहा हूँ," लड़के ने मन-ही-मन कहा। इस बीच, बूढ़ा पुस्तक के पन्ने पलटने लगा था। लगता था जैसे पुस्तक वापस करने का उसका कोई इरादा न हो। लड़के ने ध्यान दिया कि बूढ़े की पोशाक विचित्र-सी थी। वह किसी अरबी की तरह लगता था, जिनकी मौजूदगी इन इलाक़ों में असामान्य बात नहीं थी। अफ़्रीका टेरिफ़ा से कुछ ही घण्टों की दूरी पर था; आपको नाव से सँकरी खाड़ी को पार करने भर की ज़रूरत थी। अरबी इस शहर में अक्सर दिखायी दे जाते थे, ख़रीदारी करते हुए और दिन में कई बार अपनी विचित्र-सी प्रार्थनाएँ करते हुए।

"आप कहाँ के रहने वाले हैं?" लड़के ने पूछा।

"बहुत-सी जगहों का।"

"बहुत-सी जगहों का तो कोई नहीं हो सकता," लड़के ने कहा। "मैं एक गड़रिया हूँ, और मैं बहुत-सी जगहों पर गया हूँ, लेकिन मैं हूँ तो एक ही जगह का रहने वाला - वह शहर एक प्राचीन क़िले के पास है। मेरा जन्म वहीं हुआ था।"

"तब ठीक है, हम कह सकते हैं कि मेरा जन्म सलेम में हुआ था।"

लड़का नहीं जानता था कि सलेम कहाँ है, लेकिन वह पूछना भी नहीं चाहता था, क्योंकि उसे डर था कि इससे वह अज्ञानी लगेगा। वह कुछ देर चौक के लोगों की ओर देखता रहा; वे यहाँ-वहाँ आ-जा रहे थे, और सब-के-सब बहुत व्यस्त दिखायी दे रहे थे।

"अच्छा, तो सलेम है कैसा?" उसने सुराग़ लेने की कोशिश की।

"वैसा ही है जैसा हमेशा से रहा है।"

अभी भी कोई सुराग़ नहीं, लेकिन इतना वह जानता था कि सलेम एंडालूसिया में तो नहीं था। अगर होता, तो उसने उसके बारे में ज़रूर सुना होता।

"और आप सलेम में करते क्या हैं?" लड़का पीछे पड़ा रहा।

"मैं सलेम में क्या करता हूँ?" बूढ़ा हँस पड़ा।

"दरअसल, मैं सलेम का राजा हूँ!"

लोग अजीबो-ग़रीब बातें करते हैं, लड़के ने सोचा। कभी-कभी लगता है कि भेड़ों के साथ रहना ही बेहतर है, जो कुछ भी नहीं कहतीं। और उससे भी बेहतर है कि आप अकेले हों, बस आपकी पुस्तक भर आपके साथ हो। जब आपका मन उनके क़िस्से सुनने का होता है तो वे आपको अपने आश्चर्यजनक क़िस्से सुनाती हैं, लेकिन जब आप लोगों से बात करते हैं, तो उनसे आपको ऐसी विचित्र बातें सुनने को मिलती हैं कि आपको यह भी नहीं सूझता कि बातचीत जारी कैसे रखी जाए।

"मेरा नाम मेल्कीज़ेडेक है," बूढ़े ने कहा। "तुम्हारे पास कितनी भेड़ें हैं?"

"काफ़ी," लड़के ने कहा। वह समझ रहा था कि बूढ़ा उसकी ज़िन्दगी के बारे में और भी कुछ जानना चाहता था।

"तब तो यह एक समस्या है। अगर तुम्हें लगता है कि तुम्हारे पास काफ़ी भेड़ें हैं, तो मैं तुम्हारी कोई मदद नहीं कर सकता।"

लड़के को अब खीझ होने लगी थी। वह तो कोई मदद माँग नहीं रहा था। यह तो खुद बूढ़ा था जिसने उससे उसकी वाइन पीने को माँगी थी, और बातचीत शुरू की थी।

"मुझे मेरी पुस्तक दीजिए," लड़के ने कहा, "मुझे जाना है, अपनी भेड़ों को इकट्ठा कर आगे की यात्रा पर निकलना है।"

बूढ़े ने कहा, "मुझे अपनी भेड़ों का दसवाँ हिस्सा दे दो, तो मैं तुम्हें बताऊँगा कि तुम छिपे हुए ख़ज़ाने को कैसे हासिल कर सकते हो"।

लड़के को अपना ख़्वाब याद आया, और सहसा सारी स्थिति उसके सामने साफ़ हो गयी। बुढ़िया ने उससे कोई पैसे नहीं लिए थे, लेकिन यह बूढ़ा - जो मुमकिन है उसका पति हो - कोई ऐसा तरीक़ा खोज रहा है कि वह एक ऐसी चीज़ के बारे में जानकारी देने के बदले ज़्यादा पैसा ऐंठ सके जिस चीज़ का वजूद भी न हो। यह बूढ़ा भी शायद जिप्सी है।

लेकिन इसके पहले कि लड़का कुछ कह पाता, बूढ़े ने लकड़ी का एक टुकड़ा उठाया और चौक के फ़र्श की रेत पर उससे कुछ लिखने लगा। उसकी छाती से कोई चीज़ इतनी तेज़ी-से चमकी कि पल भर को लड़के की आँखें चौंधिया गयीं। बूढ़े ने उस चीज़ को इतनी फुर्ती-से अपने लबादे से ढंक लिया कि उसकी उम्र को देखते हुए वैसी फुर्ती का अन्दाज़ा नहीं लगाया जा सकता था। जब लड़का फिर से देख पाने की स्थिति में आया, तो उसने वह पढ़ा जो बूढ़े ने रेत पर लिखा था।

उस छोटे-से शहर के चौक की रेत पर लड़के ने अपने पिता, अपनी माँ और अपनी पाठशाला के नाम लिखे देखे। वहाँ उसने दुकानदार की लड़की का वह नाम भी पढ़ा जो वह ख़ुद नहीं जानता था, और ऐसा और भी कुछ पढ़ा जिसके बारे में उसने कभी किसी को बताया ही नहीं था।

* * *

"मैं सलेम का राजा हूँ," बूढ़े ने कहा था।

"आख़िर एक राजा किसी गड़रिये से बात क्यों करेगा?" लड़के ने विस्मय और संकोच के साथ पूछा।

"बहुत-सी वजहें हैं। लेकिन फ़िलहाल सबसे महत्त्वपूर्ण वजह यह है कि तुम अपनी नियति को खोजने में कामयाब रहे हो।"

लड़का नहीं जानता था कि व्यक्ति की 'नियति' क्या होती है।

"वही जो तुम हमेशा से पाना चाहते रहे थे। अपनी जवानी में हर कोई जानता है कि उसकी नियति क्या है।

"उनकी ज़िन्दगी के उस मक़ाम पर सब कुछ साफ़ होता है और सब कुछ मुमकिन होता है। वे सपने देखने से नहीं डरते, और न ही उस हर चीज़ की लालसा करने से डरते हैं जिसे वे अपनी ज़िन्दगी में घटित होते देखना चाहते हैं, लेकिन जैसे-जैसे समय बीतता जाता है, कोई रहस्यमय शक्ति उनके मन में यह विश्वास जमाना शुरू कर देती है कि अपनी नियति को पा पाना उनके लिए असंभव है।"

बूढ़े ने जो कुछ भी कहा था, उसमें से कोई भी बात लड़के के ख़ास पल्ले नहीं पड़ी थी। लेकिन वह उस 'रहस्यमय शक्ति' के बारे में ज़रूर

जानना चाहता था; जब वह सौदागर की लड़की को उसके बारे में बताएगा तो वह बहुत प्रभावित होगी!

"यह शक्ति लगती तो नकारात्मक है, लेकिन दरअसल वह तुम्हें अपनी नियति तक पहुँचने का रास्ता दिखाती है। वह तुम्हारे उत्साह और तुम्हारे संकल्प को मज़बूत करती है, क्योंकि इस पृथ्वी का एक ही महान सत्य है : तुम जो भी कोई हो, या तुम जो भी कुछ करते हो, जब तुम वास्तव में कुछ पाना चाहते हो, तो इसलिए चाहते हो क्योंकि यह इच्छा इस कायनात की रूह से जन्मी होती है। उसे हासिल करना इस पृथ्वी पर तुम्हारी मुहिम है।"

"चाहे वह इच्छा यात्रा करने की ही क्यों न हो? या कपड़ों के किसी व्यापारी की लड़की से शादी करने की ही क्यों न हो?"

"हाँ, या ख़ज़ाने की खोज की ही क्यों न हो। इस कायनात की रूह लोगों के सुख से अपना पोषण प्राप्त करती है। और उनके दुख, द्वेष और ईर्ष्या से भी। अपनी नियति को हासिल कर लेना ही व्यक्ति की एकमात्र वास्तविक ज़िम्मेदारी है। सभी बातें एक जैसी हैं।

"और जब आप कुछ चाहते हैं, तो उसे हासिल करने में सारा संसार एकजुट होकर आपकी मदद करने लगता है?"

कुछ देर वे दोनों ख़ामोश होकर चौक और वहाँ शहर के लोगों की गतिविधियाँ देखते रहे, फिर बूढ़े ने नए सिरे-से बातचीत की पहल की।

"तुम भेड़ें क्यों चराते हो?"

"क्योंकि मुझे यात्रा करना अच्छा लगता है।"

बूढ़े ने डबल रोटी बेचने वाले एक आदमी की ओर इशारा किया, जो चौक के एक सिरे पर अपनी दुकान में खड़ा था। "वह आदमी भी अपने बचपन में यात्राएँ करना चाहता था, लेकिन उसने अपनी बेकरी खोलकर कुछ पैसा जमा करने का फ़ैसला किया। उसका इरादा है कि जब वह बूढ़ा हो जाएगा, तो एक महीना अफ़्रीका में गुज़ारेगा। उसे कभी इस बात का अहसास नहीं हुआ कि लोग चाहें तो अपनी ज़िन्दगी के किसी भी मक़ाम पर वह कर सकते हैं, जिसका वे ख़्वाब देखते हैं।"

"उसे गड़रिया बनने का फ़ैसला करना चाहिए था," लड़के ने कहा।

"हाँ, उसने इस बारे में सोचा था," बूढ़े ने कहा। "लेकिन बेकरी वालों की अहमियत गड़रियों से ज़्यादा होती है। बेकरी वालों के अपने घर होते हैं, जबकि गड़रिये खुले में सोते हैं। माँ-बाप अपने बच्चों की शादी गड़रियों की बजाय बेकरी वालों से ही करना बेहतर समझेंगे।"

लड़के के मन में दुकानदार की बेटी का ख़याल आया, तो उसके दिल में एक हूक उठी। उस लड़की के शहर में निश्चय ही कोई बेकर होगा।

बूढ़े ने बात जारी रखी, "अन्ततः गड़रियों और बेकरों के बारे में लोगों के ख़याल उनकी अपनी नियति से ज़्यादा अहम हो जाते हैं।"

बूढ़े ने पुस्तक के पन्ने पलटे और अचानक एक पन्ने पर रुककर वह उसे पढ़ने लगा। लड़के ने पहले तो इन्तज़ार किया, लेकिन फिर उसने बूढ़े को ठीक उसी तरह टोक दिया जैसे बूढ़े ने उसे टोक दिया था। "आप मुझसे यह सब कुछ क्यों कह रहे हैं?"

"क्योंकि तुम अपनी नियति को हासिल करने की कोशिश कर रहे हो। और तुम उस मक़ाम पर हो, जब तुम यह सारी कोशिश रोक सकते हो।"

"और इसी मक़ाम पर आप अचानक प्रकट हो जाते हैं?"

"हमेशा इसी तरह नहीं होता, लेकिन हाँ, मैं किसी-न-किसी रूप में प्रकट ज़रूर होता हूँ। कभी-कभी मैं किसी समाधान, या एक अच्छी सूझ की शक्ल में प्रकट होता हूँ। कभी, किसी निर्णायक क्षण में, स्थितियों को आसान बना देता हूँ। और भी कुछ मैं करता हूँ, लेकिन ज़्यादातर मामलों में लोगों को इस बात का अहसास ही नहीं होता कि मैंने उनके लिए कुछ किया है।"

बूढ़े ने बताया कि पिछले हफ़्ते उसे मजबूर होकर एक खनिक (खदान खोदने वाले) के सामने प्रकट होना पड़ा था, और एक पत्थर की शक्ल अख़्तियार करनी पड़ी थी। उस खनिक ने पन्ना को खोद निकालने की ख़ातिर सब कुछ त्याग दिया था। पाँच साल तक वह एक नदी पर काम करता रहा था और उसने पन्ना की तलाश में उस नदी के हज़ारों पत्थरों को उलट-पलट डाला था। वह खनिक अपनी सारी कोशिशों को ठीक उस वक़्त छोड़ने ही वाला था, जब अगर वह मात्र एक और पत्थर को - मात्र एक और पत्थर को - जाँचता, तो उसे उसका पन्ना मिल गया होता। चूँकि वह खनिक अपनी नियति की ख़ातिर हर चीज़ की कुर्बानी दे चुका था, इसलिए बूढ़े ने उसमें भागीदारी

करने का फ़ैसला किया। उसने खुद को एक पत्थर में बदल लिया, जो लुढ़कता हुआ उस खनिक के पैर के पास तक चला गया। खनिक के पाँच साल व्यर्थ गए थे, जिससे वह इतना नाराज़ और कुण्ठित था कि उसने उस पत्थर को उठाकर एक तरफ़ फेंक दिया, लेकिन उसने उसको इतनी ज़ोर-से फेंका था कि जिस पत्थर से वह टकराया, वह टूट गया, और उस टूटे हुए पत्थर में संसार का सबसे सुन्दर पन्ना फँसा हुआ था।

"लोग अपनी ज़िन्दगी के शुरुआती वर्षों में ही अपने होने की वजह को समझ जाते हैं," बूढ़े ने एक ख़ास तरह के तीखे लहज़े में कहा। "शायद इसीलिए वे जल्दी ही कोशिश करना भी बन्द कर देते हैं, लेकिन होता यही है।"

लड़के ने बूढ़े को याद दिलाया कि उसने छिपे हुए ख़ज़ाने के बारे में कुछ कहा था।

"ख़ज़ाना पानी के तेज़ बहाव से उजागर होता है, और वही तेज़ बहाव उसे दफ़ना देता है," बूढ़े ने कहा। अगर तुम अपने ख़ज़ाने के बारे में जानना चाहते हो, तो तुम्हें अपनी भेड़ों का दसवाँ हिस्सा मुझे देना होगा।"

"और अगर मैं अपने ख़ज़ाने का दसवाँ हिस्सा देने का वादा करूँ तो?"

बूढ़े के चेहरे पर निराशा दिखायी दी। "अगर तुम उस चीज़ को देने के वादे के साथ शुरू करोगे जो तुम्हारे पास अभी है ही नहीं, तो उस चीज़ को हासिल करने की दिशा में काम करने की तुम्हारी इच्छा ही नहीं रह जाएगी।"

लड़के ने उसे बताया कि वह तो ख़ज़ाने का दसवाँ हिस्सा देने का वादा एक जिप्सी से पहले ही कर चुका है।

"जिप्सी लोगों से ऐसे वादे कराने में माहिर होते हैं," बूढ़े ने गहरी साँस लेते हुए कहा। "ख़ैर, ये अच्छा है कि तुमने यह सीख लिया है कि ज़िन्दगी में हर चीज़ के लिए एक क़ीमत चुकानी होती है। यही तो वह चीज़ है जो प्रकाश के योद्धा (वॉरियर्स ऑफ़ द लाइट) सिखाने की कोशिश करते हैं।

बूढ़े ने लड़के को पुस्तक लौटा दी।

"कल, इसी वक़्त, अपनी भेड़ों का दसवाँ हिस्सा मुझे लाकर दो, और मैं तुम्हें छिपे हुए ख़ज़ाने को हासिल करने का तरीक़ा बताऊँगा। गुड आफ़्टरनून।"

और वह चौक के कोने में कहीं ग़ायब हो गया।

* * *

लड़का फिर से अपनी पुस्तक पढ़ने लगा, लेकिन अब उसका मन नहीं लग रहा था। वह तनाव में था और परेशान था, क्योंकि वह जानता था कि बूढ़े का कहना सही था। वह बेकरी गया जहाँ से उसने ब्रेड ख़रीदी और सोचता रहा कि बूढ़े ने इस बेकर के बारे में जो कुछ कहा था, वह उसे बताये या न बताये। कभी-कभी चीज़ों को उनके हाल पर छोड़ देना ही अच्छा होता है, उसने मन-ही-मन सोचा, और चुप रहने का ही फ़ैसला किया। अगर वह कुछ भी कह देगा, तो बेकर तीन दिन तक सब कुछ छोड़ देने के बारे में सोचता रहेगा, भले ही उसे अब इन सब चीज़ों की आदत पड़ चुकी है। इसलिए वह शहर में भटकने लगा, और चलते-चलते नगर के द्वार पर जा पहुँचा। वहाँ एक छोटी-सी इमारत थी, जिसकी खिड़की से लोग अफ़्रीका जाने के लिए टिकिट ख़रीदते थे। और उसे मालूम था कि मिस्र अफ़्रीका में है।

"क्या मैं तुम्हारी कुछ मदद कर सकता हूँ?" खिड़की के पीछे बैठे आदमी ने पूछा।

"शायद कल," लड़के ने वहाँ से आगे बढ़ते हुए कहा। अगर वह अपनी एक भेड़ बेच दे, तो उसके पास इतना पर्याप्त पैसा होगा कि वह आसानी-से खाड़ी के दूसरे किनारे पर पहुँच जाएगा। इस ख़याल ने उसे डरा दिया।

"एक और ख़्वाब देखने वाला," टिकिट बेचने वाले ने जाते हुए लड़के को देखकर अपने सहयोगी से कहा। "उसके पास यात्रा करने लायक़ पैसा नहीं है।"

टिकिट की खिड़की पर खड़े-खड़े लड़के को अपनी भेड़ों की याद आयी, और उसने फ़ैसला किया कि उसे गड़रिया ही बने रहना चाहिए। दो साल में उसने चरवाहे के काम से सम्बन्धित सारी चीज़ें सीख ली थीं : वह भेड़ों का ऊन निकालना जानता था, गर्भवती भेड़ों की देखभाल करना जानता था, और भेड़ों को भेड़ियों से बचाना जानता था। वह एंडालूसिया के सारे मैदानों और चारागाहों से वाकिफ़ था। और उसे अपनी एक-एक भेड़ के वाजिब दाम की जानकारी थी।

उसने लम्बे-से-लम्बे रास्ते से अपने दोस्त के तबेले पर लौटने का फ़ैसला किया। जब वह शहर के क़िले के क़रीब से होकर गुज़रा, तो उसने अपनी वापसी को लगाम दी, और पत्थर की उस ढलान पर चढ़ गया जो दीवार के ऊपर तक जाती थी। वहाँ से वह दूर अफ़्रीका को देख सकता था। कभी किसी ने उससे कहा था कि यह वही जगह थी, जहाँ से मूर आए थे और उन्होंने सारे स्पेन पर कब्ज़ा कर लिया था।

जहाँ वह बैठा था, वहाँ से वह लगभग सारा शहर देख सकता था, उस चौक समेत, जहाँ बैठकर उसने बूढ़े से बातचीत की थी। बुरा हो उस घड़ी का जब वह बूढ़ा मुझे मिला था, उसने सोचा। वह तो सिर्फ़ उस औरत की तलाश में इस शहर में आया था जो उसके सपने को पढ़ सकती थी। लेकिन वह औरत और वह बूढ़ा, दोनों ही उसके गड़रिया होने से ज़रा भी प्रभावित नहीं हुए। वे ऐसे एकाकी व्यक्ति हैं जिनका दुनिया की चीज़ों पर से विश्वास उठ चुका है, और वे यह समझ ही नहीं पाते कि एक गड़रिये को अपनी भेड़ों से कितना लगाव होता है। वह अपने रेवड़ की एक-एक भेड़ को जानता था : वह जानता था कि कौन-कौन सी लँगड़ी है, कौन अब से दो महीने बाद बच्चा जनने वाली है, और कौन सबसे ज़्यादा आलसी है। वह उनका ऊन कतरना जानता था, और उनको हलाल करना जानता था। उसने सोचा कि अगर मैंने कभी उनको छोड़ दिया तो वे बहुत दुख झेलेंगी।

हवा तेज़ हो चली थी। वह उस हवा से वाकिफ़ था : लोग उसे लिवेंटर कहते थे, क्योंकि मूर इसी पर सवार होकर भूमध्यसागर के पूरबी छोर पर बसे लिवेंट से यहाँ आए थे।

लिवेंटर और भी तेज़ी-से बहने लगी। मैं यहाँ हूँ, अपनी भेड़ों और अपने ख़ज़ाने के बीच, लड़के ने सोचा। उसे दो चीज़ों के बीच चुनाव करना ज़रूरी था : एक, जिसका वह आदी हो चुका था, और दूसरी वह जो वह पाना चाहता था, फिर दुकानदार की बेटी भी थी, लेकिन वह उसके लिए उतनी महत्त्वपूर्ण नहीं थी, जितनी उसकी भेड़ें थीं, क्योंकि वह उस पर निर्भर नहीं थी। मुमकिन है कि उसे मेरी याद भी न हो, उसने सोचा। वह अच्छी तरह से जानता था कि वह लड़की के सामने किसी दिन प्रकट हुआ था, लड़की को इससे कोई फ़र्क नहीं पड़ा था, क्योंकि लड़की के लिए हर दिन एक जैसा था, और जब हर दिन अगले दिन जैसा ही होता है, तो

वह इसलिए होता है, क्योंकि लोग उन अच्छी घटनाओं को पहचान ही नहीं पाते, जो उनके जीवन में सूरज के उगने के साथ हर दिन घटित होती हैं।

मैं अपनी माँ, अपने पिता, और अपने नगर के क़िले को पीछे छोड़ आया हूँ। उनको मेरे दूर चले जाने की आदत पड़ चुकी है, उसी तरह मुझे भी उनसे दूर रहने की आदत पड़ चुकी है। भेड़ों को भी मेरे उनके साथ न होने की आदत पड़ जाएगी, लड़के ने सोचा।

जहाँ पर वह बैठा था, वहाँ से वह चौक को देख सकता था। बेकर की दुकान पर लोगों की आवाजाही अभी भी जारी थी। जिस बेंच पर बैठकर उसने बूढ़े से बातचीत की थी, वहाँ अब एक नौजवान जोड़ा बैठा हुआ था और वे चुम्बन ले रहे थे।

"वह बेकर...," उसने मन-ही-मन कहा और उस ख़याल को अधूरा ही छोड़ दिया। लिवेंटर और भी तेज़ होती जा रही थी, और वह उसके दबाव को अपने चेहरे पर महसूस कर रहा था। हाँ, यह हवा मूरों को लायी थी, लेकिन यह रेगिस्तान और परदानशीन औरतों की गन्ध भी तो अपने साथ लायी थी। यह अपने साथ उन आदमियों का पसीना और सपने भी लायी थी, जो कभी अज्ञात की खोज में, और सोने तथा साहसिक कारनामों की खोज में - और पिरामिडों की खोज में निकल पड़े थे। लड़के को हवा की आज़ादी से ईर्ष्या महसूस हुई, और उसने पाया कि वह ख़ुद भी वैसी ही आज़ादी हासिल कर सकता है। सिवा उसके और कुछ भी तो नहीं था जो उसे रोक सकता। भेड़ें, सौदागर की बेटी, और एंडालूसिया के मैदान तो उसके गन्तव्य के रास्ते की सीढ़ियाँ-मात्र थीं।

अगले दिन दोपहर में लड़का उस बूढ़े से मिला। वह अपने साथ छह भेड़ें लेकर आया था।

"मुझे आश्चर्य है," लड़के ने कहा। "मेरे दोस्त ने सारी भेड़ें तुरन्त ख़रीद लीं। उसका कहना था कि वह तो हमेशा से एक गड़रिया बनने का ख़्वाब देखता रहा था, और यह भविष्य की दिशा में एक अच्छा संकेत था।"

"हमेशा ऐसा ही होता है," बूढ़े ने कहा। "इसे अनुकूलता का सिद्धान्त कहते हैं। जब आप पहली बार ताश के पत्ते खेलते हैं और आपको लगभग पक्का यक़ीन होता है कि आप जीत जाएँगे। शुरुआत करने वाले की क़िस्मत।"

"ऐसा क्यों होता है?"

"क्योंकि एक ऐसी ताक़त है जो चाहती है कि तुम अपने गन्तव्य तक पहुँच सको; यह कामयाबी के स्वाद के साथ आपकी भूख भड़काती है।"

फिर वह बूढ़ा उन भेड़ों का निरीक्षण करने लगा, और उसने देखा कि उनमें से एक भेड़ लँगड़ी थी। लड़के ने समझाया कि यह उतनी महत्त्वपूर्ण बात नहीं है, क्योंकि वह झुण्ड की सबसे ज़्यादा समझदार भेड़ है, और सबसे ज़्यादा ऊन देती है।

"ख़ज़ाना कहाँ है?" उसने पूछा।

"वह मिस्र में है, पिरामिडों के पास।"

लड़का भौंचक्का रह गया। यही बात तो उस बुढ़िया ने कही थी, लेकिन उसने बदले में कुछ भी नहीं लिया था।

"ख़ज़ाना हासिल करने के लिए तुम्हें भविष्य-सूचक संकेतों का अनुसरण करना होगा। परमेश्वर ने हर किसी के लिए एक मार्ग तैयार किया हुआ है। तुम्हें सिर्फ़ उन भविष्य-सूचक संकेतों को पढ़ना होगा, जो उसने तुम्हारे लिए छोड़े हुए हैं।"

लड़का कोई जवाब दे पाता इसके पहले ही एक तितली उसके और बूढ़े के बीच आकर फड़फड़ाने लगी। उसे एक बात याद आयी जो एक बार उसके दादा ने उससे कही थी : तितलियाँ भविष्य की सूचना देने वाला एक अच्छा संकेत होती हैं; झींगुरों की तरह, और उम्मीदों की तरह; छिपकलियों की तरह और चार पत्तों वाली घास की तरह।

"यह सही है," बूढ़े ने लड़के के विचारों को पढ़ते हुए कहा। "ठीक उसी तरह जिस तरह तुम्हारे दादा ने तुम्हें सिखाया था। ये अच्छे भविष्य-सूचक संकेत होते हैं।"

बूढ़े ने अपना लबादा खोला, और लड़के ने वहाँ जो देखा, उससे चकित रह गया। बूढ़े ने सोने का एक भारी कवच पहन रखा था जो बेशक़ीमती रत्नों से मढ़ा हुआ था। लड़के ने उस चौंधिया देने वाली चमक को याद किया, जो उसने एक दिन पहले देखी थी।

वह वास्तव में एक राजा था! उसने चोरों से बचने के लिए ही छद्मवेष धारण कर रखा होगा।

“ये लो,” बूढ़े ने कवच के बीच से एक काला और एक सफ़ेद रत्न निकालकर उसे देते हुए कहा। “इन्हें उरिम और थुम्मिम के नाम से जाना जाता है। काले का अर्थ है ‘हाँ’ और सफ़ेद का अर्थ है ‘नहीं’। जब तुम्हें भविष्य-सूचक संकेतों को पढ़ने में मुश्किल पेश आएगी, तो ये उनको पढ़ने में तुम्हारी मदद करेंगे। सवाल हमेशा इस तरह करना जिसका जवाब ‘हाँ’ या ‘नहीं’ में हो।

“लेकिन अगर मुमकिन हो, तो अपने फ़ैसले खुद ही लेना। ख़ज़ाना पिरामिड पर है; यह बात तुम्हें मालूम ही है, लेकिन मुझे तुमसे छह भेड़ों का भुगतान करने का आग्रह इसलिए करना पड़ा क्योंकि मैंने फ़ैसला लेने में तुम्हारी मदद की थी।”

लड़के ने वे रत्न अपने थैले में रख लिए। उसके बाद से उसे अपने फ़ैसले खुद लेने थे।

“हर चीज़ का सामना करते समय यह कभी मत भूलना कि वह वही एक चीज़ है और कुछ नहीं है। और भविष्य-सूचक संकेतों की भाषा कभी मत भूलना। और, हाँ, अपने गन्तव्य का अनुसरण करना तब तक मत भूलना जब तक कि उस तक पहुँच न जाओ।

“लेकिन जाने से पहले, मैं तुम्हें एक छोटी-सी कहानी सुनाना चाहता हूँ।

“एक दुकानदार ने अपने बेटे को दुनिया के सबसे ज्ञानी पुरुष के पास जाकर सुख का रहस्य समझने को भेजा। वह लड़का चालीस दिन तक रेगिस्तान में भटकता रहा, और अन्त में एक सुन्दर क़िले पर पहुँचा, जो एक पर्वत के शिखर पर बना हुआ था। वह ज्ञानी पुरुष उसी क़िले में रहता था।

“लेकिन जब हमारी कहानी के इस मुख्य किरदार ने क़िले के मुख्य कक्ष में प्रवेश किया, तो वहाँ उसे कोई सन्तनुमा आदमी नहीं मिला, बल्कि उसने देखा कि वहाँ तरह-तरह की गतिविधियाँ जारी थीं। व्यापारी आ-जा रहे थे, लोग यहाँ-वहाँ खड़े बातचीत कर रहे थे, एक छोटा-सा ऑर्केस्ट्रा मद्धिम संगीत बजा रहा था, और एक मेज़ थी जिस पर दुनिया के सबसे स्वादिष्ट व्यंजनों से भरी थालें रखी हुई थीं। वह ज्ञानी पुरुष हर किसी से बात कर रहा था और लड़के को अपनी बारी आने के लिए दो घण्टे इन्तज़ार करना पड़ा।

"ज्ञानी पुरुष ने पूरे ध्यान से लड़के की बात सुनी कि वह उसके पास क्यों आया था, लेकिन फिर उसने कहा कि ठीक इस वक़्त उसके पास सुख का रहस्य समझाने का समय नहीं है। उसने लड़के को सुझाव दिया कि वह महल में घूम-घाम कर दो घण्टे बाद उसके पास वापस आए।

"'इस बीच मैं चाहता हूँ कि तुम एक काम करो,' ज्ञानी पुरुष ने कहा, और लड़के को एक चम्मच पकड़ा दी जिसमें तेल की दो बूँदें पड़ी हुई थीं। 'जिस दौरान तुम महल में घूमो, इस चम्मच को इस तरह थामे रखना कि इसका तेल छलकने न पाए।'

"लड़का चम्मच पर अपनी निगाहें गड़ाये हुए महल की कई सीढ़ियाँ चढ़ने-उतरने लगा। दो घण्टे बाद वह उस कमरे में लौटा, जहाँ वह ज्ञानी पुरुष था।

"'हूँ, क्या तुमने मेरे भोजन-कक्ष में टँगे, चित्रों से सजे हुए फ़ारसी परदे देखे? क्या तुमने मेरा वह बग़ीचा देखा, जिसे बनाने में उस्ताद माली को दस साल लग गए थे? क्या तुमने मेरे पुस्तकालय में रखे चर्मपत्र के ख़ूबसूरत ग्रन्थों की ओर ध्यान दिया?'

"लड़का शर्मिन्दा हुआ और उसने स्वीकार किया कि उसका ध्यान उनमें से किसी चीज़ की ओर नहीं गया था। उसे तो पूरे समय इस बात की फ़िक्र बनी रही थी कि ज्ञानी पुरुष ने जो चम्मच उसे सौंपी हुई थी, उसका तेल छलकने न पाए।

"'तब फिर वापस जाओ और मेरी दुनिया के चमत्कारों को ध्यान से देखो,' ज्ञानी पुरुष ने कहा। 'अगर तुम किसी आदमी के मकान को ही नहीं जानते, तो तुम उस आदमी पर भरोसा नहीं कर सकते।'

"लड़के ने राहत की साँस ली, चम्मच उठायी और वापस राजमहल की छानबीन के लिए लौट पड़ा। इस बार उसने छतों और दीवारों की सारी कलात्मक सजावटों को ध्यान से देखा। उसने सारे बाग़ देखे, अपने चारों ओर खड़ी पहाड़ियाँ देखीं, और उस नफ़ासत पर ध्यान दिया, जिसके साथ हर चीज़ का चुनाव किया गया था। वापस लौटने पर उसने ज्ञानी पुरुष को उस सब कुछ के बारे में विस्तार से बताया जो उसने देखा था।

"'लेकिन तेल की वे बूँदें कहाँ हैं, जो मैंने तुम्हें सौंपी थीं?' ज्ञानी पुरुष ने पूछा।

"जब लड़के ने सिर झुकाकर हाथ में थमी चम्मच की ओर देखा, तो पाया कि उसका तेल नदारद था।

"'ख़ैर, मैं तुम्हें एक ही सलाह दे सकता हूँ,' ज्ञानियों के ज्ञानी उस पुरुष ने कहा। 'सुख का रहस्य यह है कि दुनिया के सारे आश्चर्यों को देखो, और चम्मच में रखी तेल की बूँदों को कभी मत भूलो।' "

गड़रिये ने कुछ नहीं कहा। वह बूढ़े राजा द्वारा सुनायी कहानी को समझ गया था। एक गड़रिये को भले ही यात्राएँ पसंद हों, लेकिन उसे अपनी भेड़ों के बारे में कभी नहीं भूलना चाहिए।

बूढ़े ने लड़के की ओर देखा और अपने दोनों हाथों से उसके सिर के ऊपर कुछ विचित्र-से संकेत किए, फिर वह अपनी भेड़ों को लेकर वहाँ से चला गया।

* * *

टेरिफ़ा के सबसे ऊँचे शिखर पर एक पुराना क़िला है, जिसका निर्माण मूरों ने किया था। उसकी बुर्ज़ों पर खड़े होकर आप अफ़्रीका की एक झलक पा सकते हैं। सलेम का राजा मेल्कीज़ेडेक उस अपराह्न बुर्ज़ पर बैठा हुआ अपने चेहरे पर लिवेंटर का स्पर्श महसूस कर रहा था। भेड़ें आसपास बेचैन भटक रही थीं, वे अपने नये मालिक के साथ असहज महसूस कर रही थीं और इस बहुत ज़्यादा बदलाव की वजह से उत्तेजित थीं। वे सिर्फ़ भोजन और पानी चाहती थीं।

मेल्कीज़ेडेक एक छोटे जहाज़ को देख रहा था जो बन्दरगाह से बाहर निकल रहा था। अब वह उस लड़के से कभी नहीं मिलेगा, ठीक उसी तरह जैसे वह अब्राहम से एक-दहाई शुल्क लेने के बाद कभी नहीं मिला था। यही उसका धन्धा था।

देवताओं की कोई इच्छाएँ नहीं होती होंगी, क्योंकि उनके कोई प्रारब्ध नहीं होते, लेकिन सलेम का राजा बेतहाशा उम्मीद से भरा हुआ था कि वह लड़का कामयाब होगा।

यह बहुत बुरी बात है कि वह बहुत जल्दी मेरा नाम भूल जाएगा, उसने सोचा। मुझे यह नाम उसके सामने बार-बार दोहराना चाहिए था।

फिर वह जब मेरे बारे में बात करता, तो कहता कि वह मेल्कीज़ेडेक है, सलेम का राजा।

उसने कुछ लज्जित-से भाव से आसमान की ओर देखा और कहा, "हे प्रभु, जैसा कि आपने कहा है, यह अहंकार की इन्तिहा है, लेकिन एक बूढ़े राजा का इतना हक़ तो बनता ही है कि वह कभी-कभी ख़ुद पर गर्व करे।

* * *

अफ़्रीका कितना अजीबो-ग़रीब है, लड़के ने सोचा।

वह एक बार में बैठा हुआ था, जो उन बिल्कुल उन्हीं बारों जैसा था जिन्हें वह टेंज़ियर की सँकरी सड़कों के किनारे देखता आया था। कुछ लोग एक विशाल हुक्का पी रहे थे जिसे वे एक-दूसरे की ओर बढ़ाते जाते थे। कुछ ही घण्टों के भीतर उसने हाथ में हाथ डाले मर्दों और नक़ाब से ढँके चेहरों वाली औरतों को आते-जाते देख लिया था, और उन मौलवियों को भी जो मीनारों पर चढ़कर अजान देते थे - और उस दौरान हर कोई घुटनों के बल बैठकर अपने माथे ज़मीन पर टिका देता था।

"यह विधर्मियों का रिवाज़ है," उसने मन-ही-मन कहा। अपने बचपन में उसने गिरजाघर में हमेशा सफ़ेद घोड़े पर सवार सेंट सेंटियागो माटामोरोस की छवि देखी थी, जिनकी बग़ल में नंगी तलवार लटकती रहती थी, और घुटनों पर झुके ऐसे ही लोगों की आकृतियाँ होती थीं। वह अन्दर-ही-अन्दर बीमार और बुरी तरह अकेला महसूस करने लगा। उन विधर्मियों को देखकर लगता था जैसे उनके भीतर कोई पाप छिपा हुआ हो।

इसके अलावा, यात्रा की हड़बड़ी में वह एक बात भूल ही गया था, सिर्फ़ एक बात, जो उसे उसके ख़ज़ाने से लम्बे अरसे तक दूर रख सकती थी : इस मुल्क में सिर्फ़ अरबी ही बोली जाती थी।

शराबघर का मालिक उसके पास आया, और लड़के ने उस पेय की ओर इशारा किया, जो उसके बग़ल की मेज़ पर पेश किया गया था, लेकिन उसे पता चला कि वह कोई कड़वी चाय थी। वह तो वाइन पीना चाहता था।

लेकिन फ़िलहाल उसे इसकी चिन्ता करने की ज़रूरत नहीं थी। उसे ज़रूरत थी अपने ख़ज़ाने की चिन्ता करने की, और इस बात की कि वह

उसे हासिल कैसे करे। भेड़ों की बिक्री से उसके बटुए में काफ़ी पैसा आ चुका था, और लड़का जानता था कि पैसा जादुई चीज़ होता है; जिसके पास पैसा होता है वह वाक़ई कभी अकेला नहीं पड़ता। बहुत लम्बा समय नहीं लगेगा, बल्कि शायद कुछ ही दिनों में, वह पिरामिडों पर होगा। सोने का कवच पहने एक बूढ़े आदमी ने महज़ छह भेड़ों की ख़ातिर उससे झूठ नहीं बोला होगा।

उस बूढ़े ने संकेतों और भविष्य-सूचक संकेतों की बात कही थी, और, जब लड़का खाड़ी को पार कर रहा था, तो उसने भविष्य-सूचक संकेतों के बारे में सोचा था। हाँ, बूढ़े को पता था कि वह किस बारे में बात कर रहा था : जो समय उसने एंडालूसिया के मैदानों में गुज़ारा था, उस दौरान उसने यह सीख लिया था कि ज़मीन और आसमान को ग़ौर से देखते हुए उसे कौन-सा रास्ता पकड़ना चाहिए। उसने पता लगा लिया था कि एक ख़ास पक्षी की मौजूदगी का मतलब है कि आसपास कोई साँप है, और एक ख़ास तरह की झाड़ी उस इलाक़े में पानी की मौजूदगी का संकेत है। यह बात उसे भेड़ों ने सिखायी थी।

अगर परमेश्वर भेड़ों को इतनी अच्छी तरह राह दिखाता है, तो वह इंसान को भी राह दिखाएगा, उसने सोचा, और यह सोचते हुए उसने बेहतर महसूस किया। अब वह चाय उतनी कड़वी नहीं लग रही थी।

"तुम कौन हो," उसने सुना कि कोई स्पेनिश में उससे पूछ रहा था।

लड़के ने राहत की साँस ली। वह भविष्य-सूचक संकेतों के बारे में सोच रहा था, और कोई व्यक्ति प्रकट हो गया था।

"तुम्हें स्पेनिश कैसे आती है?" उसने पूछा। यह नया आगन्तुक पश्चिमी वेशभूषा पहने एक नौजवान था, लेकिन चमड़ी के रंग से वह इसी शहर का लगता था। वह क़रीब-क़रीब लड़के की ही उम्र का था और उसके जितना ही लम्बा था।

"यहाँ लगभग हर कोई स्पेनिश बोलता है। हम स्पेन से सिर्फ़ दो घण्टे की दूरी पर ही तो हैं।"

"बैठो, मैं तुम्हारी कुछ ख़ातिरदारी करना चाहता हूँ," लड़के ने कहा। "और मुझे एक गिलास वाइन लाने को कहो। मुझे इस चाय से नफ़रत है।"

"इस मुल्क में वाइन नहीं मिलती," नौजवान ने कहा। "यहाँ मज़हब उसकी इजाज़त नहीं देता।"

लड़के ने उससे कहा, मुझे पिरामिडों पर जाना है। उसके मुँह से ख़ज़ाने वाली बात निकलने ही वाली थी, लेकिन फिर उसने उस बारे में न बोलना ही ठीक समझा। उसने सोचा कि अगर मैं इस अरबी को यह बात बता दूँगा तो हो सकता है यह मुझे वहाँ पहुँचाने के बदले मुझसे उस ख़ज़ाने का एक हिस्सा माँगने लगे। उसे बूढ़े की कही वह बात याद आयी : ऐसी चीज़ देने का वादा नहीं करना चाहिए, जो तुम्हारे पास अभी है ही नहीं।

"मैं चाहता हूँ कि तुम मुझे वहाँ ले चलो। गाइड के रूप में तुम्हारी इस मदद के बदले मैं तुम्हारा मेहनताना देने को तैयार हूँ।

"तुम्हें कोई अन्दाज़ा है कि वहाँ कैसे जाना होता है?" उस नवागन्तुक ने पूछा।

लड़के ने ध्यान दिया कि बार का मालिक पास ही खड़ा हुआ था और बड़े ध्यान-से उनकी बातचीत सुन रहा था। उस आदमी की मौजूदगी से उसे असहजता महसूस हुई, लेकिन अब जबकि उसे एक गाइड मिल गया था, वह इस मौक़े को गँवाना नहीं चाहता था।

"तुम्हें सहारा का पूरा रेगिस्तान पार करना होगा," नौजवान ने कहा। "और इसके लिए तुम्हें पैसे की ज़रूरत होगी। मैं जानना चाहता हूँ कि क्या तुम्हारे पास पर्याप्त पैसा है।"

लड़के को यह सवाल विचित्र-सा लगा, लेकिन लड़के को बूढ़े की कही बात पर भरोसा था, जिसने कहा था कि जब तुम वाक़ई कुछ चाहते हो, तो पूरा संसार हमेशा एकजुट होकर तुम्हारे पक्ष में योजना बनाने लगता है।

उसने अपने बटुए से पैसा निकाला और नौजवान को दिखाया। बार का मालिक भी पास आकर देखने लगा। उन दोनों आदमियों ने आपस में अरबी में कुछ कहा, जिससे बार का मालिक कुछ चिढ़ा हुआ-सा दिखायी दिया।

"हम यहाँ से बाहर चलते हैं," नवागन्तुक ने कहा। "वह चाहता है हम जाएँ।"

लड़के ने राहत की साँस ली। वह बिल का भुगतान करने खड़ा हुआ, लेकिन बार मालिक ने उसे पकड़ लिया और नाराज़ होता हुआ उस पर बरस पड़ा। लड़का हट्टाकट्टा था और वह उसका मुँहतोड़ जवाब देना चाहता था, लेकिन फिर यह सोचकर उसने इरादा बदल दिया कि वह एक पराये मुल्क में था। उसके नए दोस्त ने मालिक को परे धकेल दिया, और लड़के का हाथ

खींचता हुआ उसे बाहर ले आया। "वह तुम्हारा पैसा हड़पना चाहता था," उसने कहा। "टेंज़ियर अफ़्रीका की बाक़ी जगहों जैसा नहीं है। यह बन्दरगाह है, और हर बन्दरगाह के अपने चोर होते हैं।"

लड़के के मन में अपने इस नए दोस्त पर भरोसा जागा। उसने एक ख़तरनाक स्थिति से बाहर निकलने में उसकी मदद की थी। उसने अपने पैसे निकाले और उनको गिना।

"हम कल तक पिरामिडों पर पहुँच सकते हैं," नौजवान ने पैसे लेते हुए कहा। "लेकिन इसके पहले मुझे दो ऊँट ख़रीदने होंगे।"

वे टेंज़ियर की सँकरी गलियों में चल पड़े। हर कहीं तरह-तरह के सामान की छोटी-छोटी दुकानें लगी हुई थीं। वे एक विशाल चौक के बीच पहुँचे जहाँ बाज़ार लगा हुआ था। वहाँ हज़ारों की तादाद में लोग आपस में बहस कर रहे थे, सामान ख़रीद और बेच रहे थे; चाकू-छुरों के बीच सब्ज़ियाँ बिक रही थीं, तम्बाक़ू के साथ-साथ बेचे जाने के लिए क़ालीन प्रदर्शित थे। लेकिन लड़का पूरे समय अपनी आँखें अपने नए दोस्त पर जमाये हुए था। आख़िरकार उसका सारा पैसा उसी के पास था। पहले तो उसके मन में आया था कि उससे पैसा वापस माँग ले, लेकिन फिर उसे लगा कि यह दोस्ताना रवैया नहीं होगा। उसे उस पराये मुल्क के दस्तूरों के बारे में कोई जानकारी नहीं थी।

"मैं सिर्फ़ उस पर निगाह रखूँगा," उसने मन-ही-मन कहा। वह जानता था कि वह अपने इस दोस्त से कहीं ज़्यादा मज़बूत है।

अचानक, इस सारी उधेड़बुन के बीच उसे एक ऐसी बेहद ख़ूबसूरत तलवार दिखायी दी, जैसी उसने कभी नहीं देखी थी। उसकी म्यान पर चाँदी की पच्चीकारी थी, और उसकी मूठ काली थी तथा उस पर बेशक़ीमती रत्न जड़े हुए थे। लड़के ने मन-ही-मन तय किया कि मिस्र से लौटने के बाद यह तलवार ख़रीद लेगा।

"ज़रा उस दुकानदार से पूछो कि वह तलवार कितने की है," उसने अपने दोस्त से कहा। तभी उसे अहसास हुआ कि तलवार देखने के चक्कर में उसका ध्यान कुछ क्षणों के लिए भटक गया था। उसका दिल अन्दर धँस गया, जैसे उसकी छाती ने उसे सहसा ज़ोर-से दबा दिया हो। वह निगाहें दौड़ाकर देखने से डर रहा था क्योंकि वह जानता था कि उसका नतीजा क्या

होगा। वह कुछ देर और उस ख़ूबसूरत तलवार को देखता रहा, तब जाकर वह गर्दन घुमाने की हिम्मत जुटा पाया।

उसके चारों तरफ़ बाज़ार था, लोग आ-जा रहे थे, आवाज़ें लगा रहे थे और ख़रीदारी कर रहे थे, और वातावरण में खाने की चीज़ों की अजीबो-ग़रीब गन्ध फैली हुई थी... लेकिन उसे अपना वह नया साथी कहीं दिखायी नहीं दिया।

लड़का खुद को विश्वास दिलाना चाहता था कि उसका दोस्त संयोगवश उससे जुदा हो गया है। उसने तय किया कि वह वहीं रुककर उसका इन्तज़ार करेगा। वह इन्तज़ार ही कर रहा था कि तभी एक मौलवी पास की एक मीनार पर चढ़कर अजान देने लगा; बाज़ार के सारे लोग अपने-अपने घुटनों पर झुक गए, उन्होंने अपने माथे ज़मीन पर टिका दिए, और खुद भी नमाज़ पढ़ने लगे। इसके बाद सारे-के-सारे दुकानदारों ने कामकाजी चीटियों की तरह अपनी दुकानें समेटीं और वहाँ से चल पड़े।

सूरज भी विदा ले रहा था। लड़के की निगाहें कुछ देर डूबते सूरज की राह की पीछा करती रहीं। आख़िर वह चौक को घेरते सफ़ेद मकानों के पीछे ओझल हो गया। उसने याद किया कि सुबह जब यह सूरज उगा था तब वह एक दूसरे महाद्वीप पर था, साठ भेड़ों को हाँकता एक चरवाहा था, और एक लड़की से मिलने जाने का इन्तज़ार कर रहा था। उस सुबह जाने-पहचाने मैदानों से गुज़रते हुए उसे उस एक-एक घटना के बारे में पता था, जो उसके साथ होने वाली थी। लेकिन अब, जब सूरज डूबने को था, वह एक बिल्कुल अलग मुल्क में था, एक अजनबी मुल्क के बीच एक अजनबी, जहाँ की ज़बान तक वह नहीं बोल सकता था। अब वह गड़रिया नहीं रह गया था, और अब उसके हाथ में कुछ नहीं था, पैसा भी नहीं था कि वह वापस लौट सकता और सब कुछ नए सिरे से शुरू कर सकता।

यह सब कुछ सूर्योदय और सूर्यास्त के बीच घटित हो गया था, लड़के ने सोचा। उसे खुद पर दया आ रही थी और वह अपनी ज़िन्दगी के इस तरह अचानक और ज़बरदस्त ढंग से उलट-पुलट हो जाने को लेकर मन-ही-मन विलाप कर रहा था।

उसे इस क़दर शर्म आ रही थी कि उसका मन रोने को कर रहा था। वह कभी अपनी भेड़ों तक के सामने नहीं रोया था, लेकिन बाज़ार सूना

पड़ा था, और वह घर से बहुत दूर था, इसलिए वह रोने लगा। वह रो रहा था क्योंकि परमेश्वर ने उसके साथ नाइन्साफ़ी की थी, और यह सोचकर रो रहा था कि अपने सपनों में विश्वास करने वाले लोगों को परमेश्वर इस तरह का फल देता है।

जब मेरे पास मेरी भेड़ें थीं, तब मैं सुखी था, और अपने आसपास के लोगों को सुखी बनाता था। लोग मुझे क़रीब आता देख मेरा स्वागत करते थे, उसने सोचा। लेकिन अब मैं दुखी हूँ और अकेला हूँ। अब मैं दूसरों के प्रति कड़वाहट और अविश्वास से भर जाने वाला हूँ, क्योंकि एक इंसान ने मेरे साथ धोखा किया है। मैं उन लोगों से नफ़रत करने लगूँगा, जिनको उनके ख़ज़ाने मिल गए होंगे क्योंकि मुझे मेरा ख़ज़ाना कभी नहीं मिलेगा। अब जो भी कुछ थोड़ा-सा मेरे पास बचा है, मुझे उसी से सन्तोष करना पड़ेगा क्योंकि मैं इतना तुच्छ हूँ कि दुनिया को जीत पाना मेरे बूते की बात नहीं है।

उसने इस उम्मीद से अपना थैला खोलकर देखा कि शायद उसमें कुछ बचा हो। हो सकता है उसमें उस सेंडविच का ही कोई टुकड़ा बचा हो जो उसने जहाज़ पर खाया था। लेकिन उसमें उस भारी-भरकम पुस्तक, उसकी जैकेट और उन दो रत्नों के अलावा जो उसे बूढ़े ने दिए थे, और कुछ भी नहीं था।

जब उसने उन रत्नों को देखा तो उसे किसी वजह से राहत महसूस हुई। उसने उसकी छह भेड़ों के बदले उसे वे दो रत्न अपने सोने के कवच से निकाल कर दिए थे। वह उन रत्नों को बेच कर वापसी का टिकिट ख़रीद सकता है, लेकिन इस बार मैं अक़्ल से काम लूँगा, लड़के ने सोचा, और उन रत्नों को थैले से निकालकर अपनी जेब में रख लिया। यह बन्दरगाह का नगर था, और उसके दोस्त ने उससे जो एकमात्र सच्ची बात कही थी वह यही थी कि बन्दरगाहों के नगर चोरों से भरे होते हैं।

अब उसे समझ में आया कि बार का मालिक इतना झल्लाया हुआ क्यों था : वह मुझसे यह कहने की कोशिश कर रहा था कि मुझे उस आदमी पर भरोसा नहीं करना चाहिए। "मैं भी वैसा ही हूँ जैसा हर कोई है - मैं दुनिया को उस रूप में देखता हूँ, जिस रूप में उसे होते हुए देखना चाहता हूँ, उस रूप में नहीं जैसी वह वास्तव में है।"

उसने उन रत्नों पर हल्के-से हाथ फेरते हुए उनके ताप और उनकी सतहों के स्पर्श को महसूस किया। वे उसका ख़ज़ाना थे। उनको हाथ में लेने मात्र से वह बेहतर महसूस कर रहा था। वे उसे बूढ़े की याद दिला रहे थे।

"जब तुम कुछ पाना चाहते हो, तो सारा संसार उस चीज़ को हासिल करने में तुम्हारी मदद की योजना बनाने लगता है," उसने कहा था।

लड़का उस बात की सच्चाई को समझने की कोशिश कर रहा था, जो बूढ़े ने कही थी। वह सूने बाज़ार में खड़ा था, उसके पास एक धेला भी नहीं था, जिसे वह अपना कह सकता, और न ही एक भी भेड़ थी, जिसकी उसे रात में रखवाली करनी पड़ती, लेकिन वे रत्न इस बात का सबूत थे कि वह एक राजा से मिला था - राजा जो लड़के के अतीत के बारे में जानता था।

"इन्हें यूरिम और थुम्मिम कहा जाता है, और ये भविष्य-सूचक संकेतों को पढ़ने में तुम्हारी मदद कर सकते हैं।" लड़के ने रत्नों को वापस थैले में डाला और एक आज़माइश करने का फ़ैसला किया। बूढ़े ने कहा था कि तुम्हारे सवाल एकदम स्पष्ट होने चाहिए, और इसके लिए लड़के को यह जानना ज़रूरी था कि वह क्या जानना चाहता था। इसलिए, उसने पूछा, क्या बूढ़े का आशीर्वाद अभी भी मेरे साथ है।

उसने एक रत्न निकाला। वह "हाँ" था।

"क्या मुझे अपना ख़ज़ाना मिलेगा?" उसने पूछा। वह थैले में हाथ डालकर किसी एक रत्न को टटोलने लगा। उसके वैसा करने पर दोनों रत्न थैले के एक छेद से बाहर निकलकर ज़मीन पर गिर गए। लड़के ने कभी ध्यान ही नहीं दिया था कि थैले में कोई छेद भी था। वह घुटनों के बल ज़मीन पर बैठ गया ताकि उनको उठाकर वापस थैले में डाल सकता, लेकिन उनको ज़मीन पर पड़े देखकर उसे एक और बात याद हो आयी।

"भविष्य-सूचक संकेतों को पहचानना सीखो, और उनका अनुसरण करो," बूढ़े राजा ने कहा था।

एक भविष्य-सूचक संकेत। लड़का मन-ही-मन मुस्कराया। उसने दोनों रत्नों को उठाया और वापस थैले में डाल दिया। उसने छेद को बन्द करने के बारे में नहीं सोचा - वे रत्न जब चाहे छेद से बाहर निकलकर गिर सकते थे। वह जानता था कि कुछ चीज़ें ऐसी होती हैं जिनके बारे में, अपनी नियति

से भागने के लिए, सवाल नहीं पूछना चाहिए। "मैंने वादा किया था कि अपने फ़ैसले मैं ख़ुद ही लूँगा," उसने मन-ही-मन कहा।

लेकिन उन रत्नों ने उसे बता दिया था कि वह बूढ़ा अभी भी उसके साथ है, और इससे उसने और भी आत्मविश्वास महसूस किया। उसने एक बार फिर ख़ाली चौक को चारों ओर निगाहें घुमाकर देखा। इस बार उसे पहले की तुलना में कम निराशा महसूस हुई। यह जगह अजनबी नहीं थी, यह नयी जगह थी।

आख़िरकार वह हमेशा से यही तो चाहता रहा था : नयी जगहों के बारे में जानना। यहाँ तक कि अगर वह पिरामिडों तक भी कभी न पहुँच पाए, तो भी वह इतनी दूर तक का सफ़र तय कर चुका था, जितना उसकी जानकारी में किसी भी गड़रिये ने नहीं किया था। काश कि उन्हें मालूम होता कि जहाँ वे हैं, वहाँ से जहाज़ से मात्र दो घण्टे की दूरी पर चीज़ें कितनी अलग हैं, उसने सोचा। हालाँकि, उसकी यह नयी दुनिया फ़िलहाल एक सूना बाज़ार थी, लेकिन वह उसे उस वक़्त देख चुका था जब वह जीवन की चहल-पहल से भरी-पूरी थी, और उसे कभी नहीं भूल पाएगा। उसने उस तलवार को याद किया। उसके बारे में सोचते हुए थोड़ी तकलीफ़ पहुँची, लेकिन यह भी सच था कि उसने वैसी तलवार उसके पहले नहीं देखी थी। इन तमाम बातों के बारे में सोचते हुए उसे समझ में आया कि उसे इन दो चीज़ों के बीच चुनाव करना होगा कि वह ख़ुद को एक चोर का दयनीय शिकार समझे या अपने ख़ज़ाने की खोज में लगा एक साहसिक यात्री समझे।

"मैं ख़ज़ाने की खोज में लगा एक साहसिक यात्री हूँ," उसने ख़ुद से कहा।

* * *

उसे किसी ने झकझोर कर जगा दिया। वह बीच बाज़ार में सो गया था, और अब चौक का जीवन फिर से शुरू होने को था। उसने चारों ओर देखते हुए अपनी भेड़ों को खोजा, और फिर उसे अहसास हुआ कि वह एक नयी दुनिया में है। लेकिन वह उदास होने की बजाय ख़ुश था। अब उसको भेड़ों के लिए चारे और पानी की चिन्ता करने की ज़रूरत नहीं थी; इसकी बजाय वह अब अपने ख़ज़ाने की खोज पर निकल सकता था। उसकी जेब में एक

भी पैसा नहीं था, लेकिन उसके अन्दर आस्था थी। पिछली रात उसने फ़ैसला किया था कि वह वैसा ही साहसिक यात्री बनेगा, जैसे यात्रियों के बारे में वह पुस्तकों में पढ़कर उनकी सराहना करता रहा था।

वह धीरे-धीरे बाज़ार से होकर गुज़रने लगा। दुकानदार अपनी दुकानें जमा रहे थे, और लड़के ने एक कैंडी विक्रेता की दुकान सजाने में मदद की। कैंडी विक्रेता के चेहरे पर मुस्कराहट थी : वह ख़ुश था, वह अपनी ज़िन्दगी के बारे में जानता था और एक और दिन का काम शुरू करने के लिए तैयार हो रहा था। उसकी मुस्कराहट ने लड़के को बूढ़े की याद दिला दी - वह रहस्यमय बूढ़ा राजा, जिससे वह मिला था। "ये कैंडी विक्रेता इसलिए कैंडी नहीं बना रहा है कि बाद में वह यात्राएँ करेगा या किसी दुकानदार की बेटी से विवाह करेगा। वह इसलिए कैंडी बनाता है, क्योंकि वह कैंडी बनाना चाहता है," लड़के ने सोचा। उसे लगा कि वह वही कर सकता है, जो बूढ़े ने किया था - इस बात को महसूस करना कि व्यक्ति अपने गन्तव्य के नज़दीक है या उससे दूर। महज़ उनकी ओर देखते हुए। यह कितना आसान है, तब भी मैंने यह पहले कभी नहीं किया, उसने सोचा।

जब दुकान जम गयी, तो कैंडी विक्रेता ने उस दिन तैयार की गयी पहली कैंडी लड़के को भेंट की। लड़के ने उसका शुक्रिया अदा किया, कैंडी खायी और वहाँ से चला गया। अभी वह कुछ दूर ही गया था कि तो उसे अहसास हुआ कि जब वे दुकान जमा रहे थे, तो उनमें से एक अरबी और दूसरा स्पेनिश बोल रहा था।

और वे एक-दूसरे की बात बहुत अच्छी तरह समझ रहे थे।

इसका मतलब है कि कोई ऐसी भाषा निश्चय ही है, जो शब्दों पर निर्भर नहीं करती, लड़के ने सोचा। यह चीज़ मैं अपनी भेड़ों के साथ पहले ही अनुभव कर चुका हूँ, और अब यही चीज़ लोगों के मामले में भी हो रही है।

वह ढेरों नयी चीज़ें सीख रहा था। उनमें से कुछ चीज़ें ऐसी थीं जिनको वह पहले ही अनुभव कर चुका था, और वे वास्तव में नयी नहीं थीं, लेकिन उसने पहले उनको उस तरह समझा नहीं था। और उनको इसलिए नहीं समझा था क्योंकि उसको उनकी आदत पड़ चुकी थी। उसे अहसास हुआ : अगर मैं बिना शब्दों वाली इस भाषा को समझना सीख लेता हूँ, तो मैं दुनिया को समझना सीख सकता हूँ।

उसने तनाव-मुक्त होकर और बिना हड़बड़ी के टेंज़ियर की सँकरी गलियों में चलने का निश्चय कर लिया। सिर्फ़ रास्ते में ही वह भविष्य-सूचक संकेतों को पढ़ पाएगा। वह जानता था कि इसके लिए बहुत अधिक धीरज की ज़रूरत होगी, लेकिन गड़रिये धीरज से काफ़ी परिचित होते हैं। उसने एकबार फिर देखा कि उस पराये मुल्क में वह उन्हीं सीखों से काम ले रहा था जो उसने अपनी भेड़ों से सीखी थीं।

"सब बातें एक जैसी ही हैं," बूढ़े ने कहा था।

* * *

क्रिस्टल का सामान बेचने वाला दुकानदार दिन होते ही जाग गया, और उसने वैसी ही बेचैनी महसूस की जैसी वह हर सुबह महसूस करता था। वह तीस सालों से एक ही जगह पर अटका हुआ था : उसकी दुकान एक पहाड़ी रास्ते की चोटी पर थी, जहाँ से बहुत थोड़े-से ग्राहक गुज़रते थे। अब इतनी देर हो चुकी थी कि कुछ भी नहीं बदला जा सकता था - उसने केवल एक ही चीज़ सीखी हुई थी और वह थी क्रिस्टल के बर्तनों को ख़रीदना और बेचना। एक समय था जब बहुत-से लोग उसकी दुकान के बारे में जानते थे : अरब के सौदागर, फ्रांसीसी और अँग्रेज़ भूगर्भशास्त्री, जर्मन सैनिक जो हमेशा दौलतमन्द हुआ करते थे। उन दिनों में स्फटिक बेचना अद्भुत काम हुआ करता था, और वह सोचा करता था कि वह अमीर बन जाएगा और जब बूढ़ा होगा तो उसके साथ ख़ूबसूरत औरतें हुआ करेंगी।

लेकिन जैसे-जैसे वक़्त गुज़रता गया, टेंज़ियर बदलता गया। पास का नगर सेऊटा टेंज़ियर से ज़्यादा तेज़ी-से तरक़्क़ी करता गया था, और उसके कारोबार में गिरावट आती गयी थी। पड़ोस के लोग यहाँ-वहाँ चले गए थे, और पहाड़ी पर थोड़ी-सी छोटी-मोटी दुकानें ही बच रही थीं। और कोई नहीं था जो उन मुट्ठी भर दुकानों में सामान की छानबीन करने के लिए पहाड़ पर चढ़ता।

लेकिन स्फटिक के दुकानदार के पास और कोई विकल्प नहीं था। उसने स्फटिक का सामान ख़रीदते-बेचते हुए अपने जीवन के तीस साल गुज़ार दिए थे, और अब इतनी देर हो चुकी थी कि और कोई धन्धा करना मुमकिन नहीं था।

सड़क पर गाहे-ब-गाहे लोगों का आना-जाना देखते हुए उसने पूरी सुबह गुज़ार दी। वह वर्षों से यही करता आया था, और हर आने-जाने वाले के कार्यक्रम से परिचित था, लेकिन दोपहर के भोजन का वक़्त होने से ठीक पहले वह लड़का दुकान के सामने आकर रुका। उसने कपड़े तो सामान्य ढंग के ही पहने रखे थे, लेकिन स्फटिक के दुकानदार की अनुभवी निगाहें देख सकती थीं कि लड़के के पास ख़रीदारी करने के लिए पैसा नहीं था। तब भी दुकानदार ने लड़के के चले जाने तक अपना दोपहर का भोजन मुल्तवी रखने का फ़ैसला किया।

* * *

दुकान के दरवाज़े पर लटकती तख्ती में कहा गया था कि दुकान में कई ज़बानें बोली जाती हैं। लड़के को काउंटर पर एक आदमी नज़र आया।

"अगर आप चाहें, तो मैं शो-केस में रखे शीशे के बर्तनों को साफ़ कर सकता हूँ," लड़के ने कहा। "उनकी हालत देखकर उनको कोई नहीं ख़रीदेगा।"

आदमी बिना कोई जवाब दिए उसकी ओर देखता रहा।

"बदले में आप मुझे खाने के लिए कुछ दे सकते हैं।"

आदमी ने तब भी कुछ नहीं कहा, लड़के को लगा कि उसे ही कोई-न-कोई फ़ैसला लेना होगा। उसके थैले में उसकी जैकेट थी - रेगिस्तान में निश्चय ही उसे उसकी ज़रूरत नहीं पड़ने वाली थी। उसने जैकेट निकालकर शीशों को साफ़ करना शुरू कर दिया। आधा घण्टे में उसने शो-केस में रखे सारे बर्तन साफ़ कर दिए, और जिस दौरान वह इस काम में लगा हुआ था, उसी बीच दो ग्राहक दुकान में आकर कुछ सामान ख़रीद ले गए।

जब उसने सफ़ाई का काम निपटा दिया, तो उसने उस आदमी से खाने के लिए कुछ माँगा। "आओ, हम कुछ खाते हैं," दुकानदार ने कहा।

उसने दरवाज़े पर भोजनावकाश की सूचना-पट्टी लटकायी और वे पास के एक छोटे-से कैफ़े में चले गए। वहाँ पड़ी एकमात्र मेज़ पर बैठते हुए स्फटिक का दुकानदार हँस पड़ा।

“तुम्हें कोई सफ़ाई करने की ज़रूरत नहीं थी,” उसने कहा। “कुरान मुझसे तकाज़ा करती है कि मैं भूखे आदमी को खिलाऊँ।”

“वाह, तब फिर आपने मुझे वह काम क्यों करने दिया?” लड़के ने पूछा।

“क्योंकि सामान गन्दा हो गया था। और तुम्हें और मुझे, दोनों को ही अपने दिमाग़ को नकारात्मक विचारों से साफ़ करना ज़रूरी था।”

जब उन्होंने भोजन कर लिया, तो दुकानदार ने लड़के की ओर देखकर कहा, “मुझे ख़ुशी होगी अगर तुम मेरी दुकान में काम करोगे। जब तुम काम कर रहे थे, तब दो ग्राहक आए, और यह एक अच्छा शगुन है।”

लोग शगुनों के बारे में बहुत बात करते हैं, गड़रिये ने सोचा, लेकिन वे वाक़ई जानते नहीं हैं कि वे क्या कह रहे हैं। जैसे कि मुझे ही इस बात का कभी अहसास नहीं था कि मैं वर्षों अपनी भेड़ों से एक ऐसी ज़बान में बात करता रहा था जिसमें कोई शब्द नहीं थे।

“तुम मेरी दुकान पर काम करना चाहोगे?” दुकानदार ने पूछा।

“मैं आज बाक़ी पूरे दिन काम कर सकता हूँ,” लड़के ने जवाब दिया। “मैं सुबह होने तक पूरी रात काम करूँगा, और आपकी दुकान के एक-एक सामान को साफ़ कर दूँगा। बदले में मुझे कल मिस्र जाने के लिए पैसे की ज़रूरत होगी।”

व्यापारी हँस पड़ा। “अगर तुम पूरे साल भर तक मेरी दुकान में काँचों की साफ़-सफ़ाई का काम करते रहो... यहाँ तक कि तुम दुकान की सारी चीज़ें बिकवाकर अच्छा ख़ासा कमीशन भी कमा डालो, तब भी तुम्हें मिस्र जाने के लिए क़र्ज़ लेना पड़ेगा। यहाँ और वहाँ के बीच हज़ारों किलोमीटर रेगिस्तान फैला हुआ है।”

कुछ पल ख़ामोशी छायी रही जो इतनी गहरी थी कि लगता था सारा शहर सोया हुआ हो। बाज़ारों की कोई आवाज़ें नहीं, दुकानदारों के बीच कोई बहस-मुबाहसा नहीं, मीनारों पर चढ़कर अजान देने वाला कोई शख़्स नहीं। कोई उम्मीद नहीं, कोई साहसिक कारनामा नहीं, कोई बूढ़ा राजा या नियतियाँ नहीं, कोई ख़ज़ाना नहीं, कोई पिरामिड नहीं। ऐसा लगता था जैसे दुनिया ख़ामोश हो गयी हो क्योंकि लड़के की आत्मा ख़ामोश हो गयी थी।

वह वहाँ बैठा हुआ सूनी निगाहों से कैफ़े के दरवाज़े के बाहर देख रहा था, और कामना कर रहा था कि काश वह मर जाता और सब कुछ हमेशा के लिए ख़त्म हो जाता।

दुकानदार परेशान नज़रों से लड़के की ओर देख रहा था। वह सारा-का-सारा उल्लास जो उस सुबह उसने देखा था, वह ग़ायब हो चुका था।

"मेरे बच्चे, मैं तुझे इतना पैसा दे सकता हूँ कि तू अपने मुल्क वापस लौट सके," स्फटिक के दुकानदार ने कहा।

लड़के ने कुछ नहीं कहा। वह उठा, अपने कपड़े ठीक किये, और अपना थैला उठा लिया।

"मैं आपके लिए काम करूँगा," उसने कहा।

फिर एक और लम्बी ख़ामोशी के बाद उसने कहा, "मुझे कुछ भेड़ ख़रीदने के लिए पैसों की ज़रूरत है।"

भाग दो

लड़के को स्फटिक की दुकान पर काम करते हुए लगभग एक महीना हो चुका था, और वह समझ सकता था कि वह उस तरह का काम नहीं था जिसे करते हुए वह ख़ुश रहता। व्यापारी पूरे समय काउंटर पर बैठा बड़बड़ाता रहता था और लड़के को हिदायत देता रहता था कि वह चीज़ों को उठाते-रखते हुए सावधानी-से काम ले, ताकि कोई टूट-फूट न हो।

लेकिन तब भी वह वहाँ टिका रहा क्योंकि व्यापारी, हमेशा झुँझलाते रहने वाला बूढ़ा होने के बावजूद, उसके साथ इन्साफ़ बरतता था; हर बर्तन की बिक्री पर लड़के को अच्छा कमीशन मिलता था, और वह कुछ पैसा बचाने में कामयाब रहा था। उस सुबह उसने कुछ हिसाब लगाया था : वह जिस तरह काम करता रहा था, अगर उसी तरह रोज़ करता रहे, तो उसे कुछ भेड़ें ख़रीदने के लिए पूरे साल भर काम करना ज़रूरी होगा।

"मैं स्फटिक की चीज़ों को प्रदर्शित करने के लिए एक डिस्प्ले केस तैयार करना चाहता हूँ," लड़के ने व्यापारी से कहा। "हम उसे बाहर रख सकते हैं ताकि पहाड़ी के नीचे से गुज़रने वाले लोगों का ध्यान उसकी तरफ़ जा सके।"

"ऐसा डिस्प्ले केस मैंने पहले कभी नहीं रखा," व्यापारी ने जवाब दिया। "लोग उसकी बग़ल से गुज़रते हुए उससे टकराएँगे, और चीज़ें टूट जाएँगी।"

"ऐसा है कि जब मैं अपनी भेड़ों को मैदानों में से लेकर जाता था, उस समय अगर हमारा सामना किसी साँप से हो जाता, तो कुछ भेड़ें मर भी सकती थीं, लेकिन भेड़ों और गड़रियों का जीवन ऐसे ही चलता है।"

व्यापारी उस ग्राहक की ओर मुड़ा जो स्फटिक के तीन गिलास ख़रीदना चाहता था। इन दिनों उसकी बिक्री हमेशा की तुलना में बेहतर ढंग से हो रही थी... मानो वे पुराने दिन वापस लौट आए हों जब यह सड़क टेंज़ियर का बड़ा आकर्षण हुआ करती थी।

“कारोबार वाक़ई बेहतर हुआ है,” ग्राहक के जाने के बाद उसने लड़के से कहा। “मैं काफ़ी बेहतर स्थिति में हूँ, और तुम जल्दी ही अपनी भेड़ों के पास लौट पाआगे। ज़िन्दगी से इससे ज़्यादा की माँग क्यों की जाए?”

“इसलिए कि हमें शगुनों पर ध्यान देना ज़रूरी है,” लड़के के मुँह से लगभग अनायास ही निकल गया; फिर उसे अपने कहे पर पछतावा हुआ, क्योंकि वह व्यापारी तो कभी उस बूढ़े राजा से मिला ही नहीं था।

“इसे अनुकूलता का सिद्धान्त कहते हैं। शुरुआत करने वाले की क़िस्मत। क्योंकि जीवन चाहता है कि आप अपनी नियति को हासिल कर सकें,” बूढ़े राजा ने कहा था।

लेकिन व्यापारी लड़के की बात समझ गया था। दुकान में लड़के की मौजूदगी एक अच्छा शगुन था, और, जब समय बीतने के साथ तिजोरी में पैसा जमा होने लगा, तो उसे लड़के को काम पर रखने को लेकर कोई पछतावा नहीं रहा। लड़के को उसकी क़ाबिलियत से ज़्यादा भुगतान किया जा रहा था, क्योंकि जब व्यापारी को बहुत ज़्यादा बिक्री की उम्मीद नहीं थी तभी उसने लड़के को ऊँची दरों पर कमीशन देना मंज़ूर कर लिया था। वह मानकर चल रहा था कि लड़का जल्दी ही अपनी भेड़ों के पास वापस लौट जाएगा।

“तुम पिरामिडों पर क्यों जाना चाहते थे?” दुकानदार ने डिस्प्ले केस के मसले से ध्यान हटाने के उद्देश्य से लड़के से पूछा।

“क्योंकि मैं हमेशा से उनके बारे में सुनता आया हूँ,” लड़के ने जवाब दिया। उसने अपने ख़्वाब के बारे में कुछ भी नहीं कहा। ख़ज़ाना अब एक दर्दनाक याद से ज़्यादा कुछ नहीं रह गया था, और वह कोशिश करता था कि उसका ख़याल दिमाग़ में न आए।

“मैं यहाँ ऐसे किसी व्यक्ति को नहीं जानता, जो महज़ पिरामिडों को देखने की ख़ातिर रेगिस्तान पार करने का इरादा रखता हो,” व्यापारी ने कहा। “वे महज़ पत्थरों का ढेर हैं। वैसा पिरामिड तुम अपने घर के पिछवाड़े खड़ा कर सकते हो।”

“आपने कभी यात्रा के सपने नहीं देखे,” लड़के ने दुकानदार से, उस ग्राहक की ओर मुड़ते हुए कहा जिसने अभी-अभी दुकान में प्रवेश किया था।

दो दिन बाद व्यापारी ने लड़के से डिस्प्ले के बारे में बात की।

"मुझे बदलाव बहुत ज़्यादा पसंद नहीं आते," उसने कहा। "तुम और मैं उस अमीर व्यापारी हसन जैसे नहीं हैं। अगर ख़रीदारी में उससे कोई ग़लती हो जाती है, तो इससे उसके लिए बहुत ज़्यादा फ़र्क नहीं पड़ता। लेकिन हम दोनों को तो अपनी ग़लतियों का ख़ामियाज़ा भुगतना ही पड़ेगा।"

यह बात तो सही ही है, लड़के ने अफ़सोस के भाव से सोचा।

"तुम्हें क्यों लगता है कि हमें डिस्प्ले करना चाहिए?"

"मैं जल्दी-से-जल्दी अपनी भेड़ों के पास लौटना चाहता हूँ। जब क़िस्मत हमारे साथ हो तो हमें उसका फ़ायदा उठाना ज़रूरी है, और हमें उसकी उतनी ही मदद करनी चाहिए जितनी मदद वह हमारी कर रही हो। इसे अनुकूलता का सिद्धान्त कहते हैं या शुरुआत करने वाले की क़िस्मत।"

व्यापारी कुछ देर ख़ामोश रहा। फिर उसने कहा, "पैगम्बर ने हमें कुरान दी थी, और हमें पाँच फ़र्ज़ दिए थे, जिन्हें हमें अपनी ज़िन्दगी में अदा करने होते हैं। इनमें सबसे अहम फ़र्ज़ है सिर्फ़ एक सच्चे ख़ुदा में भरोसा। दूसरे फ़र्ज़ हैं, दिन में पाँच बार नमाज़ पढ़ना, रमज़ान के दौरान रोज़े रखना और ग़रीबों के प्रति दरियादिली रखना।"

इतना कहकर वह रुक गया। पैगम्बर के बारे में बात करते हुए उसकी आँखें छलछला रही थीं। वह एक अक़ीदतमन्द इंसान था, और अपने सारे उतावलेपन के बावजूद वह अपनी ज़िन्दगी इस्लाम के क़ायदों के मुताबिक़ जीना चाहता था।

"पाँचवाँ फ़र्ज़ क्या है?" लड़के ने पूछा।

"दो दिन पहले तुमने कहा था कि क्या मैंने कभी सफ़र का ख़्वाब नहीं देखा," व्यापारी ने जवाब दिया। "हर मुसलमान का पाँचवाँ फ़र्ज़ है हज। हमारा फ़र्ज़ है कि हम, ज़िन्दगी में कम-से-कम एक बार पाक शहर मक्का जाएँ।

"मक्का पिरामिडों से भी बहुत दूर है। जब मैं जवान था, तो मेरी एक ख़्वाहिश थी कि मैं इतना पैसा जमा कर लूँ कि यह दुकान खोल सकूँ। मैं सोचता था कि एक दिन मैं अमीर हो जाऊँगा, और मक्का जा सकूँगा। मैंने कुछ पैसा इकट्ठा करना शुरू भी कर दिया था, लेकिन मैं इस दुकान को किसी

के ज़िम्मे छोड़कर जाने का मन नहीं बना सका; क्रिस्टल के बर्तन नाज़ुक होते हैं। वहीं मेरी दुकान के सामने से गुज़रते हुए लोग मक्का की ओर जा रहे होते थे। उनमें से कुछ अमीर हज यात्री होते थे, जो नौकरों और ऊँटों के साथ के कारवाँ में जा रहे होते थे, लेकिन ज़्यादातर हज यात्री मुझसे ज़्यादा ग़रीब होते थे।

“वे सब जो वहाँ हो आए होते थे, बहुत ख़ुश होते थे। वे हज की निशानियों को अपने दरवाज़ों पर लटकाते थे। उनमें से एक मोची था, जो जूतों की मरम्मत कर अपना गुज़र-बसर करता था। उसका कहना था कि उसने क़रीब एक साल तक रेगिस्तान का सफ़र किया था, लेकिन उससे ज़्यादा थकान उसको तब होती थी, जब उसे चमड़ा ख़रीदने टेंज़ियर की सड़कों से होकर गुज़रना पड़ता था।”

“तो आप अभी क्यों नहीं हो आते मक्का?” लड़के ने पूछा।

“क्योंकि यह मक्का का ख़याल है, जो मुझे ज़िन्दा रखे हुए है। इसी के सहारे मैं इन दिनों का सामना करता हूँ जो एक-जैसे होते हैं, शेल्फ़ों में रखे हुए ये क्रिस्टल के गूँगे बर्तन, उसी भयानक कैफ़े में रोज-रोज़ लंच और डिनर खाना। मुझे डर है कि अगर मेरा सपना पूरा हो गया, तो मेरे पास जीने की कोई वजह नहीं रह जाएगी।

“तुम अपनी भेड़ों और पिरामिडों के बारे में ख़्वाब देखते हो, लेकिन तुम मुझसे जुदा हो, क्योंकि तुम अपने ख़्वाबों को पूरा करना चाहते हो। मैं तो मक्का का सिर्फ़ ख़्वाब देखना चाहता हूँ। मैंने हज़ारों बार रेगिस्तान को पार करने की, पाक चट्टान के चौक पर पहुँचने का ख़्वाब देखा है, अपने इस ख़्वाब में मैंने उसे छूने से पहले सात बार उसका चक्कर लगाया है। मैंने उन लोगों की कल्पना की है जो मेरी बग़ल में होंगे, जो मेरे सामने होंगे, और उस बातचीत तथा नमाज़ की कल्पना की है जो मैं उन लोगों के साथ मिलकर करूँगा। लेकिन मुझे डर है कि आख़िर में यह सब निराशा में बदल जाएगा, इसलिए मैं इसका ख़्वाब देखना ही बेहतर समझता हूँ।

उस दिन व्यापारी ने लड़के को डिस्प्ले केस तैयार करने की इजाज़त दे दी। हर किसी का सपना एक ही तरह से साकार नहीं हो सकता।

* * *

दो और महीने इसी तरह बीत गए, और उस डिस्प्ले शेल्फ़ की वजह से क्रिस्टल की दुकान में बहुत-से ग्राहक आए। लड़के ने हिसाब लगाया कि अगर वह छह महीने और इसी तरह काम करता रहा, तो वह स्पेन वापस लौटकर साठ भेड़ें तो ख़रीद ही लेगा, साठ और भी भेड़ें ख़रीद लेगा। साल भर से भी कम के समय में वह अपनी भेड़ों की संख्या दुगुनी कर लेगा, और वह अरबों के साथ कारोबार कर सकेगा, क्योंकि अब वह उनकी अजीबो-ग़रीब ज़बान बोल सकता था। बाज़ार की उस सुबह के बाद से उसने दोबारा यूरिम और थुम्मिम का इस्तेमाल नहीं किया था, क्योंकि मिस्र अब उसके लिए उतना ही दूर का सपना था जितना उस दुकानदार के लिए मक्का था। ख़ैर, लड़का अब अपने काम से ख़ुश रहने लगा था और सारे समय उस दिन के बारे में सोचता रहता था जब वह एक विजेता के रूप में टेरिफ़ा में जहाज़ से उतरेगा।

"तुम्हें हमेशा यह मालूम होना चाहिए कि तुम क्या चाहते हो," बूढ़े राजा ने कहा था। लड़का जानता था, और अब उसी दिशा में काम कर रहा था। मुमकिन है, उसका एक अजनबी मुल्क में जा पहुँचना, एक चोर से टकराना, और और एक धेला ख़र्च किये बिना अपनी भेड़ों की संख्या को दुगुना कर लेना ही उसका ख़ज़ाना हो।

उसे ख़ुद पर गर्व था। उसने कुछ महत्त्वपूर्ण बातें सीखी थीं, जैसे कि क्रिस्टल से किस तरह बरतना चाहिए, और बिना शब्दों की ज़बान... और भविष्य-सूचक संकेतों के बारे में। एक दिन दोपहर बाद उसने पहाड़ी की चोटी पर चढ़कर आए एक आदमी को देखा था, जो शिकायत कर रहा था कि इतना चढ़ने के बाद भी उसको कोई ऐसी ठीक-ठाक जगह मिलना नामुमकिन लग रहा था, जहाँ उसे कुछ पीने को मिल सकता। लड़का भविष्य-सूचक संकेतों को पहचानने का अभ्यस्त हो चुका था, इसलिए उसने दुकानदार से बात की।

"क्यों न हम उन लोगों को चाय बेचा करें, जो पहाड़ी चढ़कर आते हैं?"

"यहाँ ढेरों लोग हैं जो चाय बेचते हैं," दुकानदार ने कहा।

"लेकिन हम क्रिस्टल के गिलासों में चाय बेच सकते हैं। लोग चाय का आनन्द लेंगे और गिलास भी ख़रीदना चाहेंगे। मैंने सुना है कि ख़ूबसूरती इंसान को लुभाने वाली सबसे बड़ी चीज़ है।"

दुकानदार ने कोई जवाब नहीं दिया, लेकिन उस शाम नमाज़ पढ़ने और दुकान बन्द करने के बाद उसने लड़के को अपने साथ हुक्का पीने का न्यौता दिया। यह एक विचित्र क़िस्म का पाइप था, जो अरब लोग पिया करते थे।

"तुम चाहते क्या हो?" बूढ़े दुकानदार ने पूछा।

"मैं आपको पहले ही बता चुका हूँ। मुझे अपनी भेड़ें वापस ख़रीदनी हैं, और इसके लिए मुझे पैसा कमाना ज़रूरी है।"

दुकानदार ने हुक्के में कुछ और अंगारे डाले और एक गहरा कश लिया।

"मेरी इस दुकान को तीस साल हो चुके हैं। मुझे अच्छे और बुरे क्रिस्टल की परख है, और क्रिस्टल के बारे में जानने लायक़ हर चीज़ जानता हूँ। मैं इसके पहलुओं से और इसके काम करने के ढंग से वाकिफ़ हूँ। अगर हम क्रिस्टल में चाय देना शुरू कर देंगे तो दुकान फैलेगी। और मुझे अपनी ज़िन्दगी का ढर्रा बदलना पड़ेगा।"

"हाँ, तो क्या यह अच्छा नहीं है?"

"मुझे तो जैसा चल रहा है उसकी आदत पड़ चुकी है। तुम्हारे आने से पहले मैं सोचता था कि मैंने एक ही जगह पर बने रहते हुए कितना वक़्त बरबाद कर दिया है, जबकि मेरे साथी नए-नए कामों में लग गए, और या तो वे दिवालिया हो गए या पहले से बेहतर हालत में आ गए। यह सोचकर मैं बहुत मायूस हो जाया करता था। अब मैं समझ सकता हूँ कि यह बहुत बुरा नहीं रहा। मेरी दुकान ठीक उतनी ही बड़ी है जितनी मैं चाहता था। मैं कुछ भी बदलना नहीं चाहता, क्योंकि मैं नहीं जानता कि किसी तरह के बदलाव से मैं कैसे निपटूँगा। मैं जैसा हूँ, उसकी मुझे आदत पड़ चुकी है।"

लड़के को समझ में नहीं आ रहा था कि वह क्या कहे। बुड्ढे ने अपनी बात जारी रखी, "तुम मेरे लिए एक सच्ची नेमत साबित हुए हो। आज मैं ऐसा कुछ समझने लगा हूँ जो मैं पहले नहीं जानता था : अगर तुम किसी नेमत को नज़रअन्दाज़ करते हो तो वह एक बद्दुआ बन जाती है। अब मैं ज़िन्दगी में और कुछ नहीं चाहता। तुम मुझे ऐसी दौलत और मंज़रों की ओर देखने को मज़बूर कर रहे हो, जिनको मैंने कभी नहीं देखा। अब जबकि मैंने उन्हें देख लिया है, मैं उससे बदतर महसूस करूँगा जैसा तुम्हारे आने से पहले करता था, क्योंकि अब मैं जानता हूँ कि मैं क्या हासिल करने के क़ाबिल हूँ और तब भी उसे हासिल नहीं करना चाह रहा हूँ।"

अच्छा ही हुआ कि टेरिफ़ा में मैंने उस बेकरी वाले से कुछ नहीं कहा, लड़के ने मन-ही-मन सोचा।

वे उसी तरह कुछ देर हुक्का गुड़गुड़ाते रहे और उधर सूरज ढलने लगा। वे अरबी में बतिया रहे थे, और लड़का इससे फ़ख़्र महसूस कर रहा था। एक ऐसा भी वक़्त रहा था जब वह सोचता था कि उसकी भेड़ें ही उसे दुनिया की सारी जानने लायक़ चीज़ें सिखा सकती हैं, लेकिन वे उसको अरबी तो कभी न सिखा पातीं।

शायद दुनिया की कई और भी ऐसी चीज़ें हैं जो मुझे भेड़ें नहीं सिखा सकतीं, लड़के ने उस बूढ़े दुकानदार को ध्यान में लाते हुए सोचा। सच तो यह है कि वे सिर्फ़ चारे और पानी की तलाश ही करती रहती हैं। और मुमकिन है कि वे मुझे कुछ भी न सिखाती रही हों, बल्कि मैं ही उनसे सीखता रहा होऊँ।

"मक्तूब," अन्त में व्यापारी ने कहा।

"इसका क्या मतलब होता है?"

"यह समझने के लिए तुम्हें एक अरब के रूप में पैदा होना ज़रूरी था," उसने जवाब दिया। "लेकिन तुम्हारी ज़बान में इसका मतलब कुछ इस तरह होगा कि 'यह पहले से लिखा हुआ है'।"

हुक्का के अंगारों को राख से ढँकते हुए उसने लड़के से कहा कि तुम क्रिस्टल के गिलासों में चाय बेचना शुरू कर सकते हो। कभी-कभी दरिया के सैलाब को रोकने का कोई तरीक़ा नहीं होता।

* * *

लोग पहाड़ी पर चढ़ते थे और ऊपर पहुँचने पर थक जाते थे, लेकिन उन्हें वहाँ एक क्रिस्टल की दुकान दिखती जो ताज़गी से भर देने वाली पुदीने वाली चाय बेचती थी। वे वहाँ वह चाय पीने जाते, जो ख़ूबसूरत क्रिस्टल के गिलासों में पेश की जाती थी।

"मेरी बीवी के दिमाग़ में यह बात कभी नहीं आयी," एक आदमी ने कहा, और उसने क्रिस्टल के कुछ बर्तन ख़रीदे। उस रात वह कुछ मेहमानों को दावत देने वाला था, और उसने सोचा कि उसके मेहमान काँच के उन

बर्तनों से प्रभावित होंगे। दूसरे आदमी ने कहा कि चाय जब क्रिस्टल के गिलासों में पेश की जाती है, तो वह हमेशा ज़ायक़ेदार होती है, क्योंकि उन गिलासों में उसकी महक क़ायम रहती है। तीसरे ने कहा, पूरब में तो क्रिस्टल के गिलासों में चाय देने का रिवाज़ है, क्योंकि उसमें तिलिस्मी ताक़त होती है।

जल्दी ही यह ख़बर फैल गयी और लोग उस दुकान को देखने पहाड़ी चढ़ने लगे जो इतनी पुरानी होती हुई भी कारोबार के क्षेत्र में नया कुछ कर रही थी। दूसरी दुकानें भी खुल गयीं, जो क्रिस्टल के गिलास में चाय देती थीं, लेकिन वे पहाड़ी की चोटी पर नहीं थीं, और उनका धन्धा बहुत कम चलता था।

आख़िरकार, व्यापारी को दो और कर्मचारियों को काम पर रखना पड़ा। उसने क्रिस्टल के बर्तनों के साथ-साथ बड़ी तादाद में चाय मँगानी शुरू कर दी, और नयेपन की चाह से भरे मर्द और औरतें उसकी दुकान खोजते हुए आने लगे।

और इस तरह महीनों गुज़र गए।

* * *

लड़का पौ फटने से पहले ही उठ गया। अफ़्रीकी महाद्वीप में क़दम रखे हुए उसको पूरे ग्यारह महीने और नौ दिन हो चुके थे।

उसने सफ़ेद लिनन की अरबी शैली की पोशाक पहनी, जो उसने ख़ास इसी दिन के लिए ख़रीदी थी। सिर ढँकने के कपड़े को ऊँट की खाल से बने छल्ले में कस लिया। अपनी नयी जूतियाँ पहनकर वह हल्के क़दमों से सीढ़ियाँ उतरने लगा।

शहर अभी भी सोया हुआ था। उसने अपने लिए एक सैण्डविच तैयार किया और क्रिस्टल के एक गिलास में थोड़ी-सी गरम चाय पी। इसके बाद वह दरवाज़े पर आकर धूप में बैठ गया और हुक्का पीने लगा।

वह धीरे-धीरे हुक्का गुड़गुड़ा रहा था, क़तई कुछ भी न सोचते हुए, और उस हवा की आवाज़ को सुनते हुए जो रेगिस्तान की महक लेकर आ रही थी। जब वह हुक्का पी चुका, तो उसने अपनी एक जेब में हाथ डाला और कुछ देर वहीं बैठा उस चीज़ को देखता रहा जो उसने जेब से निकाली थी।

वह नोटों की एक गड्डी थी। यह पैसा इतना पर्याप्त था कि वह एक सौ बीस भेड़ें और वापसी का टिकट ख़रीद सकता था, और अपने मुल्क के लिए अफ़्रीका से सामान मँगाने का लाइसेंस हासिल कर सकता था। वह दुकानदार के जागने और दुकान खोलने का धीरज-से इन्तज़ार करता रहा। उसके बाद वे दोनों चाय पीने लगे।

"आज मैं निकल रहा हूँ," लड़के ने कहा। "मेरे पास भेड़ें ख़रीदने के लिए पैसा है। और आपके पास मक्का जाने के लिए पैसा है।"

बुड्ढे ने कुछ नहीं कहा।

"क्या आप मुझे आशीर्वाद देंगे?" लड़के ने पूछा। "आपने मेरी मदद की है।" आदमी, चुपचाप अपनी चाय बनाता रहा। फिर वह लड़के की ओर मुड़ा।

"मुझे तुम पर नाज़ है," उसने कहा। "तुमने मेरी क्रिस्टल की दुकान को एक नए अहसास से भर दिया है, लेकिन तुम जानते हो कि मैं मक्का जाने वाला नहीं हूँ। वैसे ही जैसे कि तुम जानते हो कि तुम भेड़ें ख़रीदने वाले नहीं हो।"

"यह आपसे किसने कहा?" लड़के ने चौंकते हुए पूछा।

"मक्तुब," क्रिस्टल के बुड्ढे दुकानदार ने कहा।

और उसने लड़के को आशीर्वाद दिया।

* * *

लड़के ने अपने कमरे में जाकर अपना सामान बाँधा। सामान से तीन बोरे भर गए थे। निकलते समय उसने कमरे के एक कोने में अपना गड़रिया वाला थैला देखा। वह बँधा पड़ा था, और उसने उसके बारे में अरसे से सोचा ही नहीं था। उसने थैले से अपनी जैकेट निकालते हुए मन-ही-मन सोचा कि वह उसे रास्ते में किसी को दान कर देगा, तभी उसमें से वे रत्न निकलकर फ़र्श पर गिरे। यूरिम और थुम्मिम।

उन्हें देखकर लड़का बूढ़े राजा के बारे में सोचने लगा, और इस अहसास से उसे हैरत हुई कि उसे उस राजा के बारे में सोचे हुए कितना लम्बा अरसा गुज़र गया है। लगभग एक साल से लगातार काम करते हुए

वह सिर्फ़ कुछ पैसा जमा करने के बारे में ही सोचता रहा था, ताकि वह फ़ख़ के साथ स्पेन वापस लौट सके।

"ख़्वाब देखना कभी बन्द मत करना," बूढ़े राजा ने कहा था। "भविष्य-सूचक संकेतों के मुताबिक़ चलते रहो।"

लड़के ने यूरिम और थुम्मिम उठाए, और, एक बार फिर उसे यह अजीब-सा अहसास हुआ कि वह बूढ़ा राजा पास में ही कहीं है। उसने साल भर तक कड़ी मेहनत की थी, और भविष्य-सूचक संकेत यही कह रहे थे कि अब जाने का वक़्त आ गया है।

अब मैं फिर से वही करने जा रहा हूँ, जो मैं पहले किया करता था, लड़के ने सोचा। भले ही भेड़ों ने मुझे अरबी बोलना नहीं सिखाया।

लेकिन भेड़ों ने उसे इससे कहीं ज़्यादा महत्त्वपूर्ण कोई चीज़ सिखायी थी; वह यह थी कि दुनिया में एक ऐसी ज़बान है, जो हर कोई समझता है, वह ज़बान जिसका इस्तेमाल लड़के ने उस सारे वक़्त में किया था जब वह दुकान की हालत सुधारने की कोशिश कर रहा था। यह ज़बान थी जोशो-खरोश की, प्रेम और ध्येय के साथ चीज़ों को अमल में लाने की, और किसी ऐसी चीज़ की खोज का हिस्सा थी जिसमें वह विश्वास करता था और जिसकी आकांक्षा करता था। टेंज़ियर अब अजनबी शहर नहीं रह गया था, और उसने महसूस किया कि जिस तरह उसने इस जगह को जीत लिया है, उसी तरह वह दुनिया को जीत लेगा।

"जब तुम कुछ पाना चाहते हो, तो सारा संसार उस चीज़ को हासिल करने में एकजुट होकर तुम्हारी मदद की योजना बनाने लगता है," बूढ़े राजा ने कहा था।

लेकिन बूढ़े राजा ने चोरी का शिकार होने के बारे में कुछ नहीं कहा था, या अन्तहीन रेगिस्तान के बारे में, और न ही ऐसे लोगों के बारे में जो अपने ख़्वाबों के बारे में तो जानते हैं लेकिन जो उन ख़्वाबों को पूरा नहीं करना चाहते। बूढ़े राजा ने उसे यह नहीं बताया था कि पिरामिड महज़ पत्थरों का एक ढेर हैं, या यह कि ऐसा एक पिरामिड कोई भी अपने घर के पिछवाड़े खड़ा कर सकता है। और वह इस बात का ज़िक्र करना भी भूल गया था कि जब तुम्हारे पास इतना पैसा हो जाए कि तुम उससे ज़्यादा भेड़ें ख़रीद सकते हो जितनी वे तुम्हारे पास अभी हैं, तो तुम्हें उनको ख़रीद लेना चाहिए।

लड़के ने अपना थैला उठाया और उसे भी अपनी दूसरी चीज़ों के साथ रख लिया। वह नीचे गया और उसने देखा कि दुकानदार एक विदेशी दम्पति को सामान बेच रहा था, और दो ग्राहक दुकान में आकर क्रिस्टल के गिलासों में चाय पी रहे थे। सुबह के इस वक़्त ऐसी गहमागहमी देखने में नहीं आती थी। जहाँ वह खड़ा था, वहाँ से उसने पहली बार देखा कि उस बूढ़े दुकानदार के बाल बूढ़े राजा के बालों से काफ़ी कुछ मिलते-जुलते थे। उसे उस कैंडी विक्रेता की मुस्कराहट भी याद आयी, जब टेंज़ियर में उसका पहला दिन था, और जब उसके पास न तो खाने को कुछ था और न जाने के लिए कोई ठिकाना था - वह मुस्कराहट भी बूढ़े राजा की मुस्कराहट जैसी ही थी।

ये तो कुछ ऐसा है मानो वह राजा कभी यहाँ रहा हो और अपनी निशानियाँ छोड़ गया हो, उसने सोचा। और तब भी इनमें से कोई भी कभी उस बूढ़े राजा से नहीं मिला। दूसरी तरफ़ यह भी था कि उसका कहना था कि वह हमेशा ऐसे लोगों की मदद करने को प्रकट हो जाता है जो अपनी नियति को पाना चाहते हैं।

वह क्रिस्टल के दुकानदार को अलविदा किये बिना ही चला गया। वह वहाँ मौजूद दूसरे लोगों के सामने रोना नहीं चाहता था। उसे इस जगह की और यहाँ रहकर सीखी गयी तमाम चीज़ों की बहुत याद सताने वाली थी। हालाँकि, उसमें पहले से ज़्यादा आत्मविश्वास था और उसे लग रहा था कि वह दुनिया को फ़तह कर सकता है।

"लेकिन मैं तो अपनी भेड़ों को पालने उन्हीं मैदानों में वापस जा रहा हूँ जिनको मैं जानता हूँ," उसने निश्चय के साथ मन-ही-मन कहा, लेकिन अब वह अपने इस फ़ैसले से ख़ुश नहीं था। उसने एक सपना पूरा करने की ख़ातिर पूरे साल भर काम किया था, और वह सपना, मिनट-दर-मिनट, कम महत्त्वपूर्ण होता जा रहा था। हो सकता है वह सपना वाक़ई उसका रहा ही न हो।

कौन जाने... क्रिस्टल के दुकानदार जैसा होना ही शायद बेहतर हो : कभी मक्का नहीं जाना, और उसकी चाह में पूरा जीवन बिता देना, उसने एक बार फिर ख़ुद को विश्वास दिलाने की कोशिश करते हुए सोचा, लेकिन उसने जैसे ही यूरिम और थुम्मिम को अपने हाथ में लिया, वैसे ही उन रत्नों ने उसके भीतर बूढ़े राजा की सामर्थ्य और इच्छा-शक्ति का संचार कर दिया।

संयोग से - या हो सकता है यह कोई भविष्य-सूचक संकेत हो, लड़के ने सोचा - वह उसी कैफ़े में जा पहुँचा जिसमें उसने पहले दिन क़दम रखे थे। वह चोर वहाँ नहीं था, और कैफ़े के मालिक ने उसे एक कप चाय लाकर दी।

मैं गड़रिया बनने के लिए कभी भी वापस जा सकता हूँ, लड़के ने सोचा। मैंने भेड़ों को पालना सीखा था, और मैं भूला नहीं हूँ कि यह कैसे किया जाता है, लेकिन मुमकिन है कि मुझे मिस्र के पिरामिडों पर जाने का दूसरा मौक़ा फिर कभी न मिले। उस बूढ़े ने सोने का कवच पहन रखा था और वह मेरे अतीत के बारे में जानता था। वह वाक़ई एक राजा था, एक दूरदर्शी राजा।

एंडालूसिया की पहाड़ियाँ सिर्फ़ दो घण्टे की दूरी पर थीं, जबकि उसके और पिरामिडों के बीच एक समूचा रेगिस्तान फैला हुआ था। लेकिन लड़के को लगा कि अपनी स्थिति को देखने का एक दूसरा ढंग भी है : वह अपने ख़ज़ाने से दो घण्टे क़रीब भी तो है... इससे क्या फ़र्क पड़ता था कि वे दो घण्टे एक पूरे साल में फैल चुके थे।

"मैं जानता हूँ कि मैं अपनी भेड़ों के झुण्ड के पास वापस क्यों जाना चाहता हूँ," उसने सोचा। "मैं भेड़ों को समझता हूँ; वे अब कोई समस्या नहीं हैं, और वे अच्छी दोस्त हो सकती हैं। दूसरी तरफ़, मैं नहीं जानता कि रेगिस्तान दोस्ताना हो सकता है, और मुझे अपने ख़ज़ाने की खोज उसी रेगिस्तान में करनी होगी। अगर वह मुझे नहीं मिला, तो भी मैं अपने घर तो कभी भी वापस जा सकता हूँ। आख़िरकार मेरे पास काफ़ी पैसा है, और जितना समय ज़रूरी है उतना समय भी है। तब फिर क्यों न जाया जाए?"

सहसा उसे अपार ख़ुशी का अहसास हुआ। वह जब चाहे फिर से गड़रिया बन सकता है, जब चाहे फिर से क्रिस्टल सेल्समैन बन सकता है। हो सकता है, दुनिया में और भी छिपे हुए ख़ज़ाने हों, लेकिन उसने एक ख़्वाब देखा था, और उसकी मुलाक़ात एक राजा से हो चुकी थी। ऐसा हर किसी के साथ तो नहीं होता!

कैफ़े से निकलते हुए वह मन-ही-मन योजना बना रहा था। उसे याद आया कि क्रिस्टल के दुकानदार को माल पहुँचाने वाला एक व्यक्ति उन कारवाओं की मार्फ़त क्रिस्टल लाया करता था, जो रेगिस्तान को पार कर आते थे। उसने यूरिम और थुम्मिम को अपनी मुट्ठी में जकड़ लिया; इन्हीं

दो रत्नों की वजह से वह एक बार फिर से अपने ख़ज़ाने की राह पर था।

"जब भी कोई अपनी नियति को हासिल करना चाहता है, तो मैं हमेशा क़रीब होता हूँ," बूढ़े राजा ने कहा था।

माल आपूर्ति करने वाले के गोदाम तक जाने और यह पता लगाने में कितना ख़र्च आएगा कि क्या पिरामिड वास्तव में इतने दूर हैं?

* * *

वह अँग्रेज़ एक ऐसी इमारत में एक बेंच पर बैठा हुआ था जिसमें जानवरों, पसीने और धूल की गन्ध भरी हुई थी; वह कुछ-कुछ एक मालगोदाम था, कुछ-कुछ अस्तबल। "मैंने कभी सोचा भी नहीं था कि एक दिन मैं ऐसी जगह पर आ पहुँचूँगा," उसने रसायन शास्त्र की पत्रिका के पन्ने पलटते हुए सोचा। दस साल यूनिवर्सिटी में बिताने के बाद आज मैं यहाँ हूँ, एक अस्तबल में।

लेकिन मुझे चलते रहना होगा। वह भविष्य-सूचक संकेतों में विश्वास करता था। उसके पूरे जीवन और पढ़ाई-लिखाई का एक ही उद्देश्य रहा था, और वह था संसार की एक सच्ची भाषा को पाना। पहले उसने एस्पिरान्तो भाषा का अध्ययन किया, फिर दुनिया के मज़हबों का अध्ययन किया, और अब यह कीमियागिरी थी, जो वह सीख रहा था। वह एस्पिरान्तो बोलना जानता था, उसे सारे बड़े मज़हबों की अच्छी समझ थी, लेकिन वह अभी तक कीमियागर नहीं बन पाया था। उसने महत्त्वपूर्ण सवालों के पीछे निहित सत्यों को उजागर कर लिया था, लेकिन उसका सारा अध्ययन उसे एक ऐसे मक़ाम पर ले गया था, जहाँ से आगे जाना मुमकिन नहीं लग रहा था। उसने एक कीमियागर से रिश्ता क़ायम करने की निष्फल कोशिश करके देख ली थी। लेकिन कीमियागर विचित्र क़िस्म के लोग हुआ करते थे, जो सिर्फ़ अपने ही बारे में सोचते थे, और लगभग हमेशा ही उसकी मदद करने से इंकार करते रहे थे। कौन जाने, वे उस महानतम रहस्य को - उस पारस पत्थर के रहस्य को - सुलझा पाने में नाकामयाब रहे हों, और इसी वजह से अपना ज्ञान अपने तक ही सीमित रखते हों।

उसके पिता जो भी सम्पत्ति उसके लिए छोड़ गए थे, उसका ज़्यादातर हिस्सा वह पारस-पत्थर की खोज की नाकामयाब कोशिश में गँवा चुका था। उसने दुनिया के महानतम पुस्तकालयों में अपार समय ख़र्च किया था, और

कीमियागिरी के तमाम दुर्लभतम और सबसे ज़्यादा महत्त्वपूर्ण ग्रन्थ ख़रीद डाले थे। एक ग्रन्थ में उसने पढ़ा था कि बहुत साल पहले एक प्रसिद्ध अरब कीमियागर ने यूरोप की यात्रा की थी। कहा जाता है कि उसकी उम्र दो सौ साल से भी ज़्यादा थी, और उसने पारस पत्थर और अमृत का पता लगा लिया था। अँग्रेज़ इस क़िस्से को पढ़कर बहुत प्रभावित हुआ था। लेकिन अगर उसके एक दोस्त - जो रेगिस्तान के पुरातात्त्विक अभियान से लौटा था - ने उसे उस एक अरब के बारे में न बताया होता जिसमें असाधारण शक्तियाँ थीं, तो इसे उसने एक मिथक से ज़्यादा महत्त्व न दिया होता।

"वह अल-फ़य्यूम नामक नख़लिस्तान (ओएसिस) में रहता है," उसके दोस्त ने कहा था। "और लोग बताते हैं कि वह दो सौ साल का है, और वह किसी भी धातु को सोने में बदल सकता है।"

अँग्रेज़ अपनी उत्तेजना पर क़ाबू नहीं पा सका। उसने अपने सारे कार्यक्रम रद्द कर दिए, और अपनी सबसे महत्त्वपूर्ण पुस्तक निकाली, और अब वह एक धूल-भरे, बदबूदार अस्तबल में बैठा था। बाहर एक विशाल कारवाँ सहारा को पार करने की तैयारी में लगा हुआ था, और वह कारवाँ अल-फ़य्यूम से होकर गुज़रने वाला था।

मैं उस निगोड़े कीमियागर को ढूँढ निकालूँगा, अँग्रेज़ ने सोचा। और जानवरों की गन्ध उसे कुछ और सहने लायक़ लगने लगी।

एक नौजवान अरब अपना असबाब लादे कमरे में दख़िल हुआ, और उसने अँग्रेज़ को सलाम किया।

"आप कहाँ जाने की तैयारी में हैं?" नौजवान अरब ने पूछा।

"मैं रेगिस्तान में जा रहा हूँ," आदमी ने जवाब दिया और फिर से अपनी पुस्तक की ओर मुड़ गया। फ़िलहाल वह किसी बातचीत के मूड में नहीं था। वह तो अभी सिर्फ़ उस सब कुछ की समीक्षा करना चाहता था जो उसने वर्षों के दौरान सीखा था, क्योंकि वह जानता था कि कीमियागर निश्चय ही उसकी परीक्षा लेगा।

नौजवान अरब ने एक पुस्तक उठायी और उसे पढ़ने लगा। वह पुस्तक स्पेनिश भाषा में लिखी गयी थी। यह अच्छा है, अँग्रेज़ ने सोचा। वह अरबी की तुलना में स्पहानी ज़्यादा अच्छे से बोल पाता था, और, अगर यह लड़का

भी अल-फ़य्यूम जा रहा है, तो कोई तो होगा, जिससे वह ख़ाली समय में बातचीत कर सकेगा।

* * *

“यह अजीब है,” लड़के ने कहा, वह एक बार फिर दफ़नाए जाने के उस दृश्य के बारे में पढ़ रहा था, जिससे वह पुस्तक शुरू होती थी। “मैं पिछले दो सालों से इस पुस्तक को पढ़ने की कोशिश कर रहा हूँ, और मैं कभी इन थोड़े-से पन्नों से आगे नहीं बढ़ सका।” इस वक़्त तो वह राजा भी नहीं था जिसने उसके पढ़ने में बाधा डाली थी, तब भी वह उस पर एकाग्र नहीं हो पा रहा था।

जो फ़ैसला उसने लिया था, उसको लेकर उसके मन में अभी भी संशय बना हुआ था, लेकिन उसके एक बात समझ में आ पा रही थी : फ़ैसला लेना सिर्फ़ एक शुरुआत भर होती है। जब कोई व्यक्ति फ़ैसला लेता है, जो वह एक ऐसे ज़बरदस्त सैलाब में छलांग रहा होता है, जो उसको ऐसी-ऐसी जगहों पर ले जाने वाला होता है, जिनकी उसने फ़ैसला लेते वक़्त कल्पना भी नहीं की होती है।

जब मैंने अपने ख़ज़ाने को ढूँढ निकालने का फ़ैसला किया था, तो मैंने कल्पना भी नहीं की थी कि मैं एक क्रिस्टल की दुकान में काम करने लग जाऊँगा, उसने सोचा। और इस कारवाँ में शामिल होना भले ही मेरा फ़ैसला हो, लेकिन यह कहाँ जाता है, यह मेरे लिए एक रहस्य ही बनने वाला है।

पास में वह अँग्रेज़ था, जो पुस्तक पढ़ रहा था। वह मिलनसार नहीं लगता था, और उसके कमरे में आने पर उसके चेहरे पर चिढ़ नज़र आ रही थी। उनमें शायद दोस्ती हो सकती थी, लेकिन अँग्रेज़ ने तो बातचीत ही बन्द कर दी थी।

लड़के ने अपनी पुस्तक बन्द कर दी। उसे लगा कि उसे ऐसा कुछ भी नहीं करना चाहिए जिससे वह उस अँग्रेज़ जैसा दिखायी दे। उसने अपनी जेब से यूरिम और थुम्मिम निकाले और उनके साथ खेलने लगा।

वह अजनबी चीख़ उठा, “यूरिम और थुम्मिम!”

लड़के ने एक झटके-से उनको अपनी जेब में रख लिया।

"ये बेचने के लिए नहीं हैं," उसने कहा।

"उनकी कोई ख़ास क़ीमत भी नहीं है," अँग्रेज़ ने कहा। "वे मात्र स्फटिक पत्थर हैं, और धारती पर ऐसे लाखों स्फटिक पत्थर हैं। लेकिन इस तरह की चीज़ों की जानकारी रखने वाला जानता है कि ये यूरिम और थुम्मिम हैं। मुझे नहीं मालूम था कि ये यहाँ के लोगों के पास भी होते हैं।"

"ये मुझे एक राजा ने तोहफ़े के तौर पर दिए थे," लड़के ने कहा।

अजनबी ने जवाब नहीं दिया; इसकी बजाय उसने अपनी जेब में हाथ डालकर उसी तरह के दो रत्न निकाले जैसे लड़के के पास थे।

"तुमने क्या कहा, राजा?" उसने पूछा।

"मेरा ख़याल है आपको इस पर विश्वास नहीं होगा कि कोई राजा मेरे जैसे व्यक्ति से, मेरे जैसे गड़रिये से, बात करेगा," उसने बातचीत को ख़त्म करने के इरादे से कहा।

"ऐसा क़तई नहीं है। वे गड़रिये ही थे, जिन्होंने सबसे पहले उस राजा को मान्यता दी थी जिसको पूरी दुनिया पहचानने से इंकार करती रही थी। इसलिए इसमें आश्चर्य की बात नहीं है कि राजा गड़रियों से बात करें।"

और वह बोलता रहा, हालाँकि उसे लगातार यह आशंका बनी हुई थी कि लड़का उसकी बात समझ पाएगा या नहीं। "यह बाइबल में लिखा हुआ है। वही पुस्तक जिसने मुझे यूरिम और थुम्मिम के बारे में सिखाया। ये रत्न उस भविष्यवाणी के एकमात्र रूप हैं, जिसकी इजाज़त परमेश्वर ने दी है। पादरी इन्हें अपने सोने के कवच में रखते हैं।"

लड़के को उस माल-गोदाम में होने को लेकर सहसा ख़ुशी का अहसास हुआ।

"हो सकता है यह कोई भविष्य-सूचक संकेत हो," अँग्रेज़ ने धीमे स्वर में कहा।

"भविष्य-सूचक संकेतों के बारे में आपको किसने बताया था?" लड़के की दिलचस्पी हर पल बढ़ती ही जा रही थी।

"जीवन की हर चीज़ एक भविष्य-सूचक संकेत है," अँग्रेज़ ने उस पत्रिका को बन्द करते हुए कहा, जो वह पढ़ रहा था। "एक सार्वभौमिक भाषा है, जिसे हर कोई समझता था, लेकिन वह अब भुला दी गयी है। मैं

दूसरी चीज़ों के साथ-साथ उसी सार्वभौमिक भाषा की तलाश में हूँ। इसीलिए मैं यहाँ हूँ। मुझे उस आदमी की तलाश है जो वह सार्वभौमिक भाषा जानता है। एक कीमियागर।"

अचानक गोदाम के मालिक के आ जाने से बातचीत में बाधा पड़ी।

"तुम लोग ख़ुशक़िस्मत हो, तुम दोनों," उस मोटे अरब ने कहा। "आज ही एक कारवाँ अल-फ़य्यूम के लिए रवाना हो रहा है।"

"लेकिन मैं तो मिस्र जा रहा हूँ," लड़के ने कहा।

"अल-फ़य्यूम मिस्र में ही है," अरब ने कहा। "तुम किस तरह के अरब हो?"

"यह एक ख़ुशक़िस्मती का शगुन है," उस मोटे अरब के चले जाने के बाद अँग्रेज़ ने कहा। "अगर मैं लिख सकता, तो मैं मात्र इन दो शब्दों, *भाग्य* और *संयोग,* के बारे में एक विशालकाय विश्वकोश लिख डालता। यही तो वे दो शब्द हैं जिनसे सार्वभौमिक भाषा लिखी गयी है।"

उसने लड़के से कहा, "यह कोई संयोग नहीं है कि तुम यूरिम और थुम्मिम लिये हुए मुझसे मिले"। और उसने लड़के से पूछा, "क्या तुम भी कीमियागर की तलाश में निकले हो?"

"मैं तो एक ख़ज़ाने की तलाश में हूँ," लड़के ने कहा, और यह कहते ही उसको पछतावा हुआ, लेकिन लगा जैसे अँग्रेज़ ने उसकी इस बात को कोई अहमियत नहीं दी।

"एक तरह से मैं भी उसी की तलाश में हूँ," उसने कहा।

"मैं तो यह तक नहीं जानता कि कीमियागिरी क्या होती है," लड़का कह रहा था कि तभी माल-गोदाम के मालिक ने उन्हें बाहर आने की पुकार लगायी।

* * *

"मैं इस कारवाँ का सरदार हूँ," एक काली आँखों वाले दढ़ियल आदमी ने कहा। "मेरे साथ चलने वाले हर व्यक्ति की ज़िन्दगी और मौत मेरे हाथों में होती है। रेगिस्तान एक मनचली औरत की तरह होता है, और वह कभी-कभी मर्दों को पागल कर देती है।

वहाँ क़रीब दो सौ लोग एकत्र थे, और चार सौ जानवर - ऊँट, घोड़े, खच्चर, और मुर्गे-मुर्गियाँ। उस जमावड़े में औरतें, बच्चे, और अपने कमरबन्द में तलवारें खोंसे या अपने कन्धों पर रायफ़लें टाँगे बहुत सारे मर्द थे। अँग्रेज़ के पास कई सूटकेस थे जिनमें पुस्तकें भरी हुई थीं। चारों तरफ़ शोर मचा हुआ था, और सरदार को अपनी बात समझाने के लिए उसे बार-बार दोहराना पड़ रहा था।

"यहाँ बहुत-से अलग-अलग तरह के लोग हैं, और हरेक का अपना ख़ुदा है, लेकिन मैं एक ही ख़ुदा की खिदमत करता हूँ, और वह है अल्लाह, और उसके नाम पर क़सम खाता हूँ कि मैं रेगिस्तान को फ़तह करने के लिए हर मुमकिन कोशिश करूँगा, लेकिन मैं चाहता हूँ कि आप जिस किसी भी ख़ुदा में भरोसा रखते हों, उसके नाम पर क़सम खाएँ कि मैं आपको जो भी हुक्म दूँगा, आप उसको मानेंगे। रेगिस्तान में नाफ़रमानी का एक ही मतलब होता है - मौत।"

भीड़ में फुसफुसाहटें तैर गयीं। हर कोई आहिस्ता-आहिस्ता अपने-अपने ईश्वर के नाम पर क़सम ले रहा था। लड़के ने ईसा मसीह के नाम पर क़सम ली। अँग्रेज़ ने कुछ नहीं कहा। और वे फुसफुसाहटें उससे ज़्यादा देर तक जारी रहीं जितनी किसी सरल-सी शपथ लेने में लगती है। लोग ईश्वर से अपनी हिफ़ाज़त के लिए प्रार्थना भी कर रहे थे।

बिगुल की एक लम्बी आवाज़ गूँजी, और हर व्यक्ति अपने-अपने जानवरों पर सवार हो गया। लड़के और अँग्रेज़ ने ऊँट ख़रीदे थे, और वे अनिश्चय के भाव से उनकी पीठों पर सवार हो गए। लड़के को अँग्रेज़ के ऊँट पर दया आ रही थी, जिस पर पुस्तकों के बक्से लदे हुए थे।

"संयोग जैसी कोई चीज़ नहीं होती," अँग्रेज़ ने बातचीत का सिरा फिर वहीं से पकड़ते हुए कहा जहाँ से वह माल-गोदाम में टूट गया था। "मैं यहाँ इसलिए हूँ क्योंकि मेरे एक दोस्त ने एक ऐसे अरब के बारे में सुन रखा है जो..."

लेकिन कारवाँ चल पड़ा था, और अँग्रेज़ की बात को सुन पाना असंभव हो गया था, हालाँकि, लड़का जानता था कि अँग्रेज़ किस चीज़ के बारे में बताना चाह रहा था : वह रहस्यमय शृंखला जिसमें एक चीज़ दूसरी चीज़ से जुड़ी होती है, वैसी ही शृंखला जिसकी वजह से वह गड़रिया बना,

जिसकी वजह से उसे बार-बार एक ही सपना आया, जो उसे अफ़्रीका के एक शहर के क़रीब ले आया, जहाँ उसकी मुलाक़ात उस राजा से हुई, और जिसकी वजह से वह ठगा गया ताकि वह उस क्रिस्टल के दुकानदार से मिल पाता, और...

इंसान अपनी नियति को हासिल करने के जितने ही क़रीब पहुँचता जाता है, उतनी ही वह नियति उस इंसान के जीवित बने रहने की सच्ची वजह बनती जाती है, लड़के ने सोचा।

कारवाँ पूरब की ओर चल पड़ा। वह सुबह के वक़्त सफ़र करता था, जब सूरज सिर पर आ जाता, तो वह पड़ाव डाल देता था, और दोपहर बीतने के बाद फिर से चल पड़ता था। लड़का अँग्रेज़ से बहुत कम बात करता था, क्योंकि अँग्रेज़ ज़्यादातर वक़्त अपनी पुस्तकों में ही डूबा रहता था।

लड़का ख़ामोशी के साथ रेगिस्तान में जानवरों और लोगों की आवाजाही को बारीकी-से देखता रहता था। अब सब कुछ उस दिन से अलग था, जिस दिन वे सफ़र पर निकले थे : तब अफ़रा-तफ़री और चीख़-पुकार थी, बच्चों के रोने की आवाज़ें और जानवरों की हिनहिनाहटें थीं, और ये सब गाइडों और सौदागरों के पस्त आदेशों में गड्डमड्ड हो रहे थे।

लेकिन रेगिस्तान में सिर्फ़ शाश्वत हवा की आवाज़, और जानवरों के पैरों की टापें सुनायी दे रही थीं। यहाँ तक कि गाइड भी एक-दूसरे से बहुत कम बातचीत कर रहे थे।

"मैं इन रेतों से कई बार गुज़रा हूँ," एक ऊँट-सवार ने एक रात कहा था। "लेकिन रेगिस्तान इतना विशाल है और क्षितिज इतने दूर हैं कि वे व्यक्ति को छोटे होने का अहसास कराते हैं, और मानो उसको ख़ामोश बने रहने को कहते हैं।

हालाँकि, लड़के ने इससे पहले कभी रेगिस्तान में क़दम भी नहीं रखा था, तब भी वह सहज ही समझ गया कि वह आदमी क्या कहना चाह रहा था। वह जब भी कभी समुद्र को या आग को देखता था, तो उनकी तात्त्विक शक्ति के प्रभाव से ख़ामोश हो जाया करता था।

मैंने भेड़ों से सीखा है, और मैंने क्रिस्टल से सीखा है, उसने सोचा। मैं रेगिस्तान से भी कुछ सीख सकता हूँ। यह बुज़ुर्ग और ज्ञानी लगता है।

हवा कभी नहीं थमती थी, और लड़के ने उस दिन को याद किया जब उसने टेरिफ़ा के क़िले में क़दम रखा था और अपने चेहरे पर ऐसी ही हवा को बहते हुए महसूस किया था। इससे उसे अपनी भेड़ों के ऊन की याद आ गयी... उसकी भेड़ें जो अब एंडालूसिया के मैदानों में चारा-पानी तलाश रही थीं, जैसाकि वे हमेशा से करती आयी थीं।

"अब वे मेरी भेड़ें नहीं रहीं," उसने मन-ही-मन कहा, और यह कहते हुए उसे अतीत को लेकर कोई मोह नहीं था। "अब तो उनको अपने नये गड़रियों की आदत पड़ चुकी होगी, और शायद वे मुझे भूल भी चुकी होंगी। यह अच्छा ही है। भेड़ों की तरह के प्राणी, जो सफ़र के अभ्यस्त होते हैं, आगे बढ़ते रहने के बारे में अच्छी तरह से जानते हैं।"

उसने उस व्यापारी की बेटी के बारे में सोचा, और उसे विश्वास था कि अब तक उसकी शादी हो चुकी होगी। शायद किसी बेकरी वाले से, या किसी गड़रिये से जो पढ़ना जानता होगा और उसको रोमांचक क़िस्से सुना सकता होगा - आख़िरकार, वह कोई अकेला तो वैसा इंसान नहीं है। लेकिन उसने उस ऊँट-सवार की बात को जिस तरह सहज ढंग से समझ लिया था, उससे वह बहुत उत्साहित था : शायद वह भी उस सार्वभौम भाषा को सीख रहा था जो लोगों के अतीत और वर्तमान से ताल्लुक़ रखती है। उसकी माँ उनको 'इलहाम' कहा करती थी। लड़का इस बात को समझना शुरू कर रहा था कि पूर्वाभास जीवन के उस सर्वव्यापी प्रवाह में आत्मा का अकस्मात लय हो जाना है, जिसके भीतर सारे लोगों के इतिहास आपस में जुड़े हुए हैं, और हम सब कुछ जानने में सक्षम हैं, क्योंकि सब कुछ वहाँ लिखा हुआ है।

"मक्तूब," लड़के ने क्रिस्टल के दुकानदार को याद करते हुए कहा।

रेगिस्तान में कुछ हिस्सों में रेत-ही-रेत थी, तो कुछ हिस्सों में चट्टानें थीं। अगर कारवाँ के रास्ते में कोई विशाल चट्टान आ जाती थी, तो कारवाँ को उसका चक्कर लगाना पड़ता था; और अगर कोई बड़ा चट्टानी इलाक़ा आ जाता था, तो उनको लम्बा चक्कर लगाना पड़ता था। जहाँ कहीं रेत की परत इतनी बारीक़ होती थी कि जानवरों के खुर ठोस ज़मीन से टकराते थे, तो वे ऐसा रास्ता तलाशते थे जहाँ रेत की परत मोटी हो। कुछ जगहों पर ज़मीन सूखी झीलों के नमक से ढँकी हुई थी। ऐसी जगहों पर जानवर आगे अड़कर रुक जाते थे, और ऊँट-सवारों को नीचे उतरना पड़ता था और उन

पर लदा सामान हटाना पड़ता था। ऐसी दुर्गम जगहों को सवारों को ख़ुद ही अपना सामान लादकर पार करना होता था, और बाद में सामान को फिर से ऊँटों पर लादना होता था। अगर कोई गाइड बीमार पड़ जाता या मर जाता, तो ऊँट सवार लॉटरी निकालकर नया गाइड नियुक्त करते थे।

लेकिन यह सब होता एक ही वजह से था : कारवाँ को चाहे कितने ही चक्कर क्यों न लगाने पड़ते हों या रास्ते के मामले में कितने ही समझौते क्यों न करने पड़ते हों, वह चलता उसी दिशा में था, जिसकी ओर दिशा-सूचक यन्त्र की सुई इशारा करती थी। जैसे ही बाधाएँ पार होतीं, वह अपने सही रास्ते पर वापस लौट आता था और उस सितारे को तलाशने लगता था जो नख़लिस्तान का संकेत देता था। जब लोग भोर के आकाश में उस तारे को चमकता हुआ देखते थे, तो वे समझ जाते थे कि वे सही रास्ते पर हैं और उस दिशा की तरफ़ बढ़ रहे हैं जहाँ पानी होगा, खजूर के वृक्ष होंगे, सिर पर छाया होगी, और दूसरे लोग होंगे। सिर्फ़ अँग्रेज़ ही इस सबसे बेख़बर रहता था; वह तो ज़्यादातर वक़्त अपनी पुस्तकों में डूबा रहता था।

लड़के के पास भी उसकी अपनी पुस्तक थी, और उसने सफ़र के शुरुआती कुछ दिनों के दौरान उसको पढ़ने की कोशिश भी की थी, लेकिन उसको कारवाँ को देखना और हवा की आवाज़ सुनना ज़्यादा दिलचस्प लगा। जैसे ही उसने अपने ऊँट को समझना सीख लिया, उसने पुस्तक को एक ओर फेंक दिया। हालाँकि, लड़के के मन में एक अन्धविश्वास ने जड़ जमा ली थी कि जब भी वह पुस्तक को खोलेगा, उसे उससे कोई महत्त्वपूर्ण बात सीखने को मिलेगी, लेकिन तब भी उसने उसे एक अनावश्यक बोझ मानकर अलग कर दिया था।

उसने अपनी बग़ल के ऊँट हाँकने वाले से दोस्ती कर ली थी। रात में जब वे अलाव के इर्दगिर्द बैठते थे, तो लड़का उसे अपने गड़रिया दिनों के साहसिक कारनामों के क़िस्से सुनाता था।

ऐसी ही एक बातचीत के दौरान उस ऊँट हाँकने वाले ने उसे अपनी ज़िन्दगी के बारे में बताया था।

“मैं अल कैरुम के क़रीब रहा करता था,” उसने कहा। मेरा अपना बाग़ान था, बच्चे थे, और एक ऐसा जीवन था जो मेरे मरने के पल तक बदलने वाला नहीं था। एक साल जब सबसे अच्छी फ़सल आयी, तो हम

सब मक्का गए, और मैंने अपनी ज़िन्दगी की अकेली मुराद पूरी की। अब मैं, ख़ुशी-ख़ुशी मर सकता था, और यह सोचकर मुझे ख़ुशी होती थी।

"एक दिन धरती काँपने लगी, और नील का पानी अपने तटों से बाहर बह निकला। मैं सोचता था कि ऐसा सिर्फ़ दूसरों के साथ ही हो सकता था, मेरे साथ कभी नहीं हो सकता था। मेरे पड़ोसियों को डर था कि बाढ़ में जैतून के उनके सारे दरख़्त बह जाएँगे, और मेरी बीवी को डर था कि हम अपने बच्चों को खो देंगे। मुझे लग रहा था कि मेरा सब कुछ बरबाद हो जाएगा।

"ज़मीन उजड़ चुकी थी, और मेरे लिए रोज़ी-रोटी कमाने का कोई दूसरा तरीक़ा ढूँढना ज़रूरी हो गया था। इसलिए अब मैं एक ऊँट हाँकने का काम करने लगा हूँ, लेकिन उस तबाही ने मुझे अल्लाह की सीख को समझना सिखा दिया : अगर कोई मनमाफ़िक चीज़ को हासिल करने की क़ाबिलियत रखता है, तो ऐसे इंसान को अज्ञात से डरने की ज़रूरत नहीं है।

"हम उस चीज़ को गँवा देने से डरते हैं, जो हमारे पास होती है, चाहे वह हमारी अपनी ज़िन्दगी हो या हमारा माल और सम्पत्ति हो, लेकिन यह ख़ौफ़ उस वक़्त भाप बनकर उड़ जाता है जब हम यह समझ लेते हैं कि हमारी ज़िन्दगी के क़िस्से और दुनिया की तवारीख़ एक ही हाथ से लिखे गए हैं।"

कभी-कभी उनके कारवाँ की मुलाक़ात किसी दूसरे कारवाँ से हो जाती थी। एक कारवाँ के पास हमेशा ही कुछ-न-कुछ ऐसा होता था, जिसकी ज़रूरत दूसरे को होती थी - जैसे सब कुछ वाक़ई एक ही हाथ का लिखा हुआ हो। जब ऊँट हाँकने वाले अलाव के इर्दगिर्द बैठते, तो वे अन्धड़ों के बारे में एक-दूसरे को जानकारी देते, और रेगिस्तान के बारे में अपने-अपने क़िस्से सुनाते।

कभी-कभी, रहस्यमय क़िस्म के, नक़ाबपोश आदमी प्रकट हो जाते। ये बद्दू थे जो रेगिस्तान के रास्तों की निगरानी किया करते थे। वे चोरों और बर्बर क़बीलों के बारे में चेतावनियाँ देते थे। वे ख़ामोशी के साथ आते थे और उसी तरह चले जाते थे। वे सिर से पैर तक काली पोशाकों से ढँके होते थे, जिनमें से सिर्फ़ उनकी आँखें ही दिखायी देती थीं। एक रात, एक ऊँट हाँकने वाला उस अलाव के पास आया जहाँ यह लड़का और वह अँग्रेज़ बैठे

हुए थे। "क़बीलाई जंग की अफ़वाहें सुनने में आ रही हैं," उसने बताया।

तीनों ख़ामोश हो गए। लड़के ने महसूस किया कि माहौल में भय व्याप्त था, हालाँकि कोई कुछ कह नहीं रहा था। एक बार फिर वह बिना शब्दों वाली भाषा को... सार्वभौमिक भाषा को महसूस कर रहा था।

अँग्रेज़ ने पूछा, "कोई ख़तरा तो नहीं है?"

"एक बार आप रेगिस्तान में आ गए, फिर वापसी मुमकिन नहीं है," ऊँट हाँकने वाले ने कहा। "और जब वापसी मुमकिन नहीं होती, तब आपको सिर्फ़ इस बात की चिन्ता करनी होती है कि आगे बढ़ने का सबसे अच्छा तरीक़ा क्या है। बाक़ी सब तो अल्लाह के हाथ में है, चाहे वह ख़तरा ही क्यों ने हो।"

और अपनी बात ख़त्म करते हुए उसने उसी रहस्यमय शब्द का इस्तेमाल किया : *"मक्तूब।"*

"आपको कारवाँ की तरफ़ ज़्यादा ध्यान देना चाहिए," ऊँट हाँकने वाले के चले जाने के बाद लड़के ने अँग्रेज़ से कहा। "हम ढेरों चक्कर लगाते हैं, लेकिन हम हमेशा एक ही दिशा में बढ़ते रहते हैं।"

"और तुम्हें दुनिया के बारे में ज़्यादा-से-ज़्यादा पढ़ना चाहिए," अँग्रेज़ ने जवाब दिया। "इस मामले में पुस्तकें कारवाँ जैसी ही होती हैं।"

बड़ी तादाद में लोगों और जानवरों ने और भी तेज़ रफ़्तार के साथ सफ़र शुरू कर दिया। दिन तो यूँ भी हमेशा ही ख़ामोशी में बीतते थे, लेकिन अब वे रातें भी ख़ामोशी में बीतने लगीं, जब मुसाफ़िरों को आम तौर से अलाव के इर्दगिर्द बैठकर गपशप करने की आदत हुआ करती थी। और, एक दिन, कारवाँ के मुखिया ने फ़ैसला सुना दिया कि अब से अलाव नहीं जलाये जाएँगे, ताकि कारवाँ की तरफ़ किसी का ध्यान न जाए।

मुसाफ़िरों ने यह आदत डाल ली थी कि रात के समय वे अपने चारों तरफ़ जानवरों का घेरा बना लेते, और रात के समय की ठण्ड से बचने के लिए सब लोग एक साथ उस घेरे के बीच सो जाते। और सरदार उस समूह के चारों तरफ़ हथियारबन्द पहरेदारों को तैनात कर देता।

एक रात अँग्रेज़ को नींद नहीं आ रही थी। उसने लड़के को बुलाया और दोनों डेरे को घेरते टीलों की तरफ़ चहलक़दमी करने लगे। आसमान में

पूरा चाँद चमक रहा था। चहलक़दमी करते हुए लड़के ने अँग्रेज़ को अपनी ज़िन्दगी की दास्तान सुनायी।

जब अँग्रेज़ ने क्रिस्टल की दुकान पर काम करने के दौरान लड़के द्वारा हासिल की गयी कामयाबी का क़िस्सा सुना, तो वह चकित रह गया।

“यही वह सिद्धान्त है जिससे संसार की सारी चीज़ें नियन्त्रित होती हैं,” उसने कहा। “कीमियागिरी में इसे कायनात की रूह कहा जाता है। जब आप पूरे मन से कोई चीज़ चाहते हैं, तभी आप कायनात की रूह के सबसे ज़्यादा क़रीब होते हैं। वह सदा एक सकारात्मक शक्ति होती है।”

उसने यह भी कहा कि यह तोहफ़ा सिर्फ़ इंसान को ही मिला हुआ नहीं है, धरती पर जितनी भी चीज़ें हैं, उनमें रूह है, फिर वह खनिज हो, वनस्पति हो, या जानवर हो - या महज़ कोई साधारण-सा विचार ही क्यों न हो।

“धरती की हर चीज़ लगातार शक्ल बदल रही है, क्योंकि धरती जीवित है... और उसकी रूह है। हम उस रूह का हिस्सा हैं, इसलिए हम अक्सर पहचान नहीं पाते कि वह हमारे लिए काम कर रही है, लेकिन उस क्रिस्टल की दुकान में तुमने शायद इस बात को समझा होगा कि वे काँच के गिलास तक तुम्हारी कामयाबी में मदद कर रहे थे।

लड़के ने चन्द्रमा और उजली रेत की ओर निहारते हुए उसकी बात पर कुछ पल ग़ौर किया। “मैंने रेगिस्तान को पार करते हुए कारवाँ को देखा है,” उसने कहा। “कारवाँ और रेगिस्तान एक ही ज़बान में बात करते हैं, और यही वजह है कि रेगिस्तान कारवाँ को गुज़रने की इजाज़त देता है। अब यह कारवाँ के एक-एक क़दम पर निगाह रखते हुए यह देखेगा कि वह समय के साथ चल रहा है या नहीं, और अगर चल रहा होगा, तो हम नख़लिस्तान तक पहुँच जाएँगे।”

“अगर हममें से हरेक अपने निजी बूते पर इस कारवाँ में शामिल हुआ होता, और उस ज़बान को न समझता होता, तो यह कहीं ज़्यादा मुश्किल होता।”

वे वहाँ खड़े-खड़े चन्द्रमा को निहारने लगे।

“यही भविष्य-सूचक संकेतों का जादू है,” लड़के ने कहा। “मैंने देखा है कि गाइड किस तरह से रेगिस्तान के संकेतों को पढ़ते हैं, और किस तरह कारवाँ की रूह रेगिस्तान की रूह से बात करती है।”

अँग्रेज़ ने कहा, "अब से मैं कारवाँ की ओर ज़्यादा ध्यान दूँगा"।

"और मैं आपकी पुस्तकें पढ़ा करूँगा," लड़के ने कहा।

* * *

वे अजीबो-ग़रीब पुस्तकें थीं। वे पारे के बारे में, नमक के बारे में, ड्रैगनों के बारे में, और राजाओं के बारे में बात करती थीं, और वह इनमें से किसी को भी नहीं समझता था। लेकिन एक विचार था जो सारी पुस्तकों में खुद को दोहराता लगता था। वह विचार था : सारी चीज़ें सिर्फ़ एक ही चीज़ की अभिव्यक्ति हैं।

एक पुस्तक पढ़ते हुए उसे समझ में आया कि कीमियागिरी से सम्बन्धित साहित्य के सबसे महत्त्वपूर्ण मज़मून में सिर्फ़ कुछ ही वाक्य थे, और वे एक पन्ना (जवाहर) की सतह पर उकेरे हुए थे।

"यह जवाहर की टिकिया है," अँग्रेज़ ने कहा। उसके कहने में इस गर्व का भाव था कि वह भी लड़के को कुछ सिखा सकता है।

"अच्छा, तो फिर हमें इन सारी पुस्तकों की क्या ज़रूरत है?" लड़के ने पूछा।

"ताकि हम उन थोड़े-से वाक्यों को समझ सकें," अँग्रेज़ ने जवाब दिया, हालाँकि उसके अन्दाज़ से ऐसा लगता था जैसे उसे खुद ही अपनी कही बात पर विश्वास न हो।

लड़के को वह पुस्तक सबसे ज़्यादा दिलचस्प लगी जिसमें प्रसिद्ध कीमियागरों के क़िस्से बयान किये गए थे। ये वे लोग थे जिन्होंने अपनी प्रयोगशालाओं में धातुओं का शुद्धिकरण करते हुए अपनी ज़िन्दगियाँ खपा दी थीं; उनका विश्वास था कि अगर किसी धातु को कई वर्षों तक तपाया जाए, तो वह अपनी सारी निजी फ़ितरतों से आज़ाद हो जाएगी, और जो बचेगा वह कायनात की रूह होगी। कायनात की यह रूह ही उन्हें पृथ्वी की किसी भी चीज़ को समझने की गुंजाइश देती थी, क्योंकि यह वह भाषा थी जिसमें सारी वस्तुएँ आपस में बतियाती थीं। उन्होंने इस खोज को प्रधान कृति की संज्ञा दी थी - वह आंशिक रूप से तरल थी, और आंशिक रूप से ठोस थी।

"क्या आपको नहीं लगता कि उस भाषा को समझने के लिए इंसानों और शगुनों पर बारीकी-से ध्यान देना भर काफ़ी है?" लड़के ने पूछा।

"तुम्हारे दिमाग़ पर हर चीज़ को सरलीकृत करने का फ़ितूर सवार है," अँग्रेज़ ने चिढ़ते हुए जवाब दिया। "कीमियागिरी एक गम्भीर विद्या है। इसमें हर क़दम ठीक उसी तरह रखना पड़ता है, जिस तरह इस विद्या के उस्तादों ने रखा है।"

लड़के को पता चला कि प्रधान कृति के तरल हिस्से को अमृत के नाम से जाना जाता है, और इससे सारी बीमारियाँ दूर हो जाती हैं; इसके सेवन से कीमियागर बूढ़े भी नहीं होते थे। और उसके ठोस हिस्से को 'पारस पत्थर' की संज्ञा दी जाती है।

"'पारस पत्थर' को हासिल करना आसान नहीं है," अँग्रेज़ ने कहा। "कीमियागर अपनी प्रयोगशालाओं में उस आग को ग़ौर से देखते हुए सालों बिता देते थे जो धातु का शुद्धिकरण करती थी। वे आग के क़रीब रहकर इतना ज़्यादा वक़्त गुज़ारते थे कि अपनी सारी सांसारिक महत्त्वाकांक्षाओं को तज देते थे। उन्होंने यह जान लिया था कि धातुओं के शुद्धिकरण की वजह से स्वयं उनका शुद्धिकरण हो जाता था।

लड़के ने क्रिस्टल के दुकानदार के बारे में सोचा। उसने लड़के से कहा था कि यह अच्छा है कि तुम क्रिस्टल के बर्तनों की सफ़ाई के काम में लगे रहते हो, निराशा पैदा करने वाले ख़याल नहीं आएँगे। लड़के को लगातार यह यक़ीन होता जा रहा था कि इंसान अपनी रोज़मर्रा ज़िन्दगी में ही कीमियागिरी सीख सकता है।

अँग्रेज़ ने कहा, "पारस पत्थर की एक और भी ज़बरदस्त ख़ूबी है। इस पत्थर का एक छोटा-सा टुकड़ा किसी भी धातु की बड़ी मात्रा को सोने में बदल सकता है।"

यह सुनने के बाद कीमियागिरी में लड़के की दिलचस्पी और भी बढ़ गयी। उसने सोचा कि थोड़े-से धीरज से काम लेते हुए वह हर चीज़ को सोने में बदल लेगा। उसने ऐसे बहुत-से लोगों के जीवन के बारे में पढ़ा था जो ऐसा करने में कामयाब रहे थे : हेल्वेशियस, एलियास, फल्केनेली, और गेबर। वे बहुत ही आकर्षक क़िस्से थे : उनमें से हर व्यक्ति ने अपनी नियति को अन्त तक जिया था। उन्होंने यात्राएँ की थीं, ज्ञानी पुरुषों से वार्तालाप

किया था, अविश्वास करने वाले लोगों के सामने चमत्कारों का प्रदर्शन किया था, और पारस पत्थर तथा अमृत का स्वामित्व प्राप्त किया था।

लेकिन जब लड़के ने उस प्रधान कृति को हासिल करने का तरीक़ा सीखना चाहा, तो उसे कुछ भी समझ में नहीं आया। उसे सिर्फ़ रेखांकन, कूटबद्ध निर्देश, और अबूझ इबारतें ही दिखायी दीं।

* * *

"ये लोग चीज़ों को इतना पेचीदा क्यों बना देते हैं?" एक रात उसने अँग्रेज़ से पूछा। लड़के ने देखा था कि अँग्रेज़ चिड़चिड़ा हो गया था, और उसे अपनी पुस्तकों की कमी खटकती थी।

"ताकि जिन पर समझने की ज़िम्मेदारी है, वे उनको समझ सकें," उसने कहा। "ज़रा कल्पना करो कि हर आदमी राँगे को सोने में बदलने लगे, तो क्या होगा। सोना अपनी क़ीमत खो देगा।"

"उस प्रधान कृति को केवल वही लोग हासिल करते हैं, जो उसे हासिल करने के अपने प्रण पर अडिग बने रहते हैं और गहराई में जाकर अध्ययन करने को तत्पर होते हैं। इसीलिए मैं यहाँ हूँ, इस रेगिस्तान के बीच। मैं उस सच्चे कीमियागर की तलाश में हूँ, जो इन गूढ़ इबारतों को पढ़ने-समझने में मेरी मदद कर सके।"

"ये पुस्तकें कब लिखी गयी थीं?" लड़के ने पूछा।

"सदियों पहले।"

"लेकिन उस ज़माने में छपाई की मशीनें तो थी नहीं," लड़के ने तर्क किया। "हर कोई कीमियागिरी सीख लेता, इसका तो कोई उपाय ही नहीं था। फिर उन्होंने इस क़दर रेखाचित्रों से भरी अजीबो-ग़रीब भाषा का इस्तेमाल क्यों किया?"

अँग्रेज़ ने उसकी बात का सीधा जवाब नहीं दिया। उसने कहा कि मैं कुछ दिनों से कारवाँ के काम करने के ढंग पर ध्यान देता रहा हूँ, लेकिन मुझे तो कुछ भी नया सीखने नहीं मिला। मैंने तो एक ही बात देखी है कि जंग की चर्चा ही अब बार-बार होती है।

* * *

फिर एक दिन लड़के ने अँग्रेज़ को उसकी पुस्तकें लौटा दीं। "क्या तुमने कुछ सीखा?" अँग्रेज़ ने पूछा, वह जानने को उत्सुक था कि लड़के ने क्या सीखा होगा। उसे किसी से बात करना ज़रूरी लग रहा था ताकि वह अपने दिमाग़ को जंग की आशंका के ख़याल से दूर रख सकता।

"मैंने यह सीखा कि इस सृष्टि की एक आत्मा है, और जो भी कोई इस आत्मा को समझ लेता है, वह चीज़ों की भाषा को भी समझ सकता है। मैंने सीखा कि बहुत-से कीमियागरों ने अपनी नियति को पा लिया था, और उन्होंने अन्ततः विश्व की आत्मा, पारस पत्थर, और अमृत की खोज कर ली थी।

"लेकिन जो सबसे महत्त्वपूर्ण बात मैंने सीखी, वह यह है कि ये सारी चीज़ें इतनी सरल हैं कि उनको एक रत्न की सतह पर भी लिखा जा सकता है।"

अँग्रेज़ को निराशा हुई। वर्षों का शोध, जादुई प्रतीक, अजीबो-ग़रीब शब्द, और प्रयोगशाला के उपकरण... इनमें से किसी चीज़ से लड़का प्रभावित नहीं हुआ था। इसकी आत्मा इतनी पिछड़ी हुई है कि वह इस तरह की बातों को समझ ही नहीं सकती, उसने सोचा।

उसने अपनी पुस्तकें वापस लीं, और उनको अपने थैले में रख लिया।

"जाओ, कारवाँ को देखो," उसने कहा। "उसने भी मुझे कुछ नहीं सिखाया।"

लड़का एकबार फिर रेगिस्तान की ख़ामोशी और जानवरों के खुरों से उड़ती रेत पर अपने विचारों में डूब गया। "सीखने का हर व्यक्ति का अपना-अपना ढंग होता है," उसने मन-ही-मन कहा। "उसका ढंग मेरा नहीं है, न ही मेरा ढंग उसका है, लेकिन हम दोनों ही अपनी-अपनी नियति की खोज में हैं, और इसके लिए मैं उसका आदर करता हूँ।"

* * *

कारवाँ रात और दिन सफ़र करने लगा। वे नक़ाबपोश बद्दू अक्सर नमूदार होने लगे, और उस ऊँट हाँकने वाले ने, जोकि लड़के का अच्छा दोस्त बन गया था, लड़के को बताया कि क़बीलों के बीच लड़ाई ठन चुकी है। अगर

कारवाँ नख़लिस्तान तक पहुँच गया, तो यह उसकी बहुत बड़ी ख़ुशक़िस्मती ही होगी।

जानवर थक गए थे, और लोगों की आपस की बातचीत कम-से-कम होती चली गयी। ख़ामोशी रात के समय अपनी बदतर स्थिति में होती थी, और किसी ऊँट की महज़ एक कराह - जो पहले ऊँट की एक कराह के अलावा और कुछ नहीं हुआ करती थी - अब हर किसी को डरा देती थी, क्योंकि वह किसी हमले के लिए संकेत हो सकती थी।

हालाँकि, वह ऊँट हाँकने वाला जंग के ख़तरे को लेकर बहुत चिन्तित नहीं लगता था।

"मैं ज़िन्दा हूँ," उसने एक रात लड़के से कहा। वे खजूर खा रहे थे, जिस वक़्त न अलाव जल रहा था और न आसमान में चाँद था। "जब मैं खा रहा होता हूँ, तो मैं सिर्फ़ उसी के बारे में सोचता हूँ। अगर मैं कूच पर होता हूँ, तो अपना सारा ध्यान कूच पर लगाता हूँ। अगर मुझे लड़ना पड़ जाए, तो फिर मुझे मरने के लिए वह दिन किसी भी दूसरे दिन जैसा ही होगा।

"क्योंकि मैं न तो अपने अतीत में रहता हूँ और न अपने भविष्य में रहता हूँ। मेरी दिलचस्पी तो सिर्फ़ वर्तमान में है। अगर तुम सिर्फ़ अपने वर्तमान पर ध्यान लगा सको, तो तुम सुखी इंसान होगे। तुम देखोगे कि रेगिस्तान में भी जीवन है, आसमान में तारे हैं, और क़बीलों के लोग इसलिए लड़ते हैं क्योंकि वे मानव-प्रजाति का हिस्सा हैं। जीवन तुम्हारे लिए एक दावत हो जाएगा, एक बहुत बड़ा जश्न, क्योंकि जीवन वह पल है, जिसे हम ठीक इस वक़्त जी रहे हैं।"

दो रातों बाद, जब लड़का बिस्तर पर लेटने की तैयारी कर रहा था, तो लड़के ने उस तारे को खोजा, जिसका वे लोग हर रात पीछा किया करते थे। उसे लगा जैसे क्षितिज रोज़ के मुक़ाबले कुछ नीचे आ गया था, क्योंकि उसे लग रहा था जैसे वह तारा रेगिस्तान में ही दिखायी दे रहा हो।

"यह नख़लिस्तान है," उस ऊँट हाँकने वाले ने कहा।

"अच्छा, तो हम तुरन्त ही वहाँ क्यों नहीं चले जाते?" लड़के ने पूछा।

"क्योंकि हमें सोना ज़रूरी है।"

* * *

सूरज के उगने के साथ ही लड़का जाग गया। उसके सामने, जहाँ पिछली रात छोटे-छोटे तारे झिलमिला रहे थे, अब खजूर के वृक्षों की एक अन्तहीन क़तार थी, जो रेगिस्तान के आरपार फैली थी।

"हमने कर दिखाया," अँग्रेज़ ने कहा, जो ख़ुद भी जल्दी जाग गया था।

लेकिन लड़का चुप था। उसे रेगिस्तान की ख़ामोशी आत्मीय लग रही थी, और उन वृक्षों को देखकर उसे सन्तोष का अनुभव हो रहा था। पिरामिडों तक पहुँचने के लिए उसे अभी भी लम्बा सफ़र तय करना था, और एक दिन ऐसा आने वाला था जब आज की यह सुबह महज़ एक स्मृति बनकर रह जाने वाली थी, लेकिन यह वर्तमान का क्षण था - वह दावत जिसका ज़िक्र उस ऊँट हाँकने वाले ने किया था - और इस क्षण को वह उसी तरह जीना चाहता था जिस तरह उसने अपने अतीत की सीखों और भविष्य के सपनों को जिया था, हालाँकि, खजूर के दरख़्तों का वह नज़ारा एक दिन महज़ एक याद बनकर रह जाने वाला था, लेकिन इस वक़्त उसका मतलब था, छाया, पानी, और जंग से बचने की पनाह। कल ऊँट की कराह ख़तरे का संकेत थी, और आज खजूर के वृक्षों की क़तार एक चमत्कार की सूचना दे रही थी।

सृष्टि कई भाषाएँ बोलती है, लड़के ने सोचा।

* * *

वक़्त बहुत तेज़ी-से भागता है, और उसी तरह कारवाँ भी भागता है, कीमियागर ने सैकड़ों लोगों और जानवरों को नख़लिस्तान के क़रीब आते देखकर सोचा। लोग नए आगन्तुकों के आने से चिल्ला रहे थे, उड़ती हुई धूल ने रेगिस्तान के सूरज की रोशनी को धुँधला दिया था और नखलिस्तान के बच्चे इन अजनबी आगन्तुकों को देखकर उत्तेजना से भरे हुए थे। कीमियागर ने क़बीले के मुखियाओं को कारवाँ के सरदार का स्वागत करते, और उसके साथ लम्बी बातचीत करते देखा।

लेकिन कीमियागर को इसमें से किसी भी चीज़ से कोई फ़र्क नहीं पड़ता था। उसने ऐसे बहुत-से लोगों को आते-जाते देखा था, और रेगिस्तान जहाँ-का-तहाँ बना हुआ था। उसने सुलतानों और फ़कीरों को रेगिस्तान की रेत में चलते हुए देखा था। रेत के टीले हवा की वजह से लगातार अपनी जगह बदलते रहते थे, तब भी यह वही रेत थी जिसे वह अपने बचपन से

जानता आया था। उसे उस ख़ुशी को देखकर हमेशा आनन्द आता था जो उन मुसाफ़िरों को उस वक़्त महसूस होती थी जब वे पीली रेत में और नीले आसमान के तले हफ़्तों का सफ़र करने के बाद पहली बार खजूर के वृक्षों की हरियाली को देखते थे। ख़ुदा ने रेगिस्तान शायद बनाया ही इसलिए था ताकि इंसान खजूर के वृक्षों की सराहना कर सके।

उसने सांसारिक मसलों पर ध्यान देने का फ़ैसला किया। उसे मालूम था कि उस कारवाँ में एक ऐसा शख़्स मौजूद था, जिसको उसे अपने कुछ रहस्य सिखाने थे। यह बात उसको भविष्य-सूचक संकेतों की मार्फ़त मालूम हुई थी। वह उस आदमी को अभी तक जानता तो नहीं था, लेकिन उसे मालूम था कि जैसे ही वह आदमी प्रकट होगा, उसकी अनुभवी आँखें उसको पहचान लेंगी। वह उम्मीद कर रहा था कि यह आदमी उसी तरह क़ाबिल होगा जिस तरह उसके पिछले चेले रहे थे।

मुझे समझ में नहीं आता कि इन बातों को ज़बानी बताना क्यों ज़रूरी होता है, उसने सोचा। मसला यह नहीं था कि ये बातें रहस्यमय थीं; ख़ुदा ने तो अपने रहस्यों को अपने सारे प्राणियों के सामने आसानी-से ज़ाहिर कर रखा है।

उसके पास इस बात की सिर्फ़ एक ही व्याख्या थी : इन बातों को दूसरों तक इस तरह पहुँचाया जाना इसलिए ज़रूरी होता है क्योंकि वे विशुद्ध जीवन से रची गयी हैं, और इस तरह के जीवन को तसवीरों या शब्दों में नहीं पकड़ा जा सकता।

क्योंकि लोग तसवीरों और शब्दों से मोहित हो जाते हैं, और अन्ततः सृष्टि की भाषा को भूल जाते हैं।

* * *

लड़का जो कुछ देख रहा था, उससे उसे अपनी आँखों पर विश्वास नहीं हो रहा था : यह नख़लिस्तान वैसा बिल्कुल नहीं था, जैसा उसने कभी भूगोल की अपनी एक पुस्तक में देख रखा था; खजूर के थोड़े-से वृक्षों से घिरे इलाक़े की बजाय यह स्पेन के कई क़स्बों से भी बड़ा था। वहाँ तीन सौ कुएँ थे, खजूर के पचास हज़ार दरख़्त थे, और उनके बीच फैले असंख्य रंग-बिरंगे तम्बू थे।

"*यह तो सहस्त्र रजनी चरित्र (द थाउजेंड एंड वन नाइट्स)* के क़िस्से जैसा लग रहा है," अँग्रेज़ ने कहा, जो कीमियागर से मिलने के लिए उतावला हो रहा था।

वे उन बच्चों से घिरे हुए थे, जो नवागन्तुकों और जानवरों को देखने के कौतूहल से भरे हुए थे। नख़लिस्तान के लोग उनसे जानना चाहते थे कि क्या उन्होंने कोई जंग होते देखी थी, और औरतों में उन कपड़ों तथा बेशक़ीमती रत्नों को देखने की होड़ लगी हुई थी जो कारवाँ के सौदागर लेकर आए थे। रेगिस्तान की ख़ामोशी एक दूर का सपना बन चुकी थी; कारवाँ के मुसाफ़िर लगातार बतिया रहे थे, हँस रहे थे और चीख़-पुकार मचा रहे थे, जैसे वे किसी रूहानी दुनिया से निकलकर इंसानों की दुनिया में आ पहुँचे हों। वे आज़ादी और ख़ुशी महसूस कर रहे थे।

जब वे रेगिस्तान में थे, तो हर तरह की सावधानी बरतते रहे थे, लेकिन उस ऊँट हाँकने वाले ने लड़के को समझाया कि नख़लिस्तानों को तटस्थ इलाक़ों के रूप में देखा जाता है, क्योंकि वहाँ ज़्यादातर औरतें और बच्चे रहते हैं। पूरे रेगिस्तान में नख़लिस्तान थे, लेकिन रेगिस्तान में क़बीले आपस में लड़ते हैं, और नख़लिस्तानों को शरण-स्थलों के रूप में छोड़ देते हैं।

कारवाँ के सरदार ने कुछ मुश्किल से अपने आदमियों को एकत्र किया और उन्हें निर्देश दिए। उसने कहा कि समूह के सभी लोगों को क़बीलों की तकरार ख़त्म होने तक नख़लिस्तान में ही रहना होगा। चूँकि हम मेहमान हैं, इसलिए हमें वहाँ के लोगों के साथ उन्हीं की रिहाइशों में ही रहना होगा, और वे हमें रहने की भरसक बेहतर सुविधाएँ मुहैया कराएँगे। यह मेहमान-नवाज़ी का उसूल है, फिर उसने अपने पहरेदारों समेत हर किसी को अपने-अपने हथियार क़बीलों के सरदारों द्वारा नियुक्त लोगों के हवाले कर देने को कहा।

"ये युद्ध के नियम हैं," उसने समझाया। "इन नियमों के मुताबिक़ नख़लिस्तान में फ़ौजों या फ़ौजी टुकड़ियों को पनाह नहीं दी जा सकती।"

लड़के ने आश्चर्य के भाव से देखा कि अँग्रेज़ ने अपने बैग से एक क्रोम-प्लेटेड रिवॉल्वर निकालकर उस आदमी को सौंप दी, जो हथियार जमा कर रहा था।

"यह रिवॉल्वर क्यों?" उसने पूछा।

"इसने लोगों पर भरोसा करने में मेरी मदद की थी," अँग्रेज़ ने जवाब दिया।

इस बीच, लड़के ने अपने ख़ज़ाने के बारे में सोचा। वह अपने सपने के पूरा होने के जितने ही क़रीब पहुँचता जा रहा था, हालात उतने ही मुश्किल होते जा रहे थे। ऐसा लगता था कि जिसे उस बूढ़े राजा ने 'शुरुआत करने वाले की क़िस्मत' का नाम दिया था वह अब काम नहीं कर रही थी। अपने सपने का पीछा करने की प्रक्रिया में उसे लगातार अपनी ज़िद और साहस की परीक्षा देनी पड़ रही थी। इसलिए वह न तो हड़बड़ी-से काम ले सकता था और न उतावलेपन से। अगर वह जल्दबाज़ी कर आगे बढ़ता, तो ईश्वर द्वारा रास्ते में छोड़े गए संकेतों और शगुनों को देखने से चूक जाता।

ईश्वर ने उनको मेरे रास्ते में रख दिया था। इस ख़याल से वह चकित हो उठा। अब तक भविष्य-सूचक संकेतों को वह सांसारिक चीज़ों की तरह देखता आया था। खाने और सोने जैसी चीज़ों की तरह, या प्रेम की तलाश करने या कोई रोज़गार हासिल करने जैसी चीज़ की तरह। उसने उनको कभी उस भाषा की तरह देखा ही नहीं था, जिनका इस्तेमाल ईश्वर यह संकेत देने के लिए करता था कि उसे क्या करना चाहिए।

"उतावलापन मत दिखाओ," उसने एक बार फिर ख़ुद से कहा। "उसी तरह जैसा उस ऊँट हाँकने वाले ने कहा थाः 'जब खाना खाने का वक़्त हो, तब खाना खाओ। और जब आगे बढ़ने का वक़्त हो, तब आगे बढ़ो।'"

उस पहले दिन अँग्रेज़ समेत हर कोई थकान की वजह से सो गया। लड़के को अपने दोस्त से दूर, एक तम्बू में उसी की उम्र के पाँच दूसरे नौजवानों के साथ, जगह दी गयी थी। वे सब रेगिस्तान के रहने वाले थे और विशाल नगरों से सम्बन्धित उसके क़िस्सों को सुनने के लिए बेताब थे।

लड़के ने उन्हें गड़रिये के रूप में बितायी गयी अपनी ज़िन्दगी के बारे में बताया, और अभी वह क्रिस्टल की दुकान के अपने तजुरबों के बारे में बताने ही वाला था कि तभी तम्बू में वह अँग्रेज़ आ गया।

"मैं पूरी सुबह तुम्हें खोजता रहा हूँ," उसने लड़के को बाहर लाते हुए कहा। "मुझे कीमियागर के ठिकाने का पता लगाने में तुम्हारी मदद की ज़रूरत है।"

पहले उन्होंने खुद ही उसे ढूँढने की कोशिश की। उनका ख़याल था कि कीमियागर सम्भवतः नख़लिस्तान के दूसरे लोगों से अगल ढंग से रहता होगा, और इस बात की पूरी सम्भावना थी कि उसके तम्बू में लगातार चूल्हा जलता रहता हो। उन्होंने हर कहीं तलाश की, और पाया कि वह नख़लिस्तान उससे कहीं बहुत ज़्यादा बड़ा था जितने की उन्होंने कल्पना की थी; उसमें सैकड़ों तम्बू थे।

"हमने लगभग पूरा दिन बरबाद कर दिया," अँग्रेज़ ने लड़के के साथ एक कुँएँ के क़रीब बैठते हुए कहा।

"शायद यह बेहतर होगा कि हम किसी से पूछें," लड़के ने सुझाव दिया।

अँग्रेज़ नहीं चाहता था कि वह किसी को बताता कि वह नख़लिस्तान में क्यों आया था, और इसलिए लड़के के सुझाव से पूरी तरह सहमत नहीं हो पा रहा था, लेकिन, अन्ततः, वह उससे सहमत हुआ, और चूँकि लड़का उससे बेहतर ढंग से अरबी बोलना जानता था, इसलिए उसने लड़के से ही यह पूछताछ करने को कहा। लड़का एक औरत के पास पहुँचा जो बकरे के चमड़े से बनी छागल में कुएँ से पानी भरने आयी थी।

"सलाम वालेकुम, मोहतरमा। मैं यह पता लगाने की कोशिश कर रहा हूँ कि इस नख़लिस्तान में कीमियागर कहाँ रहता है।"

औरत ने कहा, "मैंने ऐसे किसी आदमी के बारे में कभी नहीं सुना," और इतना कह कर वह तेज़ी-से चली गयी, लेकिन भागने के पहले उसने लड़के को सलाह दी कि वह काला बुरक़ा पहने औरतों से बात करने की कोशिश न करे, क्योंकि वे शादीशुदा औरतें होती हैं। उसको रवायत का लिहाज़ करना चाहिए।

अँग्रेज़ को निराशा हुई। उसे लगा कि उसने इतना लम्बा सफ़र बेकार ही किया। लड़का भी उदास था; उसका दोस्त अपनी नियति की तलाश कर रहा था। और, जब कोई इस तरह की तलाश में होता है, तो सारी कायनात उसकी कामयाबी के लिए उसकी मदद करती है - बूढ़े राजा ने यही तो कहा था। उसकी बात ग़लत तो नहीं हो सकती।

"मैंने इसके पहले कभी कीमियागर के बारे में नहीं सुना था," लड़के ने कहा। "हो सकता है, यहाँ भी किसी ने न सुना हो।"

अँग्रेज़ की आँखें चमक उठीं। "अब समझ में आया! मुमकिन है यहाँ कोई जानता ही न हो कि कीमियागर क्या होता है! यह पता लगा लगाओ कि यहाँ ऐसा कौन है, जो लोगों की बीमारी ठीक करता है!"

काला बुरक़ा पहने कई औरतें पानी भरने कुएँ पर आयीं, लेकिन अँग्रेज़ के ज़ोर दिए जाने के बावजूद लड़के ने उनमें से किसी से बात नहीं की। फिर एक आदमी वहाँ आया।

"क्या आप यहाँ ऐसे किसी आदमी को जानते हैं, जो लोगों का इलाज करता हो?" लड़के ने पूछा।

"हमारा इलाज तो अल्लाह करता है," आदमी ने कहा। उसे देखकर साफ़ समझ में आता था कि वह अजनबियों से डरता था। "क्या तुम्हें ओझाओं की तलाश है?" उसने कुरान की कुछ आयतें बुदबुदायीं और चला गया।

एक और आदमी आया। वह पिछले के मुक़ाबले कुछ बुज़ुर्ग था और एक छोटी-सी बाल्टी लिये हुए था। लड़के ने अपना सवाल दोहराया।

"तुम्हें इस तरह के आदमी की तलाश क्यों है?" उस अरबी ने पूछा।

"क्योंकि मेरा दोस्त उससे मुलाक़ात करने कई महीनों लम्बा सफ़र करके यहाँ आया है," लड़के ने कहा।

"अगर इस नख़लिस्तान में ऐसा कोई आदमी है, तो वह ज़रूर बहुत ताक़तवर होगा," उस बुज़ुर्ग ने कुछ पल सोचने के बाद कहा। "अगर क़बीलों के सरदार भी उससे मिलना चाहते हैं, तो वे तक उससे नहीं मिल पाते। उससे तभी मुलाक़ात हो पाती है, जब वह इसकी मंज़ूरी देता है।

"लड़ाई ख़त्म होने का इन्तज़ार करो। उसके बाद कारवाँ के साथ रवाना हो जाओ। नख़लिस्तान की ज़िन्दगी में दाख़िल होने की कोशिश मत करो," उसने कहा, और वहाँ से चला गया।

लेकिन अँग्रेज़ बहुत ख़ुश था। वे सही दिशा में जा रहे थे।

आख़िरकार एक जवान औरत वहाँ आयी जिसने काला बुरक़ा नहीं पहन रखा था। उसने कन्धे पर एक घड़ा उठा रखा था और उसके सिर पर परदा था, लेकिन उसका चेहरा खुला हुआ था। लड़का कीमियागर के बारे में पूछने के लिए उसके पास पहुँचा।

उस क्षण, उसे लगा जैसे समय थम गया हो, और कायनात की रूह उसके भीतर उमड़ पड़ी हो। जब उसने उसकी काली आँखों में देखा, और देखा कि उसके होंठ हँसी और ख़ामोशी के बीच ठिठके हुए थे, तो उसे उस भाषा का सबसे महत्त्वपूर्ण हिस्सा समझ में आ गया जो सारी दुनिया बोलती थी - वह भाषा जिसे पृथ्वी का हर आदमी अपने हृदय से समझ सकता था। यह प्रेम था। वह चीज़ जो मनुष्यता से भी पहले की थी, रेगिस्तान से भी ज़्यादा प्राचीन थी। एक ऐसी चीज़ जो, जब भी कभी दो जोड़ी आँखें मिलती हैं तो, हमेशा एक-जैसी ऊर्जा पैदा करती है, उसी तरह जैसा इस वक़्त इस कुएँ पर हो रहा था। वह मुस्करायी, और यह निश्चय ही एक भविष्य-सूचक संकेत था - वह शगुन जिसका वह जीवन भर इन्तज़ार करता रहा था, तब भी जबकि वह नहीं जानता था कि वह उसका इन्तज़ार कर रहा है। वह शगुन जिसकी तलाश वह अपनी भेड़ों के साथ और अपनी पुस्तकों में करता रहा था, जिसकी तलाश वह क्रिस्टलों में और रेगिस्तान की ख़ामोशी में करता रहा था।

यह विशुद्ध विश्व-भाषा थी। इसके लिए किसी व्याख्या की ज़रूरत नहीं थी, ठीक उसी तरह जैसे अनन्त काल में यात्रा करते इस ब्रह्मांड को किसी व्याख्या की ज़रूरत नहीं है। उस क्षण लड़के ने अनुभव किया कि वह अपने जीवन की अद्वितीय स्त्री के क़रीब था, और, उस लड़की ने भी, बिना किन्हीं शब्दों के, ठीक वैसी ही चीज़ को पहचान लिया। अपने इस अनुभव पर उसे जितना यक़ीन था उतना दुनिया की किसी चीज़ पर नहीं था। उसके माँ-बाप और दादा-दादी ने उससे कह रखा था कि किसी भी व्यक्ति के प्रति वचनबद्ध होने से पहले उसे उससे प्रेम करना और उसको अच्छी तरह समझना ज़रूरी है, लेकिन मुमकिन है कि इस तरह सोचने वाले लोगों ने सार्वभौमिक भाषा को कभी जाना ही न हो, क्योंकि, जब आप इस भाषा को समझ लेते हैं, तो यह समझना आसान हो जाता है कि कोई है जो इस दुनिया में आपका इन्तज़ार कर रहा है, भले ही वह जगह रेगिस्तान के बीच या किसी विशाल नगर में क्यों न हो। और जब ऐसे दो इंसान एक-दूसरे से टकराते हैं, और उनकी नज़रें आपस में मिलती हैं, तो गुज़रा हुआ वक़्त और आने वाला वक़्त अपनी अहमियत खो देता है। होता हैं सिर्फ़ वह अद्वितीय क्षण और यह अविश्वसनीय यक़ीन कि सूरज के तले जो कुछ भी है, वह एक ही हाथ का लिखा हुआ है। यही वह हाथ है जो प्रेम जगाता है और व्यक्ति के लिए उसकी एक जुड़वाँ आत्मा उत्पन्न करता है। ऐसे प्रेम के बिना व्यक्ति के सपने बेमानी होते हैं।

मक्तूब, लड़के ने सोचा।

अँग्रेज़ ने लड़के को झकझोरा : "कहाँ खोये हो, उससे पूछो!"

लड़का लड़की के और क़रीब गया, और जब वह मुस्करायी, तो वह भी मुस्करा दिया।

"तुम्हारा नाम क्या है?" उसने पूछा।

"फ़ातिमा," लड़की ने नज़रें चुराते हुए कहा।

"मेरे देश की भी कुछ स्त्रियाँ इस नाम से पुकारी जाती हैं।"

"यह पैगम्बर की बेटी का नाम है," फ़ातिमा ने कहा। "हमलावर इस नाम को हर कहीं ले गए।" हमलावरों की बात उस ख़ूबसूरत लड़की ने बहुत फ़ख़्र से कही थी।

अँग्रेज़ ने उसको कोंचा, और लड़के ने लड़की से उस आदमी के बारे में पूछा जो लोगों का इलाज करता था।

"यह वो इंसान है जो इस कायनात के सारे राज़ जानता है," उसने कहा। "वह रेगिस्तान के जिन्नों से बातें करता है।"

जिन्नों को शुभ और अशुभ, दोनों तरह की रूहों के रूप में जाना जाता था। और लड़की ने दक्षिण की ओर इशारा करते हुए संकेत किया कि वह विचित्र इंसान वहाँ रहता है। इसके बाद उसने अपना घड़ा पानी से भरा और वहाँ से चली गयी।

अँग्रेज़ भी नदारद हो गया था। वह कीमियागर की तलाश में निकल गया था। और लड़का देर तक उस कुँएँ के क़रीब बैठा टेरिफ़ा के उस दिन को याद करता रहा, जब लिवेंटर समीर उस लड़की की ख़ुशबू लेकर आया था, और तब उसे अहसास हुआ कि वह उस लड़की को तब से प्यार करता आ रहा है जब उसे उसके वजूद के बारे में भी पता नहीं था। वह जानता था कि उस लड़की के प्रति उसका प्रेम उसे दुनिया के हर ख़ज़ाने को खोजने में सक्षम बना देगा।

अगले दिन, उस लड़की से मिलने की उम्मीद में लड़का कुँएँ पर लौटा। लेकिन उसे यह देखकर आश्चर्य हुआ कि वहाँ अँग्रेज़ था, जो रेगिस्तान की ओर ताक रहा था।

"मैंने दोपहर के बाद से लेकर पूरी शाम भर इन्तज़ार किया," उसने कहा। "वह आकाश में शाम के पहले सितारों के उदय होने के साथ ही प्रकट हुआ। मैंने उसे बताया कि मुझे किस चीज़ की तलाश है, और उसने मुझसे पूछा कि क्या मैंने कभी राँगे को सोने में बदला है। मैंने उससे कहा कि मैं वही सीखने तो यहाँ आया हूँ।

"उसने मुझसे कहा कि मुझे वैसा करने की कोशिश करनी चाहिए। बस, उसने इतना ही कहा : 'जाओ और कोशिश करो।' "

लड़के ने कुछ नहीं कहा। बेचारे अँग्रेज़ ने इतना लम्बा सफ़र तय किया, और हासिल यह रहा कि उससे फिर से वही करने को कहा गया, जो वह पहले ही कई बार कर चुका था।

"तो कोशिश करिए," उसने अँग्रेज़ से कहा।

"मैं वही करने जा रहा हूँ। मैं अभी शुरू करता हूँ।"

अँग्रेज़ के जाते ही फ़ातिमा आयी और उसने गागर में पानी भरा।

"मैं तुमसे सिर्फ़ एक बात कहने आया हूँ," लड़के ने कहा। "मैं चाहता हूँ कि तुम मेरी बीवी बन जाओ। मैं तुमसे प्यार करता हूँ।"

लड़की के हाथ से गागर छूट गयी और उसका पानी छलक गया।

"मैं हर रोज़ यहाँ तुम्हारा इन्तज़ार करूँगा। मैंने यह रेगिस्तान एक ख़ज़ाने की तलाश में पार किया है जो पिरामिडों के आसपास कहीं है, और यह जंग मुझे एक शाप की तरह लग रही थी, लेकिन अब यह एक वरदान है क्योंकि इसकी वजह से मैं तुम तक पहुँचा हूँ।"

"जंग तो एक दिन ख़त्म हो जाने वाली है," लड़की ने कहा।

लड़के ने अपने चारों ओर खड़े खजूर के वृक्षों की ओर देखा। उसने खुद को याद दिलाया कि वह एक गड़रिया हुआ करता था, और फिर से गड़रिया बन सकता है। फ़ातिमा उसके ख़ज़ाने से ज़्यादा महत्त्वपूर्ण थी।

"क़बीलों के लोग हमेशा ख़ज़ानों की तलाश में होते हैं," लड़की ने कुछ इस तरह कहा जैसे उसने अन्दाज़ा लगा लिया हो कि वह क्या सोच रहा है। "और रेगिस्तान की औरतें अपने क़बीलों के लोगों पर फ़ख़्र करती हैं।"

उसने अपनी गागर फिर से भरी और चली गयी।

लड़का फ़ातिमा से मिलने रोज़ कुएँ पर जाने लगा। उसने लड़की को गड़रिये के रूप में बिताये गए अपने जीवन के बारे में, राजा और क्रिस्टल की दुकान के बारे में बताया। उनमें दोस्ती हो गयी, और जो पन्द्रह मिनट वह उसके साथ बिताता था, उनके अलावा हर दिन उसे पहाड़ की तरह लगने लगा। जब उसको नख़लिस्तान में रहते लगभग एक महीना हो गया, तो कारवाँ के सरदार ने उन सब लोगों की बैठक बुलायी जो उसके साथ यात्रा कर रहे थे।

"हम नहीं जानते कि जंग कब ख़त्म होगी, इसलिए हम अपना सफ़र जारी नहीं रख सकते," उसने कहा। "ये लड़ाइयाँ लम्बे समय तक जारी रह सकती हैं, हो सकता है सालों जारी रहें। दोनों तरफ़ तगड़ी फ़ौजें हैं, और यह जंग दोनों फौजों के लिए महत्त्वपूर्ण है। यह बुराई के ख़िलाफ़ अच्छाई की लड़ाई नहीं है। यह उन ताक़तों के बीच की जंग है जो सत्ता के सन्तुलन के लिए लड़ रही हैं, और जब इस तरह की जंग शुरू होती है, तो यह दूसरी लड़ाइयों के मुक़ाबले लम्बे समय तक खिंचती है - क्योंकि अल्लाह दोनों की तरफ़ होता है।"

लोग जहाँ रह रहे थे वहाँ वापस चले गए, और लड़का उस दोपहर बाद फ़ातिमा से मिलने गया। उसने उसे सुबह की बैठक के बारे में बताया। फ़ातिमा ने कहा, "हमारी मुलाक़ात के अगले ही दिन तुमने मुझसे कहा था कि तुम मुझे प्यार करते हो, फिर तुमने मुझे संसार की साझा ज़बान के बारे में और कायनात की रूह की के बारे में तालीम दी। इस सबकी वजह से मैं तुम्हारा हिस्सा बन गयी हूँ।"

लड़के ने उसकी आवाज़ को सुना, और वह उसे उस आवाज़ से भी ज़्यादा मधुर लगी जो खजूर के वृक्षों से गुज़रती हवा से पैदा हो रही थी।

"मैं यहाँ इस नख़लिस्तान में लम्बे अरसे से तुम्हारा इन्तज़ार करता रहा हूँ। मैं अपने गुज़रे हुए कल के बारे में भूल चुका हूँ, अपनी रवायतों के बारे में भूल चुका हूँ, और उस ढंग को भूल चुका हूँ जिस ढंग से रेगिस्तान के मर्द औरतों से बरताव की उम्मीद करते हैं। मैं बचपन से ही यह ख़्वाब देखता रहा हूँ कि रेगिस्तान मुझे कोई ग़ज़ब का तोहफ़ा देगा। अब मेरा तोहफ़ा आ चुका है, और वह तुम हो।"

लड़का उसका हाथ अपने हाथ में लेना चाहता था, लेकिन फ़ातिमा के हाथ गागर को थामे हुए थे।

"तुमने मुझे अपने ख़्वाबों के बारे में, बूढ़े बादशाह के बारे में, और अपने ख़ज़ाने के बारे में बताया है। और तुमने मुझे शगुनों के बारे में भी बताया है। इसलिए अब मुझे किसी बात का ख़ौफ़ नहीं है, क्योंकि वही शगुन तो तुम्हें मेरे पास लाये हैं। और मैं तुम्हारे ख़्वाबों का हिस्सा हूँ, उस चीज़ का हिस्सा हूँ जिसे तुम नियति कहते हो।

"इसीलिए मैं चाहती हूँ कि तुम अपनी मंज़िल की तरफ़ बढ़ो। अगर तुम्हें जंग के ख़त्म होने तक इन्तज़ार करना पड़े, तो इन्तज़ार करो। लेकिन अगर तुम्हें उसके पहले भी जाना पड़े, तो तुम अपने ख़्वाब को पूरा करने जाओ। रेत के टीले हवा की वजह से बदलते रहते हैं, लेकिन रेगिस्तान कभी नहीं बदलता। एक-दूसरे के लिए हमारा प्यार भी ऐसा ही होगा।"

"मक्तूब," वह बोली, "अगर मैं वाक़ई तुम्हारे ख़्वाब का हिस्सा हूँ, तो तुम एक दिन वापस आओगे।"

उस दिन वहाँ से विदा लेते हुए लड़का उदास था। उसने उन तमाम शादीशुदा गड़रियों के बारे में सोचा, जिनको वह जानता था। जब उन्हें दूर मैदानों में जाना होता था, तो इसके लिए अपनी बीवियों को तैयार करने में उन्हें बहुत मुश्किल पेश आती थी। प्यार उनसे माँग करता था कि वे उन्हीं लोगों के साथ रहते जिनको वे प्यार करते थे।

यह बात उसने फ़ातिमा को अपनी अगली मुलाक़ात में बतायी।

"रेगिस्तान हमारे मर्दों को हमसे छीन लेता है, और वे हमेशा लौट ही आते हों, ऐसा नहीं होता," उसने कहा। हम यह जानते हैं, और हमें इसकी आदत है। जो नहीं लौटते, वे बादलों में समा जाते हैं, उन जानवरों में शामिल हो जाते हैं जो खोहों में छिपे रहते हैं, या उस पानी में मिल जाते हैं जो धरती से फूटकर निकलता है। वे सब कुछ का हिस्सा बन जाते हैं... वे कायनात की रूह बन जाते हैं।

"कुछ वापस आ जाते हैं। और दूसरी औरतें ख़ुश हो जाती हैं, क्योंकि उनको भरोसा हो जाता है कि एक दिन उनके मर्द भी वापस लौट आएँगे। मैं ऐसी औरतों की ओर देखती थी और उनकी ख़ुशी पर ईर्ष्या करती थी। अब मैं भी उन्हीं औरतों की तरह इन्तज़ार करूँगी।

"मैं एक रेगिस्तानी औरत हूँ, और मुझे इसका फ़ख़ है। मैं अपने पति को उसी तरह आज़ाद भटकते हुए देखना चाहती हूँ जैसे वह हवा भटकती है जो रेत के टीलों को शक्ल देती है। और अगर ज़रूरी हुआ, तो मैं इस सच्चाई को मंज़ूर कर लूँगी कि वह बादलों में, और जानवरों में, और रेगिस्तान के पानी में समा गया है।"

लड़का अँग्रेज़ की तलाश में निकल गया। वह उसे फ़ातिमा के बारे में बताना चाहता था। उसे यह देखकर आश्चर्य हुआ कि अँग्रेज़ ने अपने तम्बू के बाहर एक भट्टी तैयार कर ली थी, जिसमें लकड़ियाँ जल रही थीं और उसके ऊपर एक पारदर्शी कुप्पी तप रही थी। जब अँग्रेज़ ने रेगिस्तान की ओर देखा, तो उसकी आँखें उससे ज़्यादा चमकती लग रही थीं, जितनी वे तब चमकती थीं जब वह पुस्तकें पढ़ रहा होता था।

"यह उस काम का पहला चरण है," उसने कहा। "मुझे गन्धक को अलग करना होगा। इसे कामयाब ढंग से करने के लिए, मुझे नाकामयाबी का कोई डर नहीं होना चाहिए। यह नाकामयाबी का मेरा डर ही था जिसने मुझे पहले उस महान कृति को गढ़ने से रोक रखा था। अब मैं उस काम की शुरुआत कर रहा हूँ, जो मुझे दस साल पहले शुरू कर देना चाहिए था,लेकिन मुझे ख़ुशी है कि मैंने कम-से-कम बीस साल तो इन्तज़ार नहीं किया।"

वह लगातार आग में लकड़ियाँ झोंकता रहा, और लड़का तब तक वहीं रुका रहा जब तक कि रेगिस्तान डूबते सूरज की रोशनी से गुलाबी नहीं हो गया। उसकी बहुत प्रबल इच्छा हुई कि वह रेगिस्तान में जाकर पता लगाये कि कहीं उसकी ख़ामोशी में ही तो उसके सवालों के जवाब नहीं हैं।

वह नख़लिस्तान के खजूर के दरख़्तों को अपनी नज़रों की ज़द में बनाये रखते हुए कुछ दूर तक भटकता रहा। उसने हवा की आवाज़ सुनी, और अपने पैरों तले कंकड़ों को महसूस किया। उसे जहाँ-तहाँ कोई सीपी दिखायी दे जाती, और तब उसे समझ में आया कि किन्हीं प्राचीन युगों में वह रेगिस्तान समुद्र रहा था। वह एक पत्थर पर बैठ गया, और ख़ुद को ढीला छोड़ दिया ताकि क्षितिज उसे सम्मोहित कर सके। उसने प्रेम की अवधारणा को स्वामित्व से भिन्न रूप में देखने की कोशिश की, और दोनों को एक-दूसरे से अलग नहीं कर सका, लेकिन फ़ातिमा एक रेगिस्तानी स्त्री

थी, और, उसको समझने में अगर कोई चीज़ मदद कर सकती थी, तो वह रेगिस्तान ही कर सकता था।

वह वहाँ बैठा हुआ सोच रहा था कि तभी उसे ऊपर किसी हलचल का अहसास हुआ। उसने ऊपर देखा, तो पाया कि आसमान में ऊँचाई पर बाज़ों का एक जोड़ा उड़ता चला जा रहा था।

उसने उन बाज़ों को हवा में तैरते हुए देखा। उनकी उड़ान में हालाँकि कोई साफ़ आकार नहीं था, तब भी लड़के को उसमें एक ख़ास तरह के अर्थ का अहसास हुआ। सिर्फ़ इतना भर था कि वह उस अर्थ को पकड़ नहीं पा रहा था। वह अपनी निगाहों से उन परिन्दों का पीछा करता रहा, और उस उड़ान में कोई अर्थ तलाशने की कोशिश करता रहा। वह सोच रहा था कि मुमकिन है ये रेगिस्तानी परिन्दे उसे स्वामित्व-रहित प्रेम का अर्थ समझा सकें।

वह उनींदा महसूस करने लगा। अन्दर-ही-अन्दर वह जागते रहना चाहता था, लेकिन वह सोना भी चाहता था। "मैं संसार की भाषा सीख रहा हूँ, और दुनिया की हर चीज़ में मुझे अर्थ दिखायी देना शुरू हो रहा है... बाज़ों की उड़ान तक में," उसने खुद से कहा। और, उस मानसिक हालत में, वह कृतज्ञ था कि उसे प्रेम हो गया था। जब तुम्हें किसी से प्रेम हो जाता है, तो चीज़ें और भी अर्थवान लगने लगती हैं, उसने सोचा।

अचानक, उनमें से एक बाज़ ने आसमान में तेज़ी-से छलांग लगाते हुए दूसरे बाज़ पर हमला किया। उसके ऐसा करते ही, लड़के के दिमाग़ में एक आकस्मिक, क्षणिक दृश्य कौंध गया : हाथों में तलवार उठाये, घोड़ों पर सवार एक फ़ौज नख़लिस्तान में चली आ रही है। वह दृश्य तुरन्त ही लुप्त हो गया था, लेकिन उसने उसको हिला दिया था। उसने लोगों को मरीचिकाओं (रेगिस्तान में पानी के भ्रम) के बारे में बात करते हुए सुना था, और खुद भी ऐसी मरीचिकाएँ देख चुका था : वे लालसाएँ थीं, जो अपनी तीव्रता की वजह से, रेगिस्तान की रेत में एक आकार ले लेती थीं, लेकिन उसकी ऐसी लालसा तो निश्चय ही थी कि कोई फ़ौज नख़लिस्तान पर हमला कर दे।

वह दृश्य को भुला देना चाहता था, और वापस अपने ध्यान की ओर लौटना चाहता था। उसने एक बार फिर रेगिस्तान की गुलाबी रंगतों, और उसके पत्थरों पर ध्यान केन्द्रित करने की कोशिश की, लेकिन कुछ था उसके हृदय में जो उसे इसकी गुंजाइश नहीं दे रहा था।

"हमेशा भविष्य-सूचक संकेतों पर ध्यान दो," बूढ़े राजा ने कहा था। लड़के ने उस दृश्य में देखी गयी चीज़ों को याद किया, और महसूस किया कि वह वाक़ई होने जा रहा था।

वह उठा और खजूर के दरख़्तों की दिशा में चल पड़ा। एक बार फिर उसे खुद से ताल्लुक़ रखने वाली चीज़ों में बहुत-सी भाषाओं का बोध हुआ : इस बार रेगिस्तान महफ़ूज़ था, और नख़लिस्तान ख़तरनाक हो उठा था।

ऊँट हाँकने वाला खजूर के एक दरख़्त के नीचे बैठा हुआ सूर्यास्त देख रहा था। उसने रेत के टीलों के पार से लड़के को प्रकट होते देखा।

"एक फ़ौज आ रही है," लड़के ने कहा। "मुझे इलहाम हुआ है।"

"रेगिस्तान लोगों के दिलों को इलहामों से भरता रहता है," ऊँट हाँकने वाले ने जवाब दिया।

लेकिन लड़के ने उसे बाज़ों के बारे में बताया : मैं उनकी उड़ान देख रहा था और अचानक महसूस किया कि मैंने खुद ही कायनात की रूह में गोता लगा दिया है।

ऊँट हाँकने वाला लड़के की बात समझ गया। वह जानता था कि पृथ्वी की कोई भी चीज़ उसकी सारी चीज़ों के इतिहास को उजागर कर सकती है। आप पुस्तक का कोई भी पन्ना खोल सकते हैं, या किसी व्यक्ति का हाथ देख सकते हैं; ताश का कोई भी पत्ता पलट सकते हैं, परिन्दों की उड़ान देख सकते हैं... कुछ भी देख लें, आप उसमें वर्तमान क्षण के अपने अनुभव का रिश्ता पा सकते हैं। दरअसल, बात यह नहीं है कि वे चीज़ें अपने आप में कुछ उजागर करती हैं; बात सिर्फ़ इतनी है कि लोग अपने आसपास जारी घटनाओं को देखकर विश्व की आत्मा को भेदने का कोई तरीक़ा हासिल कर सकते हैं।

रेगिस्तान ऐसे पुरुषों से भरा हुआ था, जो इस विश्व-आत्मा को भेदने की अपनी सहजता के बल पर अपनी आजीविका कमाते थे। ऐसे लोग पीरों-औलियाओं के नाम से जाने जाते थे, और औरतें तथा बुज़ुर्ग उनसे ख़ौफ़ खाते थे। क़बीले के लोग भी उनसे परामर्श करने से बचते थे, क्योंकि अगर किसी को पहले से ही पता चल जाता कि जंग में उसका मारा जाना तय है, तो फिर उसके लिए जंग में कारगर ढंग से लड़ पाना असंभव हो जाता।

क़बीले के लोगों को जंग का स्वाद चखना, और यह न जानने का रोमांच बेहतर लगता था कि जंग का नतीजा क्या होगा; आने वाले वक़्त में क्या होने वाला है, यह तो अल्लाह पहले ही लिख चुका था, और उसने जो कुछ भी लिख रखा था वह हमेशा ही इंसान की भलाई के लिए ही था। इसलिए क़बीलों के लोग सिर्फ़ वर्तमान की ख़ातिर ही जीते थे, क्योंकि वर्तमान आकस्मिकताओं से भरा हुआ था, और उन्हें बहुत-सी चीज़ों को लेकर सतर्क रहना होता था : दुश्मन की तलवार कहाँ है? उसका घोड़ा कहाँ है? ज़िन्दा बने रहने के लिए तुम्हें किस तरह का अगला वार करना ज़रूरी है? ऊँट हाँकने वाला लड़ाकू नहीं था, और वह पीरों-औलियाओं से मशविरा कर चुका था। उनमें से कइयों की भविष्यवाणियाँ सही साबित हुई थीं, जबकि कुछ की ग़लत साबित हुई थीं। फिर, एक दिन, जिस सबसे बुज़ुर्ग (और जिससे लोग सबसे ज़्यादा डरते थे) पीर को ऊँट हाँकने वाला तलाशता रहा था, उसने उससे पूछा, "भविष्य में तुम्हारी इतनी ज़्यादा दिलचस्पी क्यों है?"

"इसलिए... ताकि मैं कुछ कर सकूँ," उसने जवाब दिया। "और इसलिए भी ताकि मैं उस होनी को बदल सकूँ जिसको मैं होते नहीं देखना चाहता।"

"लेकिन तब वे तुम्हारे भविष्य का हिस्सा नहीं होंगी," पीर ने कहा था।

"अच्छा, तो भविष्य के बारे में मैं शायद इसलिए जानना चाहता हूँ ताकि जो कुछ होने वाला है, उसके लिए मैं खुद को तैयार कर सकूँ।"

"अगर कुछ अच्छा होने वाला है, तो वह सुखद आश्चर्य होगा," पीर ने कहा।

"अगर बुरा होने वाला है, और उसके बारे में तुम्हें पहले से पता चल जाता है, तो उसके होने के पहले ही तुम उसके बारे में सोचकर बहुत ज़्यादा दुख उठाओगे।"

"मैं भविष्य के बारे में इसलिए जानना चाहता हूँ, क्योंकि मैं एक आदमी हूँ," ऊँट हाँकने वाले ने पीर से कहा। "और आदमी भविष्य के आधार पर ही अपना जीवन जीते हैं।"

पीर टहनियों को पाँसों की तरह बरतने में माहिर था; वह उन्हें ज़मीन पर फेंकता, और ज़मीन पर उनके गिरने के आधार पर उनकी व्याख्या करता था। उस दिन उसने टहनियों को नहीं फेंका। उसने उन टहनियों को कपड़े में लपेटकर अपने थैले में डाल लिया।

"मैं लोगों की भविष्यवाणी करके अपनी रोज़ी-रोटी कमाता हूँ," उसने कहा। "मैं टहनियों के विज्ञान को समझता हूँ, और मैं यह भी जानता हूँ कि जिस जगह सब कुछ लिखा हुआ है, उस जगह सेंध लगाने के लिए टहनियों का इस्तेमाल किस तरह करना चाहिए। वहाँ घुसकर मैं अतीत को पढ़ सकता हूँ, जो विस्मृति की गर्त में चला गया है उसे वहाँ से ढूँढ कर बाहर ला सकता हूँ, और उन शगुनों को समझ सकता हूँ, जो यहाँ वर्तमान में हैं।

"जब लोग मुझसे परामर्श लेते हैं, तो मैं उनका भविष्य पढ़ नहीं रहा होता हूँ; मैं भविष्य के बारे में क़यास लगा रहा होता हूँ। भविष्य तो ख़ुदा के हाथ में है, और वही, असाधारण परिस्थितियों में, उसको उजागर करता है। मैं भविष्य का क़यास कैसे लगाता हूँ? मौजूदा वक़्त के शगुनों के आधार पर। रहस्य यहाँ है, वर्तमान में। अगर आप वर्तमान पर ध्यान देते हैं, तो आप उसे बेहतर बना सकते हैं। और अगर आप वर्तमान को बेहतर बनाते हैं, तो जो कुछ भी होने वाला है, वह भी बेहतर होगा। भविष्य के बारे में भूल जाओ, और जो सीखें दी गयी हैं उनके मुताबिक़ वर्तमान को जियो, इस विश्वास के साथ कि ख़ुदा अपने बच्चों को प्यार करता है। हर दिन, अपने आप में, अपने साथ शाश्वतता को लेकर आता है।"

ऊँट हाँकने वाले ने पूछा था कि वे कौन-सी परिस्थितियाँ होंगी, जिनमें ख़ुदा उसको भविष्य को देखने की अनुमति देगा।

"सिर्फ़ तभी जब वह ख़ुद उसको उजागर करता है। और ख़ुदा गाहे-ब-गाहे ही भविष्य को उजागर करता है। और ऐसा वह सिर्फ़ एक ही वजह से करता है : उस भविष्य की वजह से जो इसलिए लिखा गया होता है ताकि उसको बदला जा सके।"

"ख़ुदा ने लड़के को भविष्य का एक हिस्सा दिखा दिया है," ऊँट हाँकने वाले ने सोचा। "क्या वजह है कि वह इस लड़के को अपने एक साधन के तौर पर काम करते देखना चाहता है?"

"जाओ और क़बीलों के सरदारों से बात करो," ऊँट हाँकने वाले ने कहा। "उन्हें उन फ़ौजों के बारे में बताओ जो इस तरफ़ बढ़ रही हैं।"

"वे लोग मेरी हँसी उड़ाएँगे।"

"वे सब रेगिस्तानी लोग हैं, और रेगिस्तान के लोग शगुनों से निपटने के आदी होते हैं।"

“ठीक है, तब तो उनको यह पहले से ही पता होगा।”

“वे फ़िलहाल इसको लेकर परेशान नहीं हैं। उनका मानना है कि अगर उनको ऐसा कुछ जानना ज़रूरी है जो अल्लाह चाहता है कि वे जानें, तो कोई-न-कोई उनको उस बारे में बताएगा। ऐसा पहले भी कई बार हो चुका है, लेकिन, इस बार, बताने वाले तुम हो।”

लड़के ने फ़ातिमा के बारे में सोचा और उसने फ़ैसला किया कि वह क़बीलों के सरदारों से मिलने जाएगा।

* * *

लड़का नख़लिस्तान के बीचों-बीच बने विशाल सफ़ेद तम्बू के सामने खड़े पहरेदार के पास पहुँचा।

“मैं सरदारों से मिलना चाहता हूँ। मैं रेगिस्तान से भविष्य-सूचक संकेत लेकर आया हूँ।”

पहरेदार कोई जवाब दिए बिना तम्बू में चला गया, जहाँ वह कुछ देर बना रहा। जब वह प्रकट हुआ, तो उसके साथ एक नौजवान अरब था जिसने सफ़ेद और सुनहरी पोशाक पहन रखी थी। लड़के ने जो भी देखा था, वह सब उस नौजवान को बता दिया, और नौजवान ने उससे वहीं रुककर इन्तज़ार करने को कहा। वह तम्बू में चला गया।

रात घिर आयी, आपस में झगड़ते तरह-तरह के आदमी और सौदागर तम्बू में आते-जाते रहे। एक-एक कर अलाव बुझते गए, और नख़लिस्तान रेगिस्तान की ही तरह ख़ामोश हो गया। सिर्फ़ उस विशाल तम्बू की बत्तियाँ ही जलती रहीं। इस पूरे समय लड़का फ़ातिमा के बारे में सोचता रहा, और उसके साथ हुई आख़िरी बातचीत को वह अभी तक समझ नहीं पा रहा था।

आख़िरकार, कई घण्टों के इन्तज़ार के बाद, पहरेदार ने लड़के को तम्बू में जाने को कहा। अन्दर जाकर लड़के ने जो कुछ देखा, उससे वह अचम्भित रह गया। वह कल्पना भी नहीं कर सकता था कि रेगिस्तान के बीचों-बीच इस तरह का कोई तम्बू हो सकता था। ज़मीन पर ऐसे बेहद ख़ूबसूरत क़ालीन बिछे हुए थे जिन पर उसने कभी पैर भी नहीं रखे थे, छत से सोने के बने सुघड़ कन्दील लटक रहे थे, जिनमें मोमबत्तियाँ जल रही थीं।

क़बीलाई सरदार तम्बू के पिछले हिस्से में, कसीदाकारी से सज्जित रेशम की मसनदों से टिके, अर्ध-गोलाकार बनाकर बैठे हुए थे। नौकर-चाकर तश्तरियों में मसाले और चाय लेकर आ-जा रहे थे। कुछ दूसरे नौकर हुक्कों में आग जला रहे थे। वातावरण मीठी ख़ुशबू और धुएँ से व्याप्त था।

यूँ तो वहाँ आठ सरदार थे, लेकिन लड़के को यह पहचानते देर नहीं लगी कि उनमें सबसे महत्त्वपूर्ण कौन था : वह एक अरब था, जो सफ़ेद और सुनहरी पोशाक पहने उस अर्ध-गोलाकार के बीच में बैठा हुआ था। उसकी बग़ल में वह नौजवान अरब था जिससे लड़का पहले बात कर चुका था।

"कौन है यह अजनबी, जो भविष्य-सूचक संकेतों की बात करता है?" एक सरदार ने लड़के को देखते हुए पूछा।

"मैं हूँ," लड़के ने जवाब दिया। और उसने वह बता दिया जो उसने देखा था।

"रेगिस्तान इस तरह की बातें एक अजनबी को क्यों बताने लगा, जबकि उसे मालूम है कि हम यहाँ कई पुश्तों से रहते आ रहे हैं?" दूसरे सरदार ने कहा।

"क्योंकि मेरी आँखों को अभी रेगिस्तान की आदत नहीं पड़ी है," लड़के ने कहा। "मैं ऐसी चीज़ों को देख सकता हूँ, जिन्हें शायद रेगिस्तान की अभ्यस्त आँखें नहीं देख सकतीं।"

और इसलिए भी कि मैं कायनात की रूह के बारे में जानता हूँ, उसने मन-ही-मन सोचा।

नख़लिस्तान ग़ैरतरफ़दार इलाक़ा है। नख़लिस्तान पर कोई हमला नहीं करता," तीसरे सरदार ने कहा।

"मैं तो आपको वही बता सकता हूँ जो मैंने देखा था। अगर आप मेरी बात पर यक़ीन नहीं करना चाहते, तो आपको इस बारे में कुछ भी करने की ज़रूरत नहीं है।"

उनके बीच उत्तेजित चर्चा होने लगी। वे एक ऐसी अरबी बोली में बात कर रहे थे, जो लड़के को समझ में नहीं आ रही थी, लेकिन, जब वह जाने को हुआ, तो पहरेदार ने उससे रुकने को कहा। लड़के को डर सताने लगा; भविष्य-सूचक संकेत उससे कह रहे थे कि कुछ गड़बड़ है। उसे पछतावा

हुआ कि उसने आख़िर उस ऊँट हाँकने वाले को वह सब बताया ही क्यों जो उसने रेगिस्तान में देखा था।

अचानक, बीच में बैठा बुज़ुर्ग सरदार बहुत हल्के-से मुस्कराया, और लड़के ने कुछ बेहतर महसूस किया। उस आदमी ने चर्चा में हिस्सा नहीं लिया था, और, दरअसल, अब तक एक शब्द भी ज़बान से नहीं निकाला था, लेकिन लड़का तो कायनात की ज़बान से वाकिफ़ था, और वह पूरे तम्बू में व्याप्त हो उठी शान्ति के स्पन्दनों को महसूस कर पा रहा था। अब उसे अन्दर-ही-अन्दर लगने लगा था कि उसने वहाँ आकर ठीक ही किया था।

चर्चा समाप्त हो गयी। सारे सरदार उस बुज़ुर्ग की बात सुनने ख़ामोश हो गए। फिर वह लड़के की ओर मुड़ा : इस बार उसके चेहरे पर कोई भाव नहीं था और लगता था जैसे वह कहीं दूर देख रहा था।

"दो हज़ार साल पहले, दूर एक मुल्क में, ख़्वाबों में यक़ीन करने वाले एक आदमी को तहख़ाने में डाल दिया गया था, और फिर उसे गुलाम के रूप में बेच दिया गया था," उस बुज़ुर्ग ने कहा, जो अब एक ऐसी बोली में बात कर रहा था जिसे लड़का समझता था। "हमारे सौदागरों ने उस आदमी को ख़रीद लिया और उसे मिस्र में ले आए। हम सब जानते हैं कि जो भी कोई ख़्वाबों में यक़ीन करता है, वह उनकी व्याख्या करना भी जानता है।"

बुज़ुर्ग ने अपनी बात जारी रखते हुए कहा, "जब फैरो ने दुबली गायों और मोटी गायों का ख़्वाब देखा था, तो इस आदमी ने, जिसकी मैं बात कर रहा हूँ, मिस्र को अकाल से राहत दिलायी थी। उसका नाम जोसेफ़ था। वह भी तेरी ही तरह एक अजनबी मुल्क में एक अजनबी ही था, और वह शायद तेरी ही उम्र का था।"

वह रुका, उसकी आँखों में अभी भी रूखापन बना हुआ था।

"हम हमेशा रवायत को मानते हैं। रवायत ने ही उस ज़माने में मिस्र को अकाल से बचाया था, और मिस्र के बाशिन्दों को सबसे ज़्यादा दौलतमन्द बना दिया था। रवायत ही इंसानों को सिखाती है कि रेगिस्तान को कैसे पार किया जाए, और उनके बच्चों को शादियाँ किस तरह करनी चाहिए। रवायत कहती है कि नख़लिस्तान ग़ैरतरफ़दार इलाक़ा होता है, क्योंकि नख़लिस्तान दोनों ही पालों में हैं, और इसलिए दोनों को ही ख़तरा होता है।"

किसी ने एक शब्द भी नहीं कहा। बुज़ुर्ग बोलता रहा।

"लेकिन रवायत यह भी कहती है कि रेगिस्तान के पैग़ामों पर यक़ीन करना चाहिए। हम जो कुछ भी जानते हैं, वह सब हमें रेगिस्तान ने ही सिखाया है।"

बुज़ुर्ग ने एक इशारा किया और हर कोई खड़ा हो गया। बैठक समाप्त हो चुकी थी। हुक्के बुझा दिए गए, और पहरेदार सावधान की मुद्रा में खड़े हो गए। लड़का जाने को हुआ, लेकिन तभी बुज़ुर्ग फिर बोल पड़ा।

"कल हम इस क़रार को तोड़ने वाले हैं कि नख़लिस्तान में कोई भी व्यक्ति अपने पास हथियार नहीं रखेगा। पूरे दिन हम अपने दुश्मनों की तलाश में रहेंगे। दिन डूबते ही हर कोई अपने-अपने हथियार मेरे सामने रख देगा। हमारे दुश्मनों की हर दस लाशों के बदले तुम्हें सोने की एक मुहर मिलेगी।

"लेकिन हथियार तभी तानने के क़ाबिल होते हैं जब वे भी जंग में हिस्सा लेते हैं। हथियार भी रेगिस्तान की ही तरह मनमौजी होते हैं, और, अगर उनका इस्तेमाल नहीं किया जाता, तो मुमकिन है अगली बार वे किसी काम के ही न रह जाएँ। अगर कल का दिन ख़त्म होने तक उनमें से कम-से-कम एक का इस्तेमाल नहीं किया गया, तो उसका इस्तेमाल तुम पर किया जाएगा।"

जब लड़का तम्बू से निकला, तो नख़लिस्तान में सिर्फ़ पूर्ण चन्द्रमा की रोशनी ही थी। वह अपने तम्बू से बीस मिनट की दूरी पर था, और उसने चलना शुरू कर दिया।

जो कुछ भी हुआ था उससे वह चौकन्ना हो उठा था। वह कायनात की रूह तक पहुँचने में कामयाब रहा था, और अब ऐसा करने की क़ीमत उसे अपनी जान से भी चुकानी पड़ सकती थी। यह एक ख़तरनाक बाज़ी थी, लेकिन वह इस तरह की जोखिम भरी बाज़ियाँ तो उसी दिन से लगाता आ रहा था जब उसने अपनी नियति का पीछा करने की ख़ातिर अपनी भेड़ों को बेच डाला था। और जैसाकि उस ऊँट हाँकने वाले ने कहा था, "कल मर जाना किसी भी दूसरे दिन मरने से बदतर नहीं है। हर दिन या तो ज़िन्दा बने रहने के लिए है या इस दुनिया से रुख़सत लेने के लिए है। सब कुछ एक ही शब्द पर टिका हुआ था : *"मक्तूब।"*

चारों तरफ़ फैली ख़ामोशी के बीच चलते हुए, उसे कोई पछतावा नहीं था। अगर वह कल मर जाता है, तो ऐसा इसलिए होगा क्योंकि ईश्वर भविष्य

को बदलना नहीं चाहता होगा। अगर वह मर भी गया तो कम-से-कम इस बात का तो सन्तोष होगा कि वह खाड़ी पार करने के बाद, क्रिस्टल की दुकान में काम करने के बाद, और रेगिस्तान की ख़ामोशी और फ़ातिमा की आँखों को जान लेने के बाद मरा है। अरसा पहले जब से उसने अपना घर छोड़ा था, तब से अपना हर दिन उसने भरपूर ढंग से जिया था। अगर वह कल मर भी जाता है, तो वह दूसरे गड़रियों के मुक़ाबले बहुत कुछ देख चुकने के बाद मरा होगा, और इस बात को लेकर उसे गर्व था।

सहसा उसे एक भीषण गर्जना सुनायी दी और तेज़ हवा ने उसे धकेलकर नीचे गिरा दिया। ऐसा अनुभव उसे पहले कभी नहीं हुआ था। पूरा इलाक़ा धूल के बवंडर में चक्कर खा रहा था, जो इतना घना था कि चन्द्रमा आँखों से ओझल हो गया था। उसके सामने एक विशालकाय सफ़ेद घोड़ा था, जो भयानक ढंग से हिनहिनाता हुआ बार-बार उसके सामने अपने पिछले पैरों पर खड़ा हो जा रहा था।

उस अन्धा कर देने वाली धूल के थोड़ा-सा छँटने पर लड़के ने जो नज़ारा देखा, उससे वह काँप उठा। घोड़े पर पूरी तरह काले लबादे में ढँका एक आदमी सवार था, और उसके बाएँ कन्धे पर एक बाज़ बैठा हुआ था। उस घुड़सवार ने साफ़ा पहन रखा था, और, सिवा आँखों के, उसका पूरा चेहरा एक काले कपड़े से ढँका हुआ था। देखने में वह रेगिस्तान का कोई हरकारा लगता था, लेकिन उसकी मौजूदगी निरे हरकारे से ज़्यादा किसी ताक़तवर इंसान जैसी लग रही थी।

उस विचित्र-से घुड़सवार ने अपनी ज़ीन में कसी म्यान से एक विशाल मुड़ी हुई तलवार निकाली। तलवार के फलक का फौलाद चन्द्रमा की रोशनी में चमक उठा।

"कौन है जो बाज़ों की उड़ान के अर्थ को पढ़ने का दुस्साहस करता है," उसने पूछा, जिसकी आवाज़ इतनी गरजती हुई थी कि वह अल फ़य्यूम के हज़ारों दरख़्तों से टकराकर गूँज उठी।

"मैं हूँ जिसने यह ज़ुर्रत की है," लड़के ने कहा। उसे उस तसवीर की याद आ गयी जिसमें सेंटियागो माटामोरोस सफ़ेद घोड़े पर सवार था और विधर्मी उस घोड़े के खुरों के नीचे दबे हुए थे। यह आदमी बिल्कुल वैसा ही दिखायी दे रहा था, सिवा इसके कि भूमिकाएँ उलट गयी थीं।

"मैं हूँ जिसने यह ज़ुर्रत की है," उसने दोहराया, और तलवार का वार झेलने के लिए उसने अपना सिर झुका दिया। "बहुत-सी ज़िन्दगियाँ बच जाएँगी, क्योंकि मैं कायनात की रूह को देख सकता था।"

तलवार का वार नहीं हुआ। इसकी बजाय, अजनबी उसे धीरे-धीरे तब तक नीचे करता गया जब तक कि उसकी नोक लड़के के माथे को नहीं छूने लगी। उससे रक्त की बूँद निकल आयी।

घुड़सवार पूरी तरह स्थिर था, उसी तरह लड़का भी। लड़के को यह तक नहीं सूझा कि वह वहाँ से भाग जाता। वह अन्दर-ही-अन्दर एक विचित्र क़िस्म का आनन्द महसूस कर रहा था : अपनी नियति की खोज में वह क़रीब-क़रीब मरने को था। और फ़ातिमा की ख़ातिर। भविष्य-सूचक संकेत आख़िरकार सही साबित हुए थे। अब वह दुश्मन के आमने-सामने था, लेकिन मरने की चिन्ता करने की कोई ज़रूरत नहीं थी - कायनात की रूह उसका इन्तज़ार कर रही थी, और वह जल्दी ही उसका हिस्सा बन जाने वाला था। और, कल, उसका दुश्मन भी उस रूह का हिस्सा बन जाएगा।

अजनबी तलवार की नोक को उसके माथे से टिकाये रहा। "तुमने परिन्दों की उड़ान को क्यों पढ़ा?"

"मैंने तो सिर्फ़ वह पढ़ा था जो वे परिन्दे मुझसे कहना चाहते थे। वे नख़लिस्तान की हिफ़ाज़त करना चाहते थे। कल तुम सब मर जाओगे, क्योंकि उनकी संख्या नख़लिस्तान के तुम्हारे आदमियों से ज़्यादा है।"

तलवार अपनी जगह पर बनी रही। "तुम कौन होते हो, जो अल्लाह की मर्ज़ी को बदलना चाहते हो?"

"अल्लाह ने फ़ौजों को गढ़ा है, और उसने बाज़ों को भी गढ़ा है। अल्लाह ने मुझे परिन्दों की ज़बान सिखायी है। सब कुछ एक ही हाथ का लिखा हुआ है," लड़के ने ऊँट हाँकने वाले के शब्दों को याद करते हुए कहा।

अजनबी ने लड़के के माथे से तलवार हटा ली, और लड़के को अपरिमित राहत का अहसास हुआ, लेकिन वह तब भी भाग नहीं सका।

"अपनी भविष्यवाणियों को लेकर सावधान रहना," अजनबी ने कहा। 'जब कोई चीज़ लिखी होती है, तो उसको किसी भी तरह से बदला नहीं जा सकता।"

"मैंने तो सिर्फ़ एक फ़ौज देखी थी," लड़के ने कहा। "मैंने जंग का नतीजा नहीं देखा था।"

अजनबी इस जवाब से सन्तुष्ट लगता था, लेकिन वह तलवार अपने हाथ में लिये रहा। "एक अजनबी एक अजनबी मुल्क में क्या रहा है?"

"मैं अपनी नियति के पीछे चल रहा हूँ। यह बात तुम्हारी समझ में नहीं आएगी।"

अजनबी ने तलवार म्यान में रख ली, और लड़के ने चैन की साँस ली।

"मुझे तो तुम्हारी हिम्मत का इम्तिहान लेना था," अजनबी ने कहा। दुनिया की ज़बान को समझने के लिए हिम्मत सबसे ज़्यादा ज़रूरी है।"

लड़का चकित था। अजनबी ऐसी चीज़ों के बारे में बात कर रहा था जिनके बारे में बहुत थोड़े-से लोग जानते थे।

"तुम्हें अपनी कोशिश नहीं छोड़नी चाहिए, तुम बहुत दूर निकल आए हो," उसने अपनी बात जारी रखी। "तुम्हें रेगिस्तान से प्यार ज़रूर करना चाहिए, लेकिन उस पर पूरी तरह भरोसा नहीं करना चाहिए। क्योंकि रेगिस्तान सभी लोगों का इम्तिहान लेता है : वह हर क़दम पर चुनौतियाँ पेश करता है, और जिन लोगों का ध्यान भटकता है, उनकी जान ले लेता है।"

उसकी बातों ने लड़के को बूढ़े राजा की याद दिला दी।

"अगर कोई योद्धा यहाँ आते हैं, और सूरज डूबने तक तुम्हारा सिर सलामत रहता है, तो आकर मुझसे मिलना," अजनबी ने कहा।

जो हाथ थोड़ी देर पहले तलवार भाँज रहा था, उसी ने अब चाबुक थाम लिया था। घोड़ा एक बार फिर धूल उड़ाता हुआ अपने पिछले पैरों पर खड़ा हो गया।

"तुम कहाँ रहते हो?" लड़के ने भागते हुए घुड़सवार को ज़ोर-से पुकारते हुए पूछा।

चाबुक थामे हाथ ने दक्षिण की तरफ़ इशारा किया।

लड़का कीमियागर से मिल चुका था।

* * *

अगली सुबह अल-फ़य्यूम पर खजूर के दरख़्तों के आसपास दो हज़ार हथियारबन्द आदमी फैले हुए थे। सूरज के सिर पर चढ़ने के पहले ही पाँच सौ क़बीलाई क्षितिज पर प्रकट हो गए। घुड़सवार लड़ाके उत्तर की तरफ़ से नख़लिस्तान में दाख़िल हुए थे; ऊपरी तौर पर यह एक शान्तिपूर्ण अभियान लगता था, लेकिन वे सब लोग अपने-अपने लबादों में हथियार छिपाये हुए थे। जब वे अल-फ़य्यूम के बीच सफ़ेद तम्बू के पास पहुँचे, तो उन्होंने अपनी-अपनी कटारें और राइफ़लें निकाल लीं। और उन्होंने उस तम्बू पर हमला कर दिया जो ख़ाली पड़ा था।

नख़लिस्तान के लोगों ने रेगिस्तान से आए इन सारे घुड़सवारों को घेर लिया और आधा घण्टे के भीतर ही एक को छोड़कर सारे घुड़सवार मारे गए। बच्चों को खजूर के दरख़्तों के झुरमुट के दूसरी तरफ़ ले जाया गया था, और जो कुछ हुआ, वह बच्चों ने नहीं देखा। औरतें अपने तम्बुओं में बनी रहीं, और अपने पतियों के लिए दुआ माँगती रहीं, और उन्होंने भी इस जंग का नज़ारा नहीं देखा। अगर मैदान में लाशें न बिछी होतीं, तो यह नख़लिस्तान के आम दिनों जैसा ही एक दिन लगता।

जिस क़बीलाई को बख़्श दिया गया था, वह फ़ौज की उस टुकड़ी का कमाण्डर था। उस दिन दोपहर बाद उसे क़बीले के सरदारों के सामने पेश किया गया, जिन्होंने उससे पूछा कि उसने रवायत के उसूल को क्यों तोड़ा। कमाण्डर ने कहा कि उसके आदमी कई दिनों से जारी जंग से थके हुए भूखे और प्यासे थे, और इसलिए उसने नख़लिस्तान पर हमले का फ़ैसला किया था ताकि वे जंग पर वापस लौटने के क़ाबिल हो सकते।

क़बीले के सरदार ने क़बीलाइयों के मारे जाने पर अफ़सोस जताया, लेकिन कहा कि रवायत पाक होती है। उसके कमाण्डर को बेइज़्ज़त मौत की सज़ा सुनायी। उसको तलवार या बन्दूक़ की गोली से मारने की बजाय खजूर के एक सूखे दरख़्त से फाँसी पर लटका दिया गया, जहाँ उसकी लाश रेगिस्तान की हवा में झूलती रही।

क़बीले के सरदार ने लड़के को बुलवाया और उसको तोहफ़े के तौर पर सोने की पचास मुहरें दीं। उसने मिस्र के जोसेफ़ का क़िस्सा दोहराया, और लड़के को नख़लिस्तान का सलाहकार बनने का न्यौता दिया।

* * *

जब सूरज ढल गया, और आसमान में पहले सितारे दिखायी देने लगे, तो लड़के ने दक्षिण की तरफ़ चलना शुरू किया। अन्ततः उसे एक अकेला तम्बू दिखायी दिया, और वहाँ से गुज़रते अरबों के एक समूह ने लड़के को बताया कि उस जगह पर जिन्न रहते हैं, लेकिन लड़का तम्बू के पास बैठ गया और इन्तज़ार करने लगा।

जब चन्द्रमा आसमान में काफ़ी ऊँचे चढ़ आया, तब कहीं जाकर घोड़े पर सवार कीमियागर आता हुआ दिखायी दिया। वह अपने कन्धे पर दो मरे हुए बाज़ लादे हुए था।

"यह रहा मैं," लड़के ने कहा।

"तुम्हें यहाँ नहीं होना चाहिए," कीमियागर ने जवाब दिया। "या फिर तुम्हारी नियति ही तुम्हें यहाँ लेकर आयी है?"

"जब तक क़बीलों के बीच जंग छिड़ी हुई है, तब तक रेगिस्तान को पार करना नामुमकिन है। इसलिए मैं यहाँ आ गया।"

कीमियागर घोड़े से उतरा और उसने लड़के को अपने साथ तम्बू में आने का इशारा किया। यह नख़लिस्तान के बहुत-से तम्बुओं जैसा ही एक तम्बू था। लड़के ने तन्दूरों और कीमियागिरी के काम आने वाले दूसरे औज़ारों की तलाश में चारों ओर देखा, लेकिन उसे वहाँ वैसा कुछ दिखायी नहीं दिया। वहाँ तो बस कुछ पुस्तकों का एक ढेर लगा हुआ था, भोजन पकाने की एक छोटी-सी अँगीठी थी, और कुछ क़ालीन थे, जिन पर रहस्यमय क़िस्म की आकृतियाँ उकेरी हुई थीं।

"बैठ जाओ। हम कुछ पिएँगे और फिर इन बाज़ों को खाएँगे।"

लड़के को शक हुआ कि वे वही बाज़ थे जिन्हें उसने एक दिन पहले देखा था, लेकिन उसने कुछ नहीं कहा। कीमियागर ने आग जलायी, और जल्दी ही तम्बू में एक लुभावनी महक भर गयी। यह हुक्के की ख़ुशबू से बेहतर थी।

"आप मुझसे क्यों मिलना चाहते थे?"

"भविष्य-सूचक संकेतों की वजह से," कीमियागर ने जवाब दिया। "हवा ने मुझे बताया कि तुम आओगे, और तुम्हें मदद की ज़रूरत होगी।"

"वह मैं नहीं हूँ जिसके बारे में हवा ने बात की थी। वह एक दूसरा परदेसी है, एक अँग्रेज़। वही था जो आपको तलाश रहा था।"

"उसे पहले कुछ और काम करने हैं। लेकिन वह सही रास्ते पर है। उसने रेगिस्तान को समझने की कोशिश शुरू कर दी है।"

"और मेरे बारे में आपका क्या कहना है?"

"जब कोई व्यक्ति सच्चे दिल से किसी चीज़ की चाहत करता है, तो सारी कायनात मिलकर उसके सपने को साकार करने के लिए काम करने लगती है," कीमियागर ने बूढ़े राजा द्वारा कहे गए शब्दों को प्रतिध्वनित करते हुए कहा। लड़का समझ गया। यहाँ एक और आदमी था जो उसको उसकी नियति तक पहुँचाने में मदद कर रहा था।

"तो क्या आप मुझे सीख देने वाले हैं?"

"नहीं। तुम पहले से ही वह सब जानते हो, जो तुम्हें जानना ज़रूरी है। मैं तो सिर्फ़ उस तरफ़ इशारा करने वाला हूँ, जहाँ तुम्हारा ख़ज़ाना है।"

"लेकिन क़बीलों में तो जंग छिड़ी हुई है," लड़के ने दोहराया।

"मुझे मालूम है कि रेगिस्तान में क्या हो रहा है।"

"मुझे तो मेरा ख़ज़ाना पहले ही मिल चुका है। मेरे पास एक ऊँट है, क्रिस्टल की दुकान में कमाया गया पैसा मेरे पास है, और मेरे पास सोने की पचास मुहरें हैं। मेरे मुल्क में तो मेरी गिनती एक दौलतमन्द इंसान के रूप में होगी।"

"लेकिन इनमें से कोई भी चीज़ पिरामिडों की तो नहीं है," कीमियागर ने कहा।

"मेरे पास फ़ातिमा भी है। वह तो मेरा अब तक का सबसे बड़ा ख़ज़ाना है।"

"लेकिन वह भी पिरामिडों से हासिल नहीं की गयी है।"

वे ख़ामोशी के साथ खाना खाते रहे। कीमियागर ने एक बोतल खोली और लड़के के प्याले में लाल रंग का कोई तरल उँड़ेल दिया। वैसी लजीज़ वाइन उसने अब तक नहीं चखी थी।

"क्या यहाँ वाइन पीने पर पाबन्दी नहीं है?" लड़के ने पूछा।

"बुराई वह नहीं है जो इंसानों के मुँह में जाती है," कीमियागर ने कहा। "बुराई वह है जो उनके मुँह से बाहर आती है।"

कीमियागर पहले उसे कुछ डरावना लग रहा था, लेकिन वाइन पीने के बाद लड़का सहज हो गया। खाना खाने के बाद वे तम्बू के बाहर आकर बैठ गए। चन्द्रमा इस क़दर चमक रहा था कि उससे तारों की चमक फीकी पड़ गयी थी।

"पियो और मज़े लो," कीमियागर ने कहा। वह देख रहा था कि लड़का काफ़ी ख़ुशी महसूस कर रहा था। "आज रात में ख़ूब अच्छी तरह आराम करना, जैसे तुम कोई योद्धा हो और लड़ाई की तैयारी कर रहे हो। याद रखो, जहाँ तुम्हारा दिल है, वहीं तुम्हारा ख़ज़ाना है। तुम्हें ख़ज़ाने को खोजना ही होगा, ताकि उसकी राह में अब तक तुमने जो कुछ सीखा है, वह सार्थक हो सके।

"कल तुम अपना ऊँट बेच देना और एक घोड़ा ख़रीद लेना। ऊँट धोखेबाज़ होते हैं : वे मीलों चलते जाते हैं और कभी थकते नहीं लगते, फिर अचानक वे घुटने टेक देते हैं और मर जाते हैं, लेकिन घोड़े धीरे-धीरे करके थकते हैं। तुम्हें हमेशा यह मालूम होता है कि उनसे कितनी उम्मीद करनी चाहिए, और यह कि वे कब मरने वाले हैं।"

* * *

अगली रात लड़का एक घोड़े के साथ कीमियागर के तम्बू पर पहुँचा। कीमियागर तैयार था, और वह ख़ुद भी अपने घोड़े पर सवार हो गया और उसने एक बाज़ को अपने बाएँ कन्धे पर रख लिया। फिर उसने लड़के से कहा : "मुझे बताओ कि रेगिस्तान में जीवन किधर है। सिर्फ़ वही लोग ख़ज़ाने को हासिल कर सकते हैं, जो जीवन के ऐसे निशानों को देख पाते हैं।"

अपने घोड़ों पर सवार होकर वे रेत में चल पड़े। चाँद की रोशनी उन्हें रास्ता दिखा रही थी। "पता नहीं, मैं रेगिस्तान में जीवन के निशान ढूँढ सकूँगा या नहीं," लड़के ने सोचा। "मैं रेगिस्तान को अभी भी उतनी अच्छी तरह तो जानता नहीं।"

यह बात वह कीमियागर से कहना चाहता था, लेकिन उसे उस आदमी से डर लगता था। वे उस चट्टानी स्थल पर पहुँचे जहाँ लड़के ने आसमान में बाज़ों को उड़ते देखा था, लेकिन अब वहाँ सिर्फ़ ख़ामोशी थी और हवा थी।

"मैं नहीं जानता कि रेगिस्तान में जीवन कैसे पाया जाए," लड़के ने कहा। "यह तो मैं जानता हूँ कि रेगिस्तान में जीवन है, लेकिन उसे कहाँ खोजा जाए, यह मैं नहीं जानता।"

"जीवन जीवन को अपनी ओर खींचता है," कीमियागर ने जवाब दिया।

और तब लड़के को समझ में आया। उसने अपने घोड़े की लगाम को ढीला कर दिया, और वह चट्टानों और रेत पर सरपट दौड़ पड़ा। लड़के का घोड़ा लगभग डेढ़ घण्टे तक भागता रहा और कीमियागर उसका पीछा करता रहा। अब उनको नख़लिस्तान के खजूर के दरख़्त दिखायी नहीं दे रहे थे - सिर्फ़ उनके ऊपर विशाल चन्द्रमा था, रेगिस्तान के पत्थरों पर फिसलती उसकी सफ़ेद रोशनी थी। अचानक, बिना किसी साफ़ वजह के लड़के के घोड़े ने अपनी रफ़्तार धीमी कर दी।

"यहाँ कहीं पर जीवन है," लड़के ने कीमियागर से कहा। "मैं रेगिस्तान की भाषा तो नहीं समझता, लेकिन मेरा घोड़ा जीवन की भाषा समझता है।"

वे घोड़ों से उतर गए, और कीमियागर ने कुछ नहीं कहा। धीरे-धीरे आगे बढ़ते हुए वे पत्थरों के बीच कुछ खोजते रहे। कीमियागर सहसा ठहर गया और ज़मीन पर झुक गया। वह पत्थरों के बीच एक सुराख़ था। कीमियागर ने उस सूराख़ में अपना हाथ डाल दिया, और फिर कन्धे तक अपनी पूरी बाँह उसके अन्दर कर दी। अन्दर कोई चीज़ थी जो हिल-ढुल रही थी, और उस कोशिश में कीमियागर की आँखें तिरछी हुई जा रही थीं - लड़के को सिर्फ़ उसकी आँखें ही दिखायी दे पा रही थीं। लगता था कि उस सूराख़ में जो कुछ भी था, उससे उसका हाथ जूझ रहा था। फिर, लड़के को चकित करते एक झटके के साथ उसने अपना हाथ बाहर निकाला और वह उछलकर खड़ा हो गया। उसने अपने हाथ में एक साँप को उसकी पूँछ से पकड़ रखा था।

लड़का भी उछल पड़ा, लेकिन कीमियागर से दूर। साँप बुरी तरह जूझ रहा था, और उसकी फुफकारें रेगिस्तान की ख़ामोशी को हिला रही थीं। वह कोबरा था, जिसका ज़हर आदमी को कुछ ही मिनटों में ख़त्म कर सकता था।

"उसके ज़हर से सावधान रहना," लड़के ने कहा, लेकिन बावजूद इसके कि कीमियागर ने अपना हाथ सुराख़ में डाला था, और तय था कि साँप ने उसे काटा होगा, उसका हाव-भाव एकदम सहज था। "कीमियागर की उम्र

दो सौ वर्ष है," अँग्रेज़ ने उसे बताया था। वह निश्चय ही जानता होगा कि रेगिस्तान के साँपों से कैसे निपटना चाहिए।

लड़का अपने इस साथी को अपने घोड़े के पास जाते और वहाँ से एक कटार निकालते देखता रहा। उसने कटार की नोक से रेत पर एक घेरा बनाया और फिर साँप को उस घेरे में रख दिया। साँप तुरन्त शान्त हो गया।

"चिन्ता की कोई बात नहीं," कीमियागर ने कहा। "वह इस घेरे के बाहर नहीं जाएगा। तुम्हारे द्वारा रेगिस्तान में जीवन की खोज वह भविष्य-सूचक संकेत है, जिसकी मुझे ज़रूरत थी।"

"यह चीज़ इतनी अहम क्यों थी?"

"क्योंकि पिरामिड रेगिस्तान से घिरे हुए हैं।"

लड़का पिरामिडों के बारे में बात नहीं करना चाहता था। उसका दिल भारी था और कल रात से ही मायूसी की हालत में था। ख़ज़ाने की खोज को जारी रखने का मतलब था कि वह फ़ातिमा को त्याग रहा था।

"मैं तुम्हें पूरे रेगिस्तानभर रास्ता दिखाने वाला हूँ," कीमियागर ने कहा।

"मैं नख़लिस्तान में ही रहना चाहता हूँ," लड़के ने जवाब दिया। "मुझे फ़ातिमा मिल गयी है, और मेरे लिए वह किसी भी ख़ज़ाने से बढ़कर है।"

"फ़ातिमा रेगिस्तानी औरत है," कीमियागर ने कहा। "वह जानती है कि मर्दों को वापस लौटने के लिए बाहर जाना होता है। और उसे तो पहले ही ख़ज़ाना मिल चुका है : वह ख़ज़ाना तुम हो। अब वह चाहती है कि तुम्हें वह चीज़ मिल सके, जिसकी तुम तलाश कर रहे हो।"

"ठीक है, लेकिन अगर मैं रुकने का फ़ैसला करूँ, तो?"

"मैं बताता हूँ कि क्या होगा। तुम नख़लिस्तान के सलाहकार बन जाओगे। तुम्हारे पास इतना सोना होगा कि तुम ढेरों भेड़ें और ढेरों ऊँट ख़रीद सकोगे। तुम फ़ातिमा से शादी कर लोगे और साल भर तक तुम दोनों सुखी रहोगे। तुम रेगिस्तान को प्यार करना सीख जाओगे, और तुम खजूर के पूरे-के-पूरे पचास हज़ार दरख़्तों को पहचानने लगोगे। तुम उनको बढ़ते हुए और यह दर्शाते हुए देखोगे कि किस तरह दुनिया हमेशा बदलती रहती है। और तुम भविष्य-सूचक संकेतों को समझने के मामले में बेहतर-से-बेहतर होते जाओगे, क्योंकि रेगिस्तान दुनिया का सबसे अच्छा गुरु है।

“दूसरे वर्ष के दौरान किसी वक़्त, तुम्हें ख़ज़ाने की याद आएगी। भविष्य-सूचक संकेत उसके बारे में ज़ोर देकर बात करने लगेंगे, और तुम उनको नज़रअन्दाज़ करने की कोशिश करोगे। तुम अपने ज्ञान का इस्तेमाल नख़लिस्तान और उसके बाशिन्दों के कल्याण के लिए करोगे। तुम जो भी करोगे, क़बीले के सरदार उसकी सराहना करेंगे। और तुम्हारे ऊँट तुम्हें दौलतमन्द और ताक़तवर बना देंगे।

“तीसरे साल भी भविष्य-सूचक संकेत तुम्हारे ख़ज़ाने और तुम्हारी नियति के बारे में बोलना जारी रखेंगे। तुम एक-के-बाद-एक रात नख़लिस्तान का चक्कर लगाते रहोगे, और फ़ातिमा को दुख होगा, क्योंकि उसे लगेगा कि उसी ने तुम्हारी खोज में रुकावट पैदा की थी, लेकिन तुम उसे प्यार करते रहोगे, और वह भी तुम्हें प्यार करती रहेगी। तुम्हें याद आएगा कि उसने कभी भी तुमसे रुकने को नहीं कहा था, क्योंकि रेगिस्तानी औरत समझती है कि उसे अपने मर्द का इन्तज़ार करना चाहिए। इसलिए तुम उसे दोषी नहीं ठहराओगे, लेकिन बहुत बार ऐसा होगा कि रेत पर चलते हुए तुम सोचोगे कि शायद तुम्हें चले जाना चाहिए था... कि तुम फ़ातिमा के प्रति अपने प्यार पर कुछ ज़्यादा भरोसा कर सकते थे, क्योंकि जिस चीज़ ने तुम्हें रेगिस्तान में रोके रखा था, वह मुमकिन है, तुम्हारा यह भय रहा हो कि तुम कभी वापस नहीं लौट पाओगे। उस मक़ाम पर भविष्य-सूचक संकेत तुम्हें बताएँगे कि तुम्हारा ख़ज़ाना हमेशा के लिए दफ़्न हो चुका है।

“फिर, चौथे वर्ष के दौरान किसी वक़्त शगुन तुम्हें छोड़कर चले जाएँगे, क्योंकि तुम उनकी बात सुनना बन्द कर चुके होगे। क़बीले के सरदार इस बात को समझ जाएँगे, और तुम्हें सलाहकार के पद से बरख़ास्त कर दिया जाएगा, लेकिन तब तक तुम एक दौलतमन्द व्यापारी बन चुके होगे, तुम्हारे पास बहुत-से ऊँट और माल होगा। तुम अपनी बाक़ी ज़िन्दगी इस अहसास के साथ बिताओगे कि तुमने अपनी नियति का पीछा नहीं किया, और अब इस काम के लिए बहुत देर हो चुकी है।

“तुम्हें यह समझना चाहिए कि प्रेम कभी किसी आदमी को उसकी नियति की तलाश करने से नहीं रोकता। अगर वह उस खोज को त्याग देता है, तो इसलिए कि वह सच्चा प्रेम नहीं होता... वह प्रेम जो दुनिया की ज़बान बोलता है।”

कीमियागर ने रेत पर बने घेरे को मिटा दिया और वह साँप लहराता हुआ चट्टानों में खो गया। लड़के को क्रिस्टल के उस दुकानदार की याद आयी जो हमेशा मक्का जाना चाहता रहा था, और उस अँग्रेज़ की याद आयी जिसे कीमियागर की तलाश थी। उसने उस स्त्री के बारे में सोचा जिसने रेगिस्तान पर भरोसा जताया था। और उसने उस रेगिस्तान को देखा जो उसे उस स्त्री तक लेकर आया था जिससे उसे प्यार था।

वे अपने घोड़ों पर सवार हुए, और इस बार नख़लिस्तान की ओर लौटते हुए लड़का कीमियागर के पीछे चला। हवा उन तक नख़लिस्तान की आवाज़ें लेकर आयी, और लड़के ने उन आवाज़ों में फ़ातिमा की आवाज़ सुनने की कोशिश की।

लेकिन उस रात, जब वह घेरे के भीतर पड़े कोबरा को देख रहा था, अपने कन्धे पर बाज़ को बैठाए उस अजीबो-ग़रीब घुड़सवार ने प्रेम और ख़ज़ाने के बारे में, रेगिस्तानी औरतों और उसकी नियति के बारे में बात की थी।

"मैं आपके साथ चलूँगा," लड़के ने कहा। और यह कहते ही उसे अपने हृदय में शान्ति का अहसास हुआ।

"हम लोग कल सूरज उगने से पहले निकलेंगे," कीमियागर ने सिर्फ़ इतना ही कहा।

* * *

लड़के ने पूरी रात जागते हुए बितायी। भोर होने से दो घण्टे पहले उसने अपने तम्बू में सोये एक लड़के को जगाया और उससे कहा कि वह उसे फ़ातिमा के तम्बू तक पहुँचा दे। जब उसके दोस्त ने उसे फ़ातिमा के तम्बू तक पहुँचा दिया, तो लड़के ने उसे इतना सोना दिया कि वह एक भेड़ ख़रीद सकता था।

फिर उसने अपने दोस्त से कहा कि वह फ़ातिमा के तम्बू के अन्दर जाकर उसे जगाए और बताए कि वह तम्बू के बाहर उसका इन्तज़ार कर रहा है। उस नौजवान अरब ने वैसा ही किया जिसके बदले में उसे फिर से उतना ही सोना दिया गया, जिससे वह एक और भेड़ ख़रीद सकता था।

"अब तुम जाओ," लड़के ने उस नौजवान अरब से कहा। अरब वापस अपने तम्बू में आकर सो गया। उसे इस बात का गर्व था कि उसने नख़्लिस्तान के सलाहकार की मदद की थी, इस बात की ख़ुशी थी कि उसके पास इतना पैसा था कि वह कुछ भेड़ें ख़रीद सकता था।

फ़ातिमा तम्बू के दरवाज़े पर प्रकट हुई। दोनों चहलक़दमी करते हुए खजूर के दरख़्तों के बीच पहुँच गए। लड़का जानता था कि वह रवायत का उल्लंघन कर रहा था, लेकिन इस वक़्त उसे इसकी कोई परवाह नहीं थी।

"मैं बाहर जा रहा हूँ," उसने कहा। "और मैं चाहता हूँ कि तुम यह समझ लो कि मैं वापस आऊँगा। मैं तुमसे प्यार करता, क्योंकि..."

"कुछ भी मत कहो," फ़ातिमा ने उसे बीच में ही रोकते हुए कहा। "किसी से प्यार इसलिए किया जाता है, क्योंकि उससे प्यार होता है। प्यार करने के लिए किसी वजह की ज़रूरत नहीं होती।"

लेकिन लड़के ने अपनी बात जारी रखी, "मैंने एक ख़्वाब देखा था और मैं एक राजा से मिला था। मैंने क्रिस्टल बेचे और रेगिस्तान पार किया। और क्योंकि क़बीलों ने जंग का ऐलान कर दिया था इसलिए मैं कीमियागर के बारे में पूछताछ करने कुएँ पर गया था। इस तरह, मैं तुमसे इसलिए प्यार करता हूँ कि तुमसे मिलने के लिए सारी-की-सारी कायनात ने मिलकर मेरी मदद की है।"

दोनों ने आलिंगन किया। यह पहली बार था, जब दोनों में से किसी ने भी एक-दूसरे को छुआ था।

"मैं वापस आऊँगा," लड़के ने कहा।

"इसके पहले तक मैं रेगिस्तान की ओर हसरत भरी निगाहों से देखा करती थी," फ़ातिमा ने कहा। "अब मैं उम्मीद से देखा करूँगी। एक दिन मेरे पिता भी बाहर गए थे, लेकिन वे मेरी माँ के पास लौटे थे, और उसके बाद से वे हमेशा वापस लौटते रहे।"

उन्होंने और कुछ नहीं कहा। वे खजूर के दरख़्तों के बीच कुछ और आगे तक गए, और फिर लड़के ने उसे उसके तम्बू के दरवाज़े तक छोड़ दिया।

"मैं वापस लौटूँगा, जैसे तुम्हारे पिता तुम्हारी माँ के पास वापस लौटे थे," उसने कहा।

उसने देखा कि फ़ातिमा की आँखों में आँसू छलछला रहे थे।

"तुम रो रही हो?"

"मैं रेगिस्तानी औरत ज़रूर हूँ," उसने अपना चेहरा एक ओर मोड़ते हुए कहा। "लेकिन आख़िर मैं एक औरत ही तो हूँ।"

फ़ातिमा अपने तम्बू में वापस चली गयी, और जब दिन निकल आया, तो वह बाहर आकर रोज़मर्रा के उन्हीं कामों में लग गयी जो वह वर्षों से करती आ रही थी, लेकिन सब कुछ बदल चुका था। लड़का अब नख़लिस्तान में नहीं था, और नख़लिस्तान का वही अर्थ अब नहीं रह गया था, जो अभी कल तक था। अब वह पचास हज़ार खजूर के दरख़्तों और तीन सौ कुँओं वाली जगह नहीं रह जाने वाली थी, जहाँ मुसाफ़िर आते थे और अपने लम्बे सफ़र के अन्त में सुस्ताते थे। उस दिन के बाद से, नख़लिस्तान उसके लिए एक ख़ाली जगह रह जाने वाला था।

उस दिन के बाद से, रेगिस्तान की अहमियत बढ़ जाने वाली थी। वह हर रोज़ उसकी ओर ताकेगी, और अन्दाज़ा लगाने की कोशिश करेगी कि अपने ख़ज़ाने की तलाश में लड़का किस सितारे की दिशा में जा रहा होगा। उसे हवा की मार्फ़त अपने चुम्बन भेजने होंगे, इस उम्मीद में कि वह हवा लड़के के चेहरे को छुएगी, और उसे बताएगी कि वह ज़िन्दा है। बताएगी कि वह उसका इन्तज़ार कर रही है, एक औरत ख़ज़ाने की खोज में गए अपने साहसी मर्द का इन्तज़ार कर रही है। उस दिन के बाद से, उसके लिए रेगिस्तान का एक ही मतलब होगा : उसकी वापसी की उम्मीद।

* * *

"उस सब के बारे में मत सोचो जो तुम पीछे छोड़ आए हो," घोड़ों पर सवार रेगिस्तान की रेत पर अपना सफ़र शुरू करते हुए कीमियागर ने लड़के से कहा। "कायनात की रूह में सब कुछ पहले से लिखा हुआ है, और वह वहाँ हमेशा लिखा रहेगा।"

"इंसान घर छोड़ने की बजाय घर लौटने के बारे में ज़्यादा ख़्वाब देखते हैं," लड़के ने कहा। वह एक बार फिर रेगिस्तान की ख़ामोशी का अभ्यस्त हो चुका था।

"जो कुछ भी तुम्हें मिला है, अगर वह विशुद्ध तत्त्वों से बना है, तो वह कभी नष्ट नहीं होगा। और तुम कभी भी उस तक वापस लौट सकते हो। और अगर जो चीज़ तुम्हें मिली थी, वह महज़ रोशनी की एक कौंध थी, जैस कि किसी तारे का विस्फोट, तो लौटने पर तुम्हारे हाथ कुछ नहीं लगेगा।"

वह आदमी कीमियागिरी की भाषा बोल रहा था, लेकिन लड़का जानता था कि उसका इशारा फ़ातिमा की तरफ़ था।

बहुत मुश्किल था उसके बारे में न सोचना जो वह पीछे छोड़ आया था। रेगिस्तान के अन्तहीन एक-से-पन ने उसे ख़्वाबों में डुबो दिया। लड़का अभी भी खजूर के दरख़्तों को, कुँओं को, और उस औरत के चेहरे को देख पा रहा था, जिसे वह प्यार करता था। वह अँग्रेज़ को अपने प्रयोगों में लगा देख पा रहा था, और उस ऊँट हाँकने वाले को जो एक गुरु था, हालाँकि उसे ख़ुद इस बात का अहसास नहीं था। हो सकता है, कीमियागर को कभी इश्क़ ही न हुआ हो, लड़के ने सोचा।

कीमियागर अपने घोड़े पर सवार आगे-आगे चल रहा था। बाज़ उसके कन्धे पर बैठा था। वह परिन्दा रेगिस्तान की ज़बान को अच्छी तरह से समझता था, और जब कभी वे रुकते थे, तो वह शिकार की तलाश में उड़ जाता था। पहले दिन वह एक ख़रगोश लेकर लौटा था, और दूसरे दिन दो परिन्दे।

रात के वक़्त, वे अपना बिस्तर बिछाते और अपनी आग को छिपा कर रखते। रेगिस्तान की रातें ठण्डी थीं, और जैसे-जैसे चन्द्रमा का उजला पखवाड़ा बीत रहा था वैसे-वेसे वे और-और अँधेरी होती जा रही थीं। वे हफ़्ते भर तक चलते रहे, जिस दौरान वे सिर्फ़ उन सावधानियों के बारे में बात करते थे, जिनका पालन करना क़बीलों के बीच जारी जंग से बचने के लिए ज़रूरी था। जंग जारी थी, और कभी-कभी हवा ख़ून की भीनी, रुग्ण गन्ध लेकर आती थी। जंग पास में कहीं जारी थी, और हवा लड़के को याद दिलाती थी कि शुगनों की अपनी एक भाषा होती है, जो हर वक़्त उसे वह बताने को तैयार थी जिसे उसकी आँखें नहीं देख पाती थीं।

सातवें दिन, कीमियागर ने वक़्त से थोड़ा पहले ही पड़ाव डालने का फ़ैसला किया। बाज़ शिकार की तलाश में उड़ गया, और कीमियागर ने पानी का अपना पात्र लड़के की ओर बढ़ाया।

"तुम्हारा सफ़र क़रीब-क़रीब ख़त्म होने को है," कीमियागर ने कहा। "मैं तुम्हें मुबारकबाद देता हूँ कि तुम अपनी नियति की खोज में लगे रहे।"

"और आपने मुझसे रास्ते भर कुछ नहीं कहा," लड़के ने कहा। "मैं सोचता था कि आप मुझे कुछ ऐसी चीज़ सिखाएँगे जो आप जानते हैं। कुछ समय पहले, मैंने एक ऐसे आदमी के साथ रेगिस्तान का सफ़र किया था जिसके पास कीमियागिरी से ताल्लुक़ रखने वाली पुस्तकें थीं, लेकिन मैं उन पुस्तकों से कुछ भी नहीं सीख पाया था।"

"सीखने का सिर्फ़ एक ही तरीक़ा है," कीमियागर ने जवाब दिया। "और वह है कर्म। तुम्हें जो कुछ भी जानने की ज़रूरत है, वह तुम अपने सफ़र की मार्फ़त सीख चुके हो। अब तुम्हें सिर्फ़ एक और चीज़ सीखने की ज़रूरत है।"

लड़का उस चीज़ के बारे में जानना चाहता था, लेकिन कीमियागर की निगाहें बाज़ की तलाश में क्षितिज पर टिकी हुई थीं।

"आप कीमियागर क्यों कहलाते हैं?"

"क्योंकि मैं वही हूँ।"

"और उन दूसरे कीमियागरों के साथ क्या गड़बड़ हुई थी, जिन्होंने सोना बनाने की कोशिश की लेकिन नाकामयाब रहे?"

"उनको सिर्फ़ सोने की तलाश थी," उसके साथी ने जवाब दिया। "वे अपनी नियति को वास्तविक रूप से जिये बिना ही उसको हासिल कर लेना चाहते थे।"

"वह क्या है जो मेरे लिए अभी भी जानना ज़रूरी है?" लड़के ने पूछा।

लेकिन कीमियागर क्षितिज की ओर ही देखता रहा। और अन्ततः बाज़ उनका भोजन लेकर वापस आ गया। उन्होंने एक गड्ढा खोदा और उसमें आग जलायी, ताकि उसकी लपटें देखी न जा सकें।

"मैं कीमियागर महज़ इसलिए हूँ क्योंकि मैं कीमियागर हूँ," उसने खाना पकाते हुए कहा। "यह हुनर मैंने अपने दादा से सीखा था, जिन्होंने इसे अपने पिता से सीखा था, और यह सिलसिला इस दुनिया के बनने के समय से चला आ रहा है। उस ज़माने में 'प्रधान कृति' को लिखना इतना सरल था कि उसे महज़ एक रत्न पर लिखा जा सकता था, लेकिन इंसानों

ने सरल चीज़ों को ख़ारिज़ करना शुरू कर दिया और वे ग्रन्थ, टीकाएँ, और फ़लसफ़े लिखने लगे। उन्हें यह भी लगने लगा कि वे पुराने ज़माने के लोगों से बेहतर तरीक़े जानते हैं। तब भी रत्न की टिकिया पर लिखी वह इबारत अब भी मौजूद है।"

"रत्न की उस टिकिया पर क्या लिखा हुआ था?" लड़का जानना चाहता था।

कीमियागर रेत पर रेखाएँ खींचने लगा, और उसने पाँच मिनट से भी कम समय में वह रेखाचित्र पूरा कर दिया। उसे वह रेखाचित्र बनाते हुए देखकर लड़का बूढ़े राजा के बारे में, और उस चौक के बारे में सोचने लगा, जहाँ उस दिन उनकी मुलाक़ात हुई थी; उसे लगा जैसे उस घटना को वर्षों बीत गए हों।

"यह था जो रत्न की उस टिकिया पर लिखा हुआ था," चित्र पूरा करने के बाद कीमियागर ने कहा।

लड़के ने रेत पर लिखी उस चित्र-लिपि को पढ़ने की कोशिश की।

"यह तो कोई कूट-लिपि है," लड़के ने कुछ निराशा के भाव से कहा। "ये कुछ उसी तरह की चीज़ लगती है, जो मैंने उस अँग्रेज़ की पुस्तकों में देखी थी।"

"नहीं," कीमियागर ने जवाब दिया। "ये उन दो बाज़ों की उड़ान जैसी है; इसे सिर्फ़ तर्क का इस्तेमाल कर के नहीं समझा जा सकता। रत्न की वह टिकिया कायनात की रूह तक पहुँचने का सीधा रास्ता है।

"ज्ञानी लोग जानते थे कि यह कुदरती दुनिया स्वर्ग की एक तसवीर और उसकी नक़ल है। इस दुनिया का वजूद इस बात की महज़ एक गारण्टी है कि कहीं एक ऐसी दुनिया है जो अपने आप में पूरी है। परमेश्वर ने यह दुनिया इसलिए रची थी ताकि इसकी दिखायी देने वाली चीज़ों की मार्फ़त इंसान उसकी रूहानी सीखों को, और उसकी अक़्ल के चमत्कारों को समझ सके। कर्म से मेरा अर्थ यही है।"

"क्या मुझे रत्न की टिकिया को समझ लेना चाहिए?" लड़के ने पूछा।

"शायद, अगर तुम कीमियागिरी की किसी प्रयोगशाला में होते, तो रत्न की टिकिया को सबसे अच्छी तरह समझने के लिए बूझने का यह एकदम

सही वक़्त होता, लेकिन तुम रेगिस्तान में हो। इसलिए तुम ख़ुद को इसमें डुबा दो। रेगिस्तान तुम्हें दुनिया का इल्म मुहैया कराएगा; दरअसल दुनिया की कोई भी चीज़ यह कर सकती है। तुम्हें तो रेगिस्तान तक को समझने की ज़रूरत नहीं है : तुम्हें सिर्फ़ इतना भर करने की ज़रूरत है कि तुम रेत के एक कण पर ध्यान जमाओ, और तुम्हें उसमें सृष्टि के सारे चमत्कार दिखायी देने लगेंगे।"

"मैं ख़ुद को रेगिस्तान में कैसे डुबाऊँ?"

"अपने दिल की आवाज़ सुनो। वह सब कुछ जानता है, क्योंकि वह कायनात की रूह से पैदा हुआ है, और एक दिन उसी में लौट जाएगा।"

* * *

वे अगले दो और दिन तक ख़ामोशी-से रेगिस्तान को पार करते रहे। कीमियागर बहुत ज़्यादा चौकन्ना हो चुका था, क्योंकि वे उस इलाक़े की ओर बढ़ रहे थे, जहाँ सबसे हिंसक लड़ाइयाँ लड़ी जा रही थीं। वे आगे बढ़ते जा रहे थे और लड़का अपने दिल की आवाज़ सुनने की कोशिश कर रहा था।

यह आसान काम नहीं था; पहले के दिनों में उसका दिल हमेशा अपना क़िस्सा सुनाने को तैयार होता था, लेकिन बाद के दिनों में ऐसा नहीं रह गया था। एक ऐसा समय रहा था, जब उसका दिल अपनी उदासी के बारे में घण्टों बात करता रहता था, और एक समय में वह रेगिस्तान के सूर्योदय को देखकर इतना जज़्बाती हो जाता था कि लड़के को अपने आँसू छिपाना पड़ते थे। उसका दिल जब लड़के के ख़ज़ाने के बारे में बात करता था, तो वह बहुत तेज़ी-से धड़कने लगता था, और जब लड़का रेगिस्तान के क्षितिज की ओर मन्त्रमुग्ध होकर देखता था, तो वह बहुत धीर-धीरे धड़कता था। लेकिन उसका दिल शान्त कभी नहीं रहता था, उस वक़्त भी जब लड़का और कीमियागर ख़ामोश हो जाया करते थे।

"हमें अपने दिलों की आवाज़ सुनने की ज़रूरत क्यों होती है?" उस दिन जब उन्होंने पड़ाव डाला, तो लड़के ने पूछा।

"क्योंकि जहाँ कहीं भी तुम्हारा दिल होगा, वहीं तुम्हें अपना ख़ज़ाना मिलेगा।"

"लेकिन मेरा हृदय विक्षुब्ध रहता है," लड़के ने कहा। "उसके अपने ख़्वाब हैं, वह जज़्बाती हो उठता है, और रेगिस्तान की लड़की के सामने वह आवेग से भर चुका है। यह मुझसे तरह-तरह की माँगें करता है, और जब मैं उस लड़की के बारे में सोच रहा होता हूँ, तो कई-कई रातों तक तो यह मुझे सोने नहीं देता।"

"यह तो अच्छा ही है। तुम्हारा दिल जीता-जागता है। वह जो भी कहता है, उसे सुनना जारी रखो।"

अगले तीन दिनों के दौरान ये दोनों मुसाफ़िर कई हथियारबन्द क़बीलाइयों के क़रीब से गुज़रे, और कइयों को उन्होंने क्षितिज के क़रीब देखा। लड़के का हृदय भय के बारे में बोलने लगा। वह उसे वे क़िस्से सुनाने लगा जो उसने कायनात की रूह से सुने थे, उन आदमियों के क़िस्से जिन्होंने अपने ख़ज़ानों की खोज करनी चाही थी और उस खोज में वे कभी कामयाब नहीं हुए थे। कभी-कभी वह लड़के को इस ख़याल से डराता था कि हो सकता है उसको उसका ख़जाना मिले ही नहीं, या हो सकता है वह रेगिस्तान में ही मर जाए। कभी वह लड़के से कहता कि वह सन्तुष्ट है : उसे प्रेम और दौलत मिल चुके हैं।

"मेरा हृदय धोखेबाज़ है," लड़के ने कीमियागर से कहा। उस समय वे घोड़ों को सुस्ताने का मौक़ा देने रुके हुए थे। "ये नहीं चाहता कि मैं अपना सफ़र जारी रखूँ।"

"ठीक ही तो है," कीमियागर ने जवाब दिया। "स्वाभाविक ही उसे डर है कि अपने सपने का पीछा करते हुए तुम वह सब कुछ गँवा सकते हो, जो तुमने हासिल किया है।"

"हाँ, तब फिर मुझे अपने दिल की बात सुननी ही क्यों चाहिए?"

"क्योंकि तुम फिर कभी उसे शान्त नहीं कर पाओगे। अगर तुम यह दिखावा भी करो कि तुमने उसकी बात सुनी ही नहीं है, तब भी वह तुम्हारे अन्दर तो मौजूद रहेगा ही, और तुम जो कुछ भी ज़िन्दगी के बारे में और दुनिया के बारे में सोच रहे होगे, उसको दोहराता रहेगा।"

"आपका मतलब है कि वह भले ही विश्वासघाती हो, मुझे उसकी बात सुनते रहना चाहिए?"

"विश्वासघात वह आघात होता है, जो अप्रत्याशित रूप से आता है। अगर तुम अपने दिल को अच्छी तरह से जानते हो, तो वह तुम्हारे साथ विश्वासघात कभी नहीं कर पाएगा, क्योंकि तुम्हें उसके ख़्वाबों और ख़्वाहिशों की जानकारी होगी, और तुम्हें यह भी मालूम होगा कि उनसे कैसे निपटा जाए।

"तुम अपने दिल से कभी नहीं भाग पाओगे। इसलिए बेहतर यही है कि वह जो कुछ भी कहता है, उसे सुनो। इस तरह, तुम्हें किसी अप्रत्याशित आघात से डरने की ज़रूरत नहीं रह जाएगी।"

वे रेगिस्तान को पार करते रहे और लड़का अपने दिल की आवाज़ सुनता रहा। उसने अन्ततः उसके पैंतरों और चालाकियों को समझ लिया, और वह जैसा था, उसी रूप में उसको स्वीकार कर लिया। उसके दिमाग़ से भय जाता रहा, और वह नख़लिस्तान वापस लौट जाने की ज़रूरत के बारे में भूल गया, क्योंकि एक दोपहर, उसके हृदय ने उससे कहा कि वह ख़ुश है। उसने कहा, "तब भी मैं कभी-कभी शिकायत करता हूँ, क्योंकि मैं एक व्यक्ति का हृदय हूँ, और लोगों के हृदय ऐसे ही होते हैं। लोग अपने सबसे महत्त्वपूर्ण सपनों को पूरा करने से डरते हैं, क्योंकि उनको लगता है कि वे उनके क़ाबिल नहीं हैं, या वे उनको कभी पूरा नहीं कर पाएँगे। हम, उनके हृदय, उन प्रियजनों के बारे में सोचने मात्र से डर जाते हैं, जो हमेशा-हमेशा के लिए चले गए होते हैं, या उन क्षणों के बारे में सोचने मात्र से जो अच्छे हो सकते थे, लेकिन हुए नहीं, या उन ख़ज़ानों के बारे में सोचने मात्र से, जो हासिल किए जा सकते थे, लेकिन जो हमेशा-हमेशा के लिए रेत में छिपा दिए गए, क्योंकि जब ऐसी घटनाएँ होती हैं, तो हमें भयानक दुख झेलना पड़ता है।"

"मेरे हृदय को इस बात का डर है कि उसे दुख झेलना पड़ेगा," लड़के ने एक रात कीमियागर से कहा, जब वे अँधेरे में डूबे आसमान को ताक रहे थे।

"अपने दिल से कहा कि दुख भोगने का डर दुख भोगने से बदतर होता है। और उससे कहो कि ऐसा कभी नहीं हुआ कि कोई दिल अपने सपनों की तलाश में निकला हो और उसे दुख भोगना पड़ा हो, क्योंकि तलाश का हर पल परमेश्वर और शाश्वतता से साक्षात्कार का पल होता है।"

"तलाश का हर पल परमेश्वर के साथ साक्षात्कार का पल है," लड़के ने अपने हृदय से कहा। "जब तक मैं सच्चे अर्थों में अपने ख़ज़ाने की खोज में लगा रहा, तब तक हर दिन चमकीला बना रहा, क्योंकि मुझे यह बोध बना रहा कि हर क्षण इस सपने का हिस्सा हुआ करता था कि मैं उसे पा लूँगा। जब तक मैं सच्चे अर्थों में अपने ख़ज़ाने की खोज में लगा रहा, तब तक मैं इस प्रक्रिया में ऐसी-ऐसी चीज़ें पाता रहा, जो मुझे कभी देखने को भी न मिली होतीं अगर मैंने उन चीज़ों के लिए उद्यम करने का साहस न किया होता जिन्हें हासिल करना एक गड़रिये के लिए नामुमकिन लगता था।"

इसलिए उस दिन दोपहर के बाद पूरे समय उसका हृदय शान्त बना रहा। उस रात लड़का गहरी नींद सोया, और, जब जागा, तो उसका हृदय ऐसी बातें कहने लगा, जो सीधे कायनात की रूह से आयी थीं। उसने कहा कि वे सारे लोग जो सुखी हैं उनके भीतर परमेश्वर का वास है। और सुख रेगिस्तान की रेत के एक कण में भी पाया जा सकता है, जैसा कि कीमियागर ने कहा था, क्योंकि रेत का एक कण सृष्टि का एक क्षण है, और कायनात ने उसकी रचना करने में लाखों वर्ष लगाये हैं। "पृथ्वी के हर व्यक्ति का एक ख़ज़ाना है जो उसकी प्रतीक्षा करता है," उसके हृदय ने कहा। "हम, यानी लोगों के हृदय, उन ख़ज़ानों के बारे में बहुत कम बात करते हैं, क्योंकि लोग अब उनकी खोज नहीं करना चाहते। हम उनके बारे में सिर्फ़ बच्चों से बात करते हैं। बाद में, हम जीवन को सिर्फ़ आगे बढ़ने देते हैं, उसकी अपनी दिशा में, उसके अपने भाग्य की ओर। लेकिन, बदक़िस्मती से, बहुत कम लोग होते हैं जो उस रास्ते पर चलते हैं जो उनके लिए तैयार किया गया होता है - उनकी नियतियों की ओर जाने वाला रास्ता, उन के सुख की ओर जाने वाला रास्ता। ज़्यादातर लोग दुनिया को एक डरावनी जगह के रूप में देखते हैं, और क्योंकि वे उसे इस रूप में देखते हैं, दुनिया वाक़ई, एक डरावनी जगह साबित होती है।

"इसलिए, हम, उनके हृदय, ज़्यादा-से-ज़्यादा धीमे स्वर में बोलते हैं। हम बोलना बन्द कभी नहीं करते, लेकिन हमें यह भरोसा होने लगता है कि हमारे शब्द सुने नहीं जाएँगे : हम नहीं चाहते कि लोग इस वजह से दुख भोगें कि उन्होंने अपने हृदय की आवाज़ नहीं सुनी।"

"लोगों के हृदय उनसे यह क्यों नहीं कहते कि वे अपने सपनों का पीछा करें?" लड़के ने कीमियागर से पूछा।

"क्योंकि इसी से हृदय को सबसे ज़्यादा दुख भोगना पड़ता है, और हृदय दुख नहीं भोगना चाहते।"

तब के बाद से लड़का अपने हृदय को समझने लगा। उसने उससे कहा, मेहरबानी कर के मुझसे बोलना कभी बन्द मत करना। उसने कहा, कि जब मैं अपने सपनों से दूर भटकने लगूँ, तो मेरा हृदय मुझे डाँट लगाये और चेतावनी दे। लड़के ने क़सम खायी कि जब भी वह ऐसी चेतावनी सुनेगा, वह उसके सन्देश की ओर ध्यान देगा।

उस रात, उसने ये सारी बातें कीमियागर से कहीं। और कीमियागर समझ गया कि लड़के का हृदय कायनात की रूह की ओर वापस लौट गया है।

"अब मुझे क्या करना चाहिए?" लड़के ने पूछा।

"पिरामिडों की दिशा में बढ़ते रहो," कीमियागर ने कहा। "और भविष्य-सूचक संकेतों की ओर ध्यान देना जारी रखो। तुम्हारा हृदय अभी भी तुम्हें यह बता पाने की स्थिति में है कि ख़ज़ाना कहाँ पर है।"

"क्या यही एक चीज़ है जो मुझे अभी भी जानना ज़रूरी है?"

"नहीं," कीमियागर ने जवाब दिया। "जो तुम्हें अभी भी जानना ज़रूरी है, वह यह है : जब तक एक सपना साकार नहीं होता, तब तक कायनात की रूह उस हर चीज़ का इम्तिहान लेती है, जो उस सपने को साकार करने की राह में सीखी गयी होती है। ऐसा वह इसलिए नहीं करती कि वह कोई बुरी रूह है, बल्कि इसलिए करती है ताकि हम, अपने सपनों को साकार करने के साथ-साथ, उन सीखों पर महारथ हासिल कर सकें जो हमने उस सपने की दिशा में बढ़ते हुए प्राप्त की हैं। यह वह मक़ाम होता है, जहाँ ज़्यादातर लोग हार मान लेते हैं। यह वह मक़ाम होता है जहाँ, जैसा कि हम रेगिस्तान की ज़बान में कहते हैं, इंसान 'ठीक उसी वक़्त प्यास से तड़पकर मर जाता है, जब क्षितिज पर खजूर के दरख़्त प्रकट हो रहे होते हैं'।

"हर चीज़ की शुरुआत उसे करने वाले की क़िस्मत के साथ होती है। और हर तलाश का अन्त विजेता के सख़्त इम्तिहान के साथ होता है।"

लड़के को अपने समुदाय की एक कहावत याद हो आयी। उसमें कहा गया था कि रात का सबसे अँधेरा क्षण भोर होने के ठीक पहले आता है।

* * *

अगले दिन ख़तरे का पहला साफ़ संकेत प्रकट हुआ। तीन हथियारबन्द क़बीलाई उनके पास आए और उन्होंने लड़के और कीमियागर से पूछा कि वे वहाँ क्या कर रहे हैं।

"मैं अपने बाज़ के साथ शिकार कर रहा हूँ," कीमियागर ने जवाब दिया।

"हम तुम्हारी तलाशी लेंगे कि कहीं तुम्हारे पास कोई हथियार तो नहीं हैं," एक क़बीलाई ने कहा।

कीमियागर धीरे-से घोड़े से उतर गया, और लड़के ने भी वैसा ही किया।

"तुम पैसे क्यों लिये हो?" उस क़बीलाई ने लड़के के थैले की तलाशी लेने के बाद पूछा।

"मुझे पिरामिडों तक जाने के लिए इनकी ज़रूरत है," उसने कहा।

जो क़बीलाई कीमियागर के सामान की तलाशी ले रहा था, उसे उसमें पीले रंग के तरल पदार्थ से भरी क्रिस्टल की एक सुराही और पीले रंग का काँच का एक अण्डा मिला जो मुर्गी के अण्डे से थोड़ा-सा बड़ा था।

"यह सब क्या है?" उसने पूछा।

"यह पारस पत्थर और अमृत है। यह कीमियागर की प्रधान कृति है। जो भी इस अमृत को पी लेता है, वह कभी बीमार नहीं पड़ता, और इस पत्थर का एक छोटा-सा टुकड़ा किसी भी धातु को सोने में बदल देता है।"

वे अरब उसकी बात सुनकर हँस पड़े, और कीमियागर भी उनके साथ हँस पड़ा। उन्हें उसका जवाब मनोरंजक लगा, और उन्होंने लड़के तथा कीमियागर को उनके सामान के साथ जाने दिया।

"क्या आप पागल हैं?" थोड़ा-सा आगे बढ़ते ही लड़के ने कीमियागर से पूछा।

"तुम्हें ज़िन्दगी का सबसे सरल सबक़ सिखाने के लिए," कीमियागर ने जवाब दिया। "जब तुम्हारे पास कोई बहुत बड़े ख़ज़ाने हों, और तुम दूसरों को उनके बारे में बताने की कोशिश करते हो, तो शायद ही कोई होता है जो तुम्हारी बात पर यक़ीन करता है।"

उन्होंने रेगिस्तान में अपना सफ़र जारी रखा। हर गुज़रते हुए दिन के साथ लड़के का हृदय उत्तरोत्तर ख़ामोश होता जा रहा था। अब वह अतीत या भविष्य के बारे में नहीं जानना चाहता था; वह महज़ रेगिस्तान के बारे में चिन्तन कर, और लड़के के साथ कायनात की रूह की चुस्कियाँ लेकर ही सन्तुष्ट था। लड़का और उसका हृदय आपस में दोस्त बन गए थे, और दोनों में से कोई भी अब दूसरे के साथ विश्वासघात करने की स्थिति में नहीं था।

जब उसका हृदय उसके साथ बात करता था, तो उसका उद्देश्य लड़के को प्रोत्साहित करना, और उसे बल प्रदान करना होता था, क्योंकि रेगिस्तान के वे ख़ामोशी-भरे दिन उबा देने वाले थे। लड़के के हृदय ने उसे उसके सबसे प्रभावशाली गुणों के बारे में बताया : अपनी भेड़ों को त्याग देने और अपनी नियति को जीने का उसका साहस, और उसका उन दिनों का उत्साह जो उसने क्रिस्टल की दुकान में काम करने के दौरान दिखाया था।

और उसके हृदय ने लड़के को ऐसा कुछ और भी बताया जिसकी तरफ़ लड़के ने कभी ध्यान ही नहीं दिया था : उसने लड़के को उन ख़तरों के बारे में बताया जिन्होंने उसके जीवन को संकट में डाल दिया था, लेकिन जिन्हें उसने कभी महसूस नहीं किया था। उसके हृदय ने बताया कि एक बार उसने लड़के द्वारा अपने पिता से चुरायी गयी राइफ़ल को कहीं पर छिपा दिया था, क्योंकि लड़का उससे खुद को घायल कर सकता था। और उसने लड़के को उस दिन की याद दिलायी जब वह बीमार था और खेत में उल्टियाँ कर रहा था, और जिसके बाद वह गहरी नींद में सो गया था। थोड़ी दूर दो चोर लड़के की भेड़ें चुराने और उसकी हत्या करने की योजना बना रहे थे। लेकिन चूँकि लड़का वहाँ से नहीं गुज़रा, इसलिए यह सोचकर कि लड़के ने शायद अपना रास्ता बदल दिया है, वे वहाँ से चले गए।

"क्या किसी इंसान का हृदय हमेशा उसकी मदद करता है?" लड़के ने कीमियागर से पूछा।

"ज़्यादातर उन लोगों के हृदय मदद करते हैं जो अपनी नियति को साकार करने की कोशिश कर रहे होते हैं, लेकिन वे बच्चों, पियक्कड़ों और बूढ़ों की मदद भी करते हैं।"

"क्या इसका मतलब है कि अब मुझे कभी कोई ख़तरा नहीं होगा?"

"इसका मतलब सिर्फ़ इतना है कि हृदय वही करता है, जो वह कर सकता है," कीमियागर ने कहा।

एक दोपहर, वे एक क़बीले के पड़ाव के क़रीब से गुज़रे। उस पड़ाव के हर कोने पर ख़ूबसूरत सफ़ेद लबादे पहने हथियारबन्द अरब तैनात थे। लोग हुक्के पी रहे थे और एक-दूसरे को जंग के मैदान के क़िस्से सुना रहे थे। उन दोनों मुसाफ़िरों की ओर उनमें से किसी ने कोई ध्यान नहीं दिया।

"ख़तरे की कोई बात नहीं," पड़ाव से आगे निकलने के बाद लड़के ने कहा।

कीमियागर कुछ नाराज़ लगा : "अपने हृदय पर भरोसा ज़रूर करो, लेकिन यह कभी मत भूलो कि तुम रेगिस्तान में हो। जब लोग एक-दूसरे से जंग कर रहे होते हैं, तो कायनात की रूह जंग से आती चीख़-पुकारों को सुन सकती है। सूरज के तले जो कुछ भी घटित होता है, उसके नतीजों को भुगतने से कोई नहीं बच सकता।"

सब कुछ एक ही है, लड़के ने सोचा। और फिर, जैसे रेगिस्तान कीमियागर की कही बात को सच साबित करना चाहता हो, इन मुसाफ़िरों के पीछे से दो घुड़सवार प्रकट हुए।

"तुम इससे आगे नहीं जा सकते," उनमें से एक घुड़सवार ने कहा। "तुम उस इलाक़े में हो जहाँ क़बीलों के बीच जंग छिड़ी हुई है।"

"मैं बहुत दूर नहीं जा रहा हूँ," कीमियागर ने उस घुड़सवार की आँखों में आँखें डालकर कहा। वे कुछ पल ख़ामोश रहे, और फिर लड़के और कीमियागर को जाने देने पर राज़ी हो गए।

लड़के ने इस पूरी बातचीत को विस्मय के साथ सुना था। "आपने जिस तरह से उन घुड़सवारों की ओर देखा था, उससे आप उन पर हावी हो गए थे," उसने कहा।

"इंसान की आँखें उसकी रूह की ताक़त को दर्शाती हैं," कीमियागर ने जवाब दिया।

यह सही है, लड़के ने सोचा। उसने इस बात पर ध्यान दिया था कि कुछ समय पहले वे जिस पड़ाव के क़रीब से गुज़रे थे, वहाँ मौजूद बहुत-से हथियारबन्द आदमियों के बीच एक ऐसा आदमी था जो उन दोनों की ओर

आँखें गड़ाकर देख रहा था। वह इतनी दूर था कि उसका चेहरा भी दिखायी नहीं दे रहा था। लेकिन लड़के को यक़ीन था कि वह उन्हीं की तरफ़ देख रहा था।

आख़िरकार, जब उन्होंने उस पर्वत-शृंखला को पार कर लिया, जो समूचे क्षितिज पर फैली हुई थी, तो कीमियागर ने कहा कि अब वे पिरामिडों से सिर्फ़ दो दिन की दूरी पर हैं।

"अगर हम जल्दी ही अलग-अलग रास्ते पकड़ने वाले हैं," लड़के ने कहा, "तो मुझे कीमियागिरी के बारे में सिखा दीजिए।"

"कीमियागिरी के बारे में तो तुम पहले से ही जानते हो। यह कायनात की रूह में सेंध लगाना, और वहाँ उस ख़ज़ाने को पा लेना है, जो तुम्हारे लिए बचाकर रखा गया है।"

"नहीं, मेरा मतलब यह नहीं है। मैं राँगे को सोने में बदलने की बात कर रहा हूँ।"

कीमियागर रेगिस्तान जितना ही ख़ामोश हो गया, और उसने तब जाकर जवाब दिया जब वे खाने के लिए रुके।

"इस विश्व में हर चीज़ विकसित होकर अस्तित्व में आयी है," उसने कहा। "और ज्ञानियों के लिए सोना धातु का सबसे अधिक विकसित रूप है। यह मत पूछना कि ऐसा क्यों है; यह मैं खुद नहीं जानता। मैं तो सिर्फ़ इतना जानता हूँ कि रवायत हमेशा सही होती है।

"इंसान ने ज्ञानियों की बात को कभी नहीं समझा। नतीजतन, सोना विकास के एक प्रतीक की तरह देखे जाने की बजाय, टकराव का सबब बन गया।"

"चीज़ें बहुत-सी भाषाएँ बोलती हैं," लड़के ने कहा। एक समय था, जब मेरे लिए ऊँट के हिनहिनाने का मतलब हिनहिनाने से ज़्यादा कुछ नहीं था। बाद में वह ख़तरे का संकेत बन गया। और, अन्ततः, वह फिर हिनहिनाहट बन गया।"

लेकिन इसके बाद वह रुक गया। उसे लगा, कीमियागर ये सारी बातें शायद पहले से जानता होगा।

"मैं कई सच्चे कीमियागरों को जानता हूँ," कीमियागर ने कहा। वे खुद को प्रयोगशालाओं में बन्द कर लेते थे, और सोने की तरह विकसित होने की

कोशिश करते थे। और उनको पारस पत्थर मिल गया था, क्योंकि वे समझ गए थे कि जब कोई चीज़ विकसित होती है, तो उसके आसपास की दूसरी सारी चीज़ें भी विकसित होती हैं।

"कुछ के लिए यह पत्थर संयोग से हाथ लग गया था। उनके पास पहले से प्रतिभा थी, और ऐसी चीज़ों के लिए उनकी आत्माएँ दूसरों की आत्माओं के मुक़ाबले तैयार थीं, लेकिन वे मायने नहीं रखते। ऐसे लोग ख़ासे दुर्लभ हैं।

"और फिर कुछ और भी थे, जिनकी दिलचस्पी सिर्फ़ सोने में थी। उन्हें वह रहस्य कभी हासिल नहीं हुआ। वे यह भूल गए कि राँगे, ताँबे, या लोहे की अपनी-अपनी नियतियाँ हैं, जिन तक उनको पहुँचना होता है। और जो भी कोई किसी दूसरी चीज़ की नियति में दख़लन्दाज़ी करेगा, वह ख़ुद अपनी नियति तक कभी नहीं पहुँच पाएगा।"

कीमियागर के ये शब्द किसी अभिशाप की तरह गूँज उठे। उसने अपना हाथ आगे बढ़ाकर ज़मीन से एक सीप उठायी।

"यह रेगिस्तान कभी समुद्र हुआ करता था," उसने कहा।

"मेरा ध्यान भी इस ओर गया था," लड़के ने जवाब दिया।

कीमियागर ने लड़के से उस सीप को अपने कान पर रखने को कहा। ऐसा वह बचपन में कई बार कर चुका था, और उसमें से समुद्र की आवाज़ सुन चुका था।

समुद्र इस सीप में जीवित बना रहा है, क्योंकि यही उसकी नियति है। और जब तक यह रेगिस्तान एक बार फिर पानी से नहीं ढँक जाता, समुद्र इस सीप में जीना बन्द नहीं करेगा।

वे अपने घोड़ों पर सवार हुए और मिस्र के पिरामिडों की दिशा में चल पड़े।

* * *

उस वक़्त सूरज ढल रहा था जब लड़के के हृदय ने ख़तरे का संकेत दिया। वे रेत के भीमकाय टीलों से घिरे हुए थे, और लड़के ने यह जानने के लिए कीमियागर की ओर देखा कि क्या उसने भी कुछ महसूस किया है, लेकिन वह किसी भी तरह के ख़तरे से बेख़बर दिखायी दिया। पाँच मिनट बाद, लड़के

ने आगे खड़े दो घुड़सवारों को देखा जो उनका इन्तज़ार कर रहे थे। इसके पहले कि लड़का कीमियागर से कुछ कह पाता, वे दो घुड़सवार दस और फिर सौ घुड़सवारों में बदल गए। और फिर तो वे सारे टीलों में दिखायी देने लगे।

वे क़बीलाई थे जो नीली पोशाकें पहने हुए थे, और उनकी पगड़ियों के चारों ओर काली पट्टियाँ थीं। उनके चेहरे नीले नक़ाबों से ढँके हुए थे, जिनमें से सिर्फ़ उनकी आँखें दिखायी देती थीं।

इतनी दूर से भी उनकी आँखें उनकी रूहों की ताक़त को बता रही थीं। और उनकी आँखें मौत का पैग़ाम दे रही थीं।

* * *

उन दोनों को पास के एक फ़ौजी शिविर में ले जाया गया। एक फ़ौजी ने लड़के और कीमियागर को धकियाकर तम्बू के भीतर कर दिया, जहाँ फ़ौज का सरदार अपने मातहतों के साथ बैठक कर रहा था।

"ये जासूस हैं," उनमें से एक आदमी ने कहा।

"हम तो महज़ मुसाफ़िर हैं," कीमियागर ने जवाब दिया।

"तुम लोग तीन दिन पहले दुश्मन के पड़ाव के क़रीब देखे गए थे। और तुम वहाँ एक फ़ौजी से बात कर रहे थे।"

"मैं तो महज़ वह इंसान हूँ जो रेगिस्तान में भटकता है और सितारों को जानता है," कीमियागर ने कहा। "मुझे फ़ौजो के बारे में या क़बीलाइयों की गतिविधियों के बारे में कोई जानकारी नहीं है। मैं तो सिर्फ़ अपने इस दोस्त को रास्ता दिखा रहा हूँ।"

"तुम्हारा यह दोस्त कौन है?" सरदार ने पूछा। "एक कीमियागर," कीमियागर ने जवाब दिया। "वह कुदरत की ताक़तों को समझता है। और वह आपके सामने अपनी बेमिसाल ताक़तों की नुमाइश करना चाहता है।"

लड़का चुपचाप, और डरता हुआ, सुनता रहा।

"एक परदेसी यहाँ क्या कर रहा है?" एक और आदमी ने पूछा।

"वह आपके क़बीले को देने पैसे लाया है," लड़का अपना मुँह खोलता, इसके पहले ही कीमियागर ने कहा। और लड़के के थैले को झपटकर कीमियागर ने उसमें रखी सोने की मुहरें सरदार को दे दीं।

उस अरब ने बिना कुछ कहे वे मुहरें ले लीं। इनकी क़ीमत इतनी थी कि उनसे ढेर सारे हथियार ख़रीदे जा सकते थे।

"यह कीमियागर क्या होता है?" आख़िरकार, उसने पूछा।

"यह वह इंसान होता है जो कुदरत और दुनिया को समझता है। अगर वह चाहे, तो हवा की ताक़त से इस खेमे को तबाह कर सकता है।"

सारे आदमी हँस पड़े। वे जंग से होने वाली तबाहियों के अभ्यस्त थे, और जानते थे कि हवा उन पर कोई जानलेवा आघात नहीं कर सकती। तब भी उनमें से हरेक ने अपने दिल को थोड़ा तेज़ी-से धड़कता महसूस किया। वे रेगिस्तानी आदमी थे, और टोने-टोटके करने वालों से डरते थे।

"मैं चाहता हूँ कि वह करके दिखाये," सरदार ने कहा।

"इसके लिए उसे तीन दिन की ज़रूरत होगी," कीमियागर ने कहा। "अपनी ताक़तों की नुमाइश करने के लिए वह ख़ुद को हवा में बदलेगा। अगर वह ऐसा नहीं कर पाया, तो हम आपके क़बीले की ख़ातिर अपनी ज़िन्दगियाँ आपके हवाले कर देंगे।"

"तुम मुझे ऐसी चीज़ नहीं दे सकते जो पहले से ही हमारी है," सरदार ने अहंकारपूर्वक कहा, लेकिन उसने इन मुसाफ़िरों के लिए तीन दिन का वक़्त दे दिया।

लड़का मारे दहशत के काँप रहा था, लेकिन कीमियागर उसको सहारा देकर तम्बू के बाहर ले गया।

"उनको पता नहीं चलना चाहिए कि तुम डरे हुए हो," कीमियागर ने कहा। "वे बहादुर आदमी हैं, और कायरों से नफ़रत करते हैं।"

लेकिन लड़के के मुँह से शब्द भी नहीं निकल सके। उसकी ज़बान तभी खुल सकी जब वे उस शिविर से बाहर निकल गए। उनको क़ैद करने की कोई ज़रूरत नहीं पड़ी : अरबों ने उनके घोड़ों भर को ज़ब्त कर लिया था। इस तरह, दुनिया ने एक बार फिर जता दिया कि वह बहुत-सी ज़बानों में बात करती है : कुछ ही पलों पहले रेगिस्तान अन्तहीन और आज़ाद था, और अब वह एक अभेद्य दीवार बन चुका था।

"आपने वह सब कुछ उनको दे दिया, जो मेरे पास था!" लड़के ने कहा। "मेरी ज़िन्दगी-भर की जमा-पूँजी!"

"हाँ, लेकिन अगर तुम मर जाते, तो वह सब तुम्हारे किस काम आता?" कीमियागर ने जवाब दिया। "तुम्हारे पैसे ने हमें तीन दिन तक ज़िन्दा बने रहने की मोहलत मुहैया करायी है। ऐसा बहुत कम होता है कि पैसा इंसान की ज़िन्दगी बचा ले।"

लेकिन लड़का इतना डरा हुआ था कि उसे ज्ञान-ध्यान से भरी ये बातें सुनायी नहीं दे रही थीं। उसे समझ में नहीं आ रहा था कि वह हवा में कैसे बदल पाएगा। आख़िर वह कोई कीमियागर तो था नहीं!

कीमियागर ने फ़ौजी से थोड़ी-सी चाय माँगी - और कुछ चाय बच्चे की कलाइयों पर उँडेल दी। लड़के की देह में राहत की एक लहर दौड़ गयी, और कीमियागर ने कुछ शब्द बुदबुदाये जो लड़के की समझ में नहीं आए।

"ख़ौफ़ को अपने ऊपर काबिज़ मत होने दो," कीमियागर ने एक विचित्र-से शालीन लहज़े में कहा। "अगर तुमने वैसा किया, तो तुम अपने दिल से बात नहीं कर पाओगे।"

"लेकिन मेरी समझ में नहीं आता कि मैं हवा में कैसे बदलूँगा।"

"अगर कोई इंसान अपनी नियति को जी रहा होता है, तो वह जानने लायक़ हर चीज़ को जान जाता है। एक ही चीज़ है जो किसी सपने को साकार होने को नामुमकिन बनाती है : नाकामयाबी का ख़ौफ़।"

"मैं नाकामयाब होने से नहीं डर रहा हूँ। बात सिर्फ़ इतनी है कि मुझे यह समझ में नहीं आ रहा है कि मैं ख़ुद को हवा में कैसे बदलूँगा।"

"यह तुम्हें सीखना होगा; तुम्हारी ज़िन्दगी इस पर टिकी हुई है।"

"लेकिन अगर मैं नहीं सीख पाया, तो?"

"तो तुम अपनी नियति को साकार करने के बीच ही मर जाओगे। यह उन लाखों लोगों की तरह मरने से बहुत बेहतर है, जो यह तक नहीं जानते थे कि उनकी नियतियाँ क्या थीं।

"लेकिन चिन्ता मत करो," कीमियागर ने कहा। "आमतौर से मौत का ख़तरा लोगों को उनकी ज़िन्दगियों के प्रति बहुत ज़्यादा चौकन्ना कर देता है।" पहला दिन बीत गया। पास में ही कहीं बहुत बड़ी जंग छिड़ी थी, और बहुत-से घायलों को शिविर में लाया गया था। जो फ़ौजी मर गए थे, उनकी

जगह दूसरे फ़ौजियों ने ले ली, और जीवन की गति जारी रही। मौत कुछ भी नहीं बदलती, लड़के ने सोचा।

"तुम बाद में भी कभी मर सकते थे," एक फ़ौजी ने अपने एक साथी के शव से कहा। "तुम तब भी तो मर सकते थे जब अमन क़ायम होने का ऐलान हो जाता, लेकिन किसी भी सूरत में तुम्हें मरना तो था ही।"

दिन के आख़िर में, लड़का कीमियागर की तलाश में निकल गया, जो अपने बाज़ को रेगिस्तान में कहीं ले गया था।

"मुझे अभी भी समझ में नहीं आता कि मैं ख़ुद को हवा में कैसे बदलूँ," लड़के ने दोहराया।

"याद करो कि मैंने तुमसे क्या कहा था : यह दुनिया परमेश्वर का सिर्फ़ वह पहलू है जो दिखायी देता है। और कीमियागिरी का काम ही यह है कि वह इस दुनियावी स्तर के सम्पर्क को आध्यात्मिक पूर्णता तक ले जाती है।"

"यह आप क्या कर रहे हैं?"

"अपने बाज़ को खाना खिला रहा हूँ।"

"अगर मैं ख़ुद को हवा में न बदल पाया, तो हम लोग मर जाएँगे," लड़के ने कहा। "फिर आप बाज़ को क्यों खिला रहे हैं?"

"मरना तो तुम्हें है," कीमियागर ने कहा। "मैं तो वैसे भी जानता हूँ कि ख़ुद को हवा में कैसे बदलूँ।"

* * *

दूसरे दिन लड़का शिविर के क़रीब एक ऊँची चट्टान पर चढ़ गया। सन्तरियों ने उसे जाने की इजाज़त दे दी थी; उन्होंने पहले ही इस जादूगर के बारे में सुन रखा था, जो ख़ुद को हवा में बदल सकता था, और इसलिए वे वैसे भी उसके क़रीब नहीं रहना चाहते थे। यूँ भी वह उस रेगिस्तान को लाँघकर भाग तो सकता नहीं था।

उसने दूसरे दिन का दोपहर बाद का पूरा समय उस चट्टान पर बैठे-बैठे रेगिस्तान को देखते हुए, और अपने हृदय की आवाज़ सुनते हुए बिताया। लड़का जानता था कि रेगिस्तान उसके भय को महसूस कर रहा था।

वे दोनों एक ही भाषा बोल रहे थे।

* * *

तीसरे दिन, सरदार ने अपने अफ़सरों से मुलाक़ात की। उसने कीमियागर को उस बैठक में बुलाया और कहा, "चलो, चलकर उस लड़के को देखते हैं, जो ख़ुद को हवा में बदल लेता है।"

"चलिए," कीमियागर ने जवाब दिया।

लड़का उनको उस चट्टान पर ले गया जहाँ उसने अपना पिछला दिन गुज़ारा था। उसने उन सबसे बैठने को कहा।

"इसमें थोड़ा वक़्त लगेगा," लड़के ने कहा।

"हमें कोई जल्दी नहीं है," सरदार ने जवाब दिया। "हम रेगिस्तानी लोग हैं।"

लड़के ने क्षितिज की ओर देखा। दूर पर्वत दिखायी दे रहे थे। और वहाँ रेत के टीले, चट्टानें और वे वनस्पतियाँ थीं, जो एक ऐसी जगह पर जीने की ज़िद कर रही थीं जहाँ जीवन असंभव प्रतीत होता था। वहाँ वह रेगिस्तान फैला हुआ था जिसमें वह महीनों से भटकता रहा था; और जिसमें इतना सारा समय बिताने के बावजूद वह उसके सिर्फ़ थोड़े-से हिस्से को जानता था। उस छोटे-से हिस्से में उसे एक अँग्रेज़ मिला, कारवाँ मिले, क़बीलाई युद्ध देखने मिले, और खजूर के पचास हज़ार दरख़्तों तथा सौ कुँओं वाला एक नख़लिस्तान मिला।

"आज तुम यहाँ क्या चाहते हो?" रेगिस्तान ने उससे पूछा। "क्या तुमने कल मुझे देखते हुए अपना पूरा दिन नहीं गुज़ार दिया था?"

"कोई जगह है जहाँ तुम उस व्यक्ति को छिपाये हुए हो जिससे मैं प्यार करता हूँ," लड़के ने कहा। "इसलिए, जब मैं तुम्हारी रेत की ओर देख रहा होता हूँ, तो मैं उस लड़की को भी देख रहा होता हूँ। मैं उसके पास लौटना चाहता हूँ, और इसलिए मुझे तुम्हारी मदद की ज़रूरत है ताकि मैं ख़ुद को हवा में बदल सकूँ।"

"प्यार क्या होता है?" रेगिस्तान ने पूछा।

"प्यार तुम्हारी रेत के ऊपर बाज़ की उड़ान है, क्योंकि तुम उसके लिए एक हरा मैदान हो जहाँ से वह हमेशा अपना शिकार लेकर लौटता है। वह तुम्हारी चट्टानों को, तुम्हारे रेत के टीलों को, और तुम्हारे पहाड़ों को जानता है, और तुम उसका उपकार करते हो।"

"बाज़ की चोंच मेरे टुकड़ों को, खुद मुझे उठा ले जाती है," रेगिस्तान ने कहा। वर्षों से मैं उसके शिकार का ख़याल रखता आया हूँ, मेरे पास जो थोड़ा-सा पानी है वह उसको मुहैया कराता रहा हूँ, और फिर मैं उसको यह भी बताता रहता हूँ कि उसका शिकार कहाँ पर है। और, एक दिन, जब मैं इस बात का आनन्द ले रहा होता हूँ कि उसका शिकार मेरी सतह पर फल-फूल रहा है, वह आकाश से झपट्टा मारकर उस जीव को उठा ले जाता है, जिसे मैंने रचा होता है।"

"लेकिन शिकार की रचना भी तो तुमने इसीलिए की है," लड़के ने जवाब दिया। "बाज़ का पोषण करने के लिए ही। और फिर बाज़ इंसान का पोषण करता है। और अन्ततः वह आदमी तुम्हारी रेत का पोषण करेगा, जहाँ एक बार फिर शिकार फलेगा-फूलेगा। दुनिया इसी तरह चलती है।"

"तो इसी को प्रेम कहते हैं?"

"हाँ, यही है प्रेम। यही चीज़ शिकार को बाज़ में, बाज़ को इंसान में, और इंसान को रेगिस्तान में बदलती है। यही चीज़ है जो राँगे को सोने में बदल देती है, और यही चीज़ सोने को वापस धरती में लौटा देती है।"

"तुम्हारी बातें मेरी समझ से परे हैं," रेगिस्तान ने कहा।

"लेकिन तुम इतना तो समझ ही सकते हो कि तुम्हारी रेत में कहीं पर एक स्त्री है, जो मेरा इन्तज़ार कर रही है। और इसीलिए मुझे खुद को हवा में बदलना ज़रूरी है।"

रेगिस्तान ने कुछ पल उसे कोई जवाब नहीं दिया।

फिर उसने उससे कहा, "मैं मदद के तौर पर तुम्हें अपनी रेत दे सकता हूँ, ताकि हवा उसे उड़ा सके, लेकिन अकेले मैं कुछ नहीं कर सकता। तुम्हें हवा से मदद माँगनी होगी।"

हवा बहने लगी। क़बीलाई लोग लड़के को दूर से देखते हुए आपस में किसी ऐसी ज़बान में बतिया रहे थे जिसे लड़का समझ नहीं सकता था।

कीमियागर मुस्कराया।

हवा ने लड़के पास पहुँचकर उसके चेहरे को छुआ। उसे रेगिस्तान के साथ हुई लड़के की बातचीत की जानकारी थी, क्योंकि हवाएँ सब कुछ जानती हैं। वे पूरी दुनिया में बहती रहती हैं, जिसमें न उनका कोई जन्म-स्थान होता है, और न ही कोई ऐसी जगह जहाँ वे मरती हों।

"मेरी मदद करो," लड़के ने कहा। एक दिन तुम मेरी आवाज़ मेरी प्रिया के पास लेकर गयी थीं।"

"तुम्हें रेगिस्तान और हवा की भाषा बोलना किसने सिखाया?"

"मेरे हृदय ने," लड़के ने जवाब दिया।

हवा के बहुत-से नाम हैं। दुनिया के उस हिस्से में उसे सिरिको के नाम से जाना जाता था, क्योंकि वह पूरब के समुद्र से नमी लेकर आती थी। जिस सुदूर दुनिया से लड़का आया था, वहाँ पर उसे लिवेंटर के नाम से जाना जाता था, क्योंकि वहाँ के लोगों का विश्वास था कि वह अपने साथ रेगिस्तान की रेत और मूरों की जंगों की चीख़-पुकारें लेकर आती है। शायद, चारागाहों के परे के उन स्थानों पर जहाँ उसकी भेड़ें रहती थीं, लोगों का सोचना था कि हवा एंडालूसिया से आती है, लेकिन वास्तव में हवा न तो कहीं से आती थी और न कहीं जाती थी; यही वजह थी कि वह रेगिस्तान से ज़्यादा शक्तिशाली थी। हो सकता है कोई ऐसा समय आए जब लोग रेगिस्तान में दरख़्त उगा सकें, यहाँ तक कि वे वहाँ भेड़ों तक को पालने लगें, लेकिन वे हवा को कभी नहीं जोत सकेंगे।

"तुम हवा नहीं बन सकते," हवा ने कहा। "हम दोनों दो बिल्कुल अलग-अलग चीज़ें हैं।"

"यह सही नहीं है," लड़के ने कहा। "मैंने अपने सफ़र के दौरान कीमियागर के रहस्यों को सीखा था। मेरे अन्दर वह हर चीज़ मौजूद है, जो इस कायनात में रची गयी है - हवा, रेगिस्तान, महासागर, तारे, सभी कुछ। हम सब को एक ही हाथ द्वारा गढ़ा गया था, और हम सब में समान आत्माएँ हैं। मैं तुम जैसा होना चाहता हूँ, ताकि मैं दुनिया के कोन-कोने तक पहुँच सकूँ, समुद्रों को पार कर सकूँ, उस रेत को उड़ा सकूँ, जिसने मेरे ख़ज़ाने को ढँक रखा है, और उस स्त्री की आवाज़ को बहाकर ला सकूँ, जिसे मैं प्यार करता हूँ।"

"मैंने वह सारी बातचीत सुनी थी जो अभी एक दिन तुम्हारे और कीमियागर के बीच हो रही थी," हवा ने कहा। "उसका कहना था कि हर चीज़ की अपनी नियति होती है, लेकिन लोग ख़ुद को हवा में नहीं बदल सकते।"

"मुझे कुछ पलों के लिए ही सही, हवा होना सिखा दो," लड़के ने कहा। "ताकि तुम और मैं इंसानों और हवाओं की अन्तहीन सम्भावनाओं के बारे में बात कर सकें।"

हवा की उत्सुकता बढ़ चुकी थी। ऐसा उसके साथ पहले कभी नहीं हुआ था। वह उन चीज़ों के बारे में बात करना चाहती थी, लेकिन उसे यह नहीं मालूम था कि इंसान को हवा में कैसे बदला जा सकता है। और, देखिए कि वह कितना कुछ करना जानती थी! उसने रेगिस्तानों की रचना की थी, जहाज़ों को डुबाया था, पूरे-के-पूरे जंगलों को ज़मीन पर गिराया था, और वह संगीत तथा अजीबो-ग़रीब आवाज़ों से भरे हुए नगरों के बीच बही थी। उसे लगा कि उसकी कोई सीमाएँ नहीं हैं, तब भी, यहाँ एक लड़का था जो कह रहा था कि और भी ऐसे काम हैं जो हवा को करने चाहिए।

"इसी को हम लोग प्यार के नाम से पुकारते हैं," लड़के ने कहा। उसे लग रहा था कि हवा उसके अनुरोध को स्वीकार करने ही वाली है। "जब तुम से प्यार किया जाने लगता है, तो तुम इस सृष्टि में कुछ भी कर सकते हो। जब तुम्हें प्यार किया जाने लगता है, तो यह समझने की ज़रूरत नहीं रह जाती कि क्या हो रहा है, क्योंकि सब कुछ तुम्हारे अन्दर हो रहा होता है, और वैसे में इंसान ख़ुद को हवा तक में बदल सकते हैं। ज़ाहिर है, तभी जब हवा इसमें मदद करे।"

हवा का अपना स्वाभिमान था, और लड़के की बातें सुनकर उसे खीझ होने लगी थी। उसने और भी तेज़ी-से बहना शुरू कर दिया, जिससे रेगिस्तान की धूल ऊपर उठने लगी। अन्ततः उसे इस बात का अहसास हो गया कि भले ही वह सारी दुनिया में बहना जानती है, लेकिन इंसान को हवा में बदलना उसे नहीं आता। और यह भी कि वह प्यार के बारे में कुछ नहीं जानती।

"अपनी यात्राओं के दौरान मैंने लोगों को प्यार के बारे में बातें करते सुना है और आसमान की ओर ताकते देखा है," हवा ने कहा, जो इस

बात से काफ़ी ख़फ़ा थी कि उसे अपनी सीमाओं को स्वीकार करना पड़ रहा था। "शायद यह बेहतर होगा कि इस बारे में आसमान से पूछकर देखा जाए।"

"ठीक है, तब इस काम में मेरी मदद करो," लड़के ने कहा। "इस जगह को धूल के अन्धड़ से इस क़दर भर दो कि सूरज ढँक जाए। तब मैं बिना चौंधियाये आसमान की ओर देख सकूँगा।"

इस पर हवा अपनी पूरी ताक़त के साथ बहने लगी, और आसमान रेत से आच्छादित हो गया। सूरज एक सुनहरी तश्तरी में बदल गया।

वहाँ, शिविर में यह हालत हो गयी कि कुछ भी दिखायी देना मुश्किल हो गया। रेगिस्तान के लोग इस तरह की हवा से पहले से ही वाक़िफ़ थे। वे इसे *सिमुम* के नाम से जानते थे, और यह समुद्री तूफ़ान से भी ज़्यादा ख़तरनाक होती थी। उनके घोड़े हिनहिनाने लगे, और उसके सारे हथियारों में रेत भर गयी।

वहाँ, उस चट्टान की चोटी पर एक कमाण्डर सरदार की ओर मुड़ा और बोला, "शायद यह बेहतर होगा कि हम यह क़िस्सा ख़त्म करें!"

उनको लड़का भी ठीक से दिखायी नहीं दे रहा था। उनके चेहरे नीले नक़ाबों से ढँके थे, और उनकी आँखों से दहशत झलक रही थी।

"हमें इसे रोकना चाहिए," दूसरे कमाण्डर ने कहा।

"मैं अल्लाह की अज़्मत देखना चाहता हूँ," सरदार ने इज़्ज़त से भरे लहज़े में कहा। "मैं देखना चाहता हूँ कि एक इंसान ख़ुद को हवा में कैसे बदलता है।"

लेकिन उसके दिमाग़ में उन दो लोगों के नाम दर्ज हो चुके थे, जिन्होंने अपनी दहशत का इज़हार किया था। उसने मन-ही-मन तय कर लिया था कि हवा के शान्त होते ही वह उन दोनों को उनकी कमान से बरख़ास्त कर देगा, क्योंकि सच्चे रेगिस्तानी लोग डरते नहीं हैं।

"हवा ने मुझे बताया है कि तुम प्रेम के बारे में जानते हो," लड़के ने सूर्य से कहा। "अगर तुम प्रेम के बारे में जानते हो, तो तुम कायनात की रूह के बारे में भी निश्चय ही जानते होगे, क्योंकि उसकी रचना प्रेम से ही हुई है।"

सूर्य ने कहा, "जहाँ पर मैं हूँ, वहाँ से मैं कायनात की रूह को देख सकता हूँ। वह मेरी रूह के साथ संवाद करती है, और हम दोनों मिलकर दरख़्तों को उगाते हैं और भेड़ों को छाँव की तलाश के लिए प्रेरित करते हैं। जहाँ पर मैं हूँ - और मैं धरती से बहुत लम्बी दूरी पर हूँ - वहाँ से मैंने प्रेम करना सीखा है। मैं जानता हूँ कि अगर मैं धरती के ज़रा-सा भी क़रीब आ गया, तो धरती की हर चीज़ मर जाएगी, और कायनात की रूह का वजूद ख़त्म हो जाएगा। इसलिए हम एक-दूसरे का ध्यान करते हैं और हमें एक-दूसरे की ज़रूरत होती है, और मैं उसे गरमाहट और जीवन प्रदान करता हूँ, और वह मुझे जीवित रहने की वजह प्रदान करती है।"

"मतलब यह कि तुम प्रेम के बारे में जानते हो," लड़के ने कहा।

"और मैं कायनात की रूह को भी जानता हूँ, क्योंकि हमने ब्रह्मांड की इस अन्तहीन यात्रा के दौरान विस्तार से बातचीत की है। वह मुझसे कहती है कि उसकी सब से बड़ी समस्या यह है कि अब तक सिर्फ़ खनिज और वनस्पतियाँ ही इस बात को समझ पाये हैं कि सारी चीज़ें एक हैं। न तो लोहे को ताँबे जैसा होने की ज़रूरत है, और न ताँबे को सोने जैसा होने की ज़रूरत है। इनमें से प्रत्येक एक अनूठी सत्ता है, और उसी रूप में वह अपनी विशिष्ट भूमिका निभाती है। और जिस हाथ ने यह सब लिखा है, वह हाथ अगर सृष्टि की रचना के पाँचवें दिन थम गया होता, तो हर चीज़ मिलकर शान्ति की एक सिम्फ़ॅनी में बदल गयी होती।

"लेकिन छठवाँ दिन भी था," सूर्य ने कहना जारी रखा।

"तुम ज्ञानी हो क्योंकि तुम हर चीज़ को एक दूरी से देखते हो," लड़के ने कहा। "लेकिन तुम प्रेम के बारे में नहीं जानते। अगर छठवाँ दिन न हुआ होता, तो मनुष्य का अस्तित्व न होता; ताँबा हमेशा महज़ ताँबा बना रहता और राँगा महज़ राँगा बना रहता। यह सही है कि हर चीज़ की अपनी एक नियति है, लेकिन एक दिन हर चीज़ अपनी नियति को प्राप्त होगी। इसलिए हर चीज़ का खुद से बेहतर किसी चीज़ में तब तक रूपान्तरित होते रहना, और एक नयी नियति को हासिल करते रहना ज़रूरी है, जब तक कि कायनात की रूह एक ही वस्तु नहीं बन जाती।"

सूर्य ने इस बारे में सोचा, और उसने और भी तेज़ी-से चमकने का फ़ैसला किया। हवा, जो इस बातचीत का आनन्द ले रही थी, और भी ताक़त

से बहने लगी, ताकि सूर्य लड़के को चौंधिया न पाता।

"इसीलिए कीमियागिरी का अस्तित्व है," लड़के ने कहा। "ताकि हर कोई अपने ख़ज़ाने की तलाश कर सके, उसे हासिल कर सके, और अपनी पिछली ज़िन्दगी से बेहतर बनने की इच्छा कर सके। राँगा तब तक अपनी भूमिका निभाता रहेगा, जब तक कि दुनिया को राँगे की ज़रूरत बनी रहेगी; और उसके बाद राँगे को सोने में बदल जाना होगा।

"कीमियागर यही करते हैं," लड़के ने कहा। "वे बताते हैं कि जब हम उससे बेहतर बनना चाहते हैं जैसे हम हैं, तो हमारे आसपास की चीज़ें भी पहले से बेहतर बन जाती हैं।"

"बहरहाल, तुमने यह क्यों कहा कि मैं प्रेम के बारे में नहीं जानता?" सूर्य ने लड़के से पूछा।

"क्योंकि रेगिस्तान की तरह एक जगह ठहरे रहना प्रेम नहीं है, न ही हवा की तरह सारी दुनिया का चक्कर लगाते रहना प्रेम है। और हर चीज़ को एक दूरी से देखते रहना, जैसा कि तुम करते हो, भी प्रेम नहीं है। प्रेम वह शक्ति है जो कायनात की रूह को रूपान्तरित कर देती है और उसे बेहतर बना देती है। जब मैंने पहली बार कायनात की रूह में प्रवेश किया था, तो मैं सोचता था कि वह अपने में परिपूर्ण है, लेकिन बाद में, मैंने पाया कि यह भी सृष्टि के दूसरे पहलुओं की तरह ही है, और उसके भी अपने लगाव और अपनी लड़ाइयाँ हैं। ये हम हैं जो कायनात की रूह का पोषण करते हैं, और जिस दुनिया में हम रहते हैं, उसका बेहतर या बदतर होना हमारे बेहतर या बदतर होने पर निर्भर करता है। और ठीक यहीं पर प्रेम की शक्ति अपनी भूमिका में आती है, क्योंकि जब हम प्रेम करते हैं, तो हम हमेशा पहले से बेहतर बनने की कोशिश करते हैं।"

"तो तुम मुझसे क्या चाहते हो?" सूर्य ने पूछा।

"मैं चाहता हूँ कि तुम मेरी मदद करो ताकि मैं हवा में बदल सकूँ," लड़के ने जवाब दिया।

"कुदरत मुझे सृष्टि की सबसे ज्ञानवान हस्ती के रूप में जानती है," सूर्य ने कहा। "लेकिन मैं यह नहीं जानता कि मैं तुम्हें हवा में कैसे बदल सकता हूँ।"

"तब फिर मुझे किससे आग्रह करना चाहिए?"

सूर्य कुछ देर सोचता रहा। हवा बहुत ग़ौर से यह बातचीत सुन रही थी, और वह दुनिया के कोने-कोने में जाकर यह ख़बर देना चाहती थी कि सूर्य के ज्ञान की भी अपनी सीमाएँ हैं। वह बताना चाहती थी कि सूर्य इस लड़के से नहीं निपट पा रहा था जो कायनात की ज़बान में बात करता था।

"उस हाथ से बात करो, जिसने यह सब कुछ लिखा है," सूर्य ने कहा।

हवा ख़ुशी के मारे चीख़ पड़ी, और इतनी तेज़ बहने लगी जितनी कभी नहीं बही थी। तम्बू ज़मीन से उखड़ने लगे और जानवर अपने पगहे तुड़ाकर भागने लगे। टीले पर खड़े लोगों ने ख़ुद को उड़ने से बचाने के लिए एक-दूसरे को जकड़ लिया।

लड़के ने उस हाथ की ओर रुख किया, जिसने सब कुछ लिखा था। ऐसा करते ही उसने महसूस किया कि सारी कायनात ख़ामोश हो गयी है, और उसने चुप रहने का फ़ैसला किया।

उसके हृदय में प्रेम की लहर दौड़ गयी, और वह प्रार्थना करने लगा। यह वह प्रार्थना थी जो उसने पहले कभी नहीं की थी, क्योंकि वह मूक प्रार्थना थी, मूक अनुनय था। उसकी प्रार्थना ने इस बात के लिए शुक्रिया अदा नहीं किया था कि उसकी भेड़ों को नए चारागाह मिल गए थे; उसने यह विनती नहीं की थी कि लड़का और ज़्यादा क्रिस्टल बेच सकता; और उसने यह अनुनय नहीं किया था कि जिस स्त्री से वह मिला था, वह उसकी वापसी की प्रतीक्षा करती रहती। उस ख़ामोशी में लड़के ने इस बात को समझ लिया था कि रेगिस्तान, हवा, और सूर्य भी उन संकेतों को समझने की कोशिश कर रहे थे, जो उस हाथ ने लिखे थे, और वे सब उन संकेतों का अनुसरण करना चाहते थे, और समझना चाहते थे कि रत्न की उस सतह पर क्या लिखा हुआ था। उसने देखा कि समूची पृथ्वी और आकाश में भविष्य-सूचक संकेत बिखरे पड़े हैं, और उनके इस तरह प्रकट होने की न कोई वजह है न कोई महत्त्व है; वह देख पा रहा था कि न तो रेगिस्तान को, हवाओं को, सूर्य को, और न ही लोगों को यह समझ में आ रहा था कि उनकी रचना क्यों की गयी थी, लेकिन उस हाथ के पास इस सब की वजह थी, और सिर्फ़ वही हाथ था जो चमत्कार कर सकता था, या समुद्र को रेगिस्तान में बदल सकता था... या इंसान को हवा में बदल सकता था, क्योंकि सिर्फ़ वह हाथ

ही जानता था कि वह एक विराट योजना थी जो कायनात को उस मक़ाम तक लेकर आयी थी, जहाँ सृष्टि के छह दिन प्रमुख कृति में रूपान्तरित हो गए थे।

लड़का कायनात की रूह तक पहुँच गया, और उसने पाया कि वह परमेश्वर की आत्मा का ही अंग है। और उसने पाया कि परमेश्वर की आत्मा उसकी अपनी आत्मा है। और वह, यानी, लड़का स्वयं ही चमत्कार कर सकता है।

* * *

सिमुम की रफ़्तार उस दिन इतनी तेज़ थी कि उसके पहले वह उतनी रफ़्तार से कभी नहीं बही थी। उसके बाद कई पीढ़ियों तक अरब देश के लोग उस लड़के की किंवदंती को दोहराते रहे, जिसने खुद को हवा में बदल लिया था, और रेगिस्तान के सबसे ताक़तवर सरदार की खुलेआम अवहेलना करते हुए उसकी फ़ौजी छावनी को तहस-नहस कर दिया था।

जब *सिमुम* थम गई, तो सबने उस जगह की ओर देखा, जहाँ पहले लड़का था, लेकिन अब वह वहाँ नहीं था; वह शिविर से बहुत दूर, रेत से लिपटे एक सन्तरी के पास खड़ा था।

लोग उसकी इस जादूगरी से दहशत में आ गए थे, लेकिन दो लोग थे जो मुस्करा रहे थे : कीमियागर, जो इसलिए मुस्करा रहा था क्योंकि उसे एक सच्चा शिष्य मिल गया था; और सरदार, जो इसलिए मुस्करा रहा था क्योंकि वह शिष्य परमेश्वर की महिमा को समझ चुका था।

अगले दिन सरदार ने लड़के और कीमियागर को विदाई दी, और उनके साथ सशस्त्र पहरेदारों का एक दल भी भेज दिया, जिसे वे जब तक चाहते, अपने साथ रख सकते थे।

* * *

वे पूरे दिन सफ़र करते रहे। जब शाम ढलने के क़रीब थी, तब वे एक कॉप्टिक मठ (मिस्र के सन्त एंथनी द्वारा स्थापित किए गए ईसाई मठों की परम्परा का एक मठ) पहुँचे। कीमियागर घोड़े से उतर गया, और उसने पहरेदारों को उनके शिविर में वापस भेज दिया।

"यहाँ से आगे का सफ़र तुम्हें अकेले करना होगा," कीमियागर ने कहा। "अब तुम पिरामिडों से सिर्फ़ तीन घण्टे की दूरी पर हो।"

"शुक्रिया," लड़के ने कहा। "आपने मुझे दुनिया की ज़बान सिखायी है।"

"मैंने तो सिर्फ़ उस ज्ञान को जगाया भर है, जो तुम्हारे भीतर पहले से था।"

कीमियागर ने मठ के द्वार पर दस्तक दी। काला लबादा पहने एक मठवासी द्वार पर आया। उन्होंने कुछ मिनट कॉप्टिक ज़बान में आपस में बात की, और फिर कीमियागर ने लड़के से अन्दर चलने को कहा।

"मैंने उससे थोड़ी देर के लिए उनकी रसोई का इस्तेमाल करने की इजाज़त माँगी थी," कीमियागर ने मुस्कराते हुए कहा।

वे मठ के पीछे रसोई में चले गए। कीमियागर ने आग जलायी, और वह मठवासी कुछ राँगा लाया जिसे कीमियागर ने लोहे की एक पतीली में रख दिया। जब राँगा पिघल गया, तो कीमियागर ने अपने थैले से वह अजीबो-ग़रीब पीला अण्डा निकाला। उसने उसे खरोंचकर उसमें से बाल जितना पतला एक रेशा निकाला, उसमें मोम चुपड़ा, और उसे पतीली में डाल दिया जिसमें राँगा पिघला था।

वह घोल लगभग ख़ून के रंग जितना लाल हो गया। कीमियागर ने पतीली को आग से हटाकर उसे ठण्डा होने एक तरफ़ रख दिया। यह सब करते हुए वह उस मठवासी से क़बीलाई जंग के बारे में बतियाता रहा।

"मुझे लगता है कि यह जंग लम्बे समय तक जारी रहने वाली है," उसने मठवासी से कहा।

मठवासी चिड़चिड़ाया हुआ था। कारवाँओं को जंग ख़त्म होने के इन्तज़ार में कुछ समय के लिए गीज़ा में रोककर रखा गया था। "लेकिन परमेश्वर जो चाहता है, वह तो होकर ही रहेगा।"

"बिल्कुल," कीमियागर ने जवाब दिया।

जब पतीली ठण्डी हो गयी, तो मठवासी और लड़के ने उसे विस्मय से देखा। राँगे ने सूखकर पतीली का आकार ले लिया था, लेकिन अब वह राँगा नहीं रह गया था। वह सोना बन चुका था।"

"क्या मैं भी किसी दिन ऐसा करना सीख पाऊँगा?" लड़के ने पूछा।

"यह मेरी नियति थी, तुम्हारी नहीं," कीमियागर ने जवाब दिया। "लेकिन मैं तुम्हें दिखाना चाहता था कि यह मुमकिन है।"

वे मठ के द्वार पर लौट आए। वहाँ कीमियागर ने सोने की उस तश्तरी को चार हिस्सों में बाँट दिया।

"यह आपके लिए है," उसने उनमें से एक हिस्सा मठवासी को देते हुए कहा। "यह आपकी उस उदारता के बदले में है, जो आप तीर्थयात्रियों के प्रति दिखाते हैं।"

"लेकिन यह पुरस्कार मेरी उदारता की क़ीमत से बहुत ज़्यादा है," मठवासी ने जवाब दिया।

"ऐसा दोबारा मत कहिएगा। हो सकता है जीवन आपकी बात सुन रहा हो, और अगली बार आपको इससे भी कम दे।"

कीमियागर लड़के की ओर मुड़ा। "यह तुम्हारे लिए। इससे उस सबकी भरपाई हो जाएगी जो तुमने फ़ौज के उस मुखिया को दिया था।"

लड़का कहना चाहता था कि यह उससे बहुत ज़्यादा है जो उसने उस मुखिया को दिया था, लेकिन वह चुप रहा, क्योंकि वह मठवासी से कही गयी कीमियागर की बात सुन चुका था।

"और यह मेरे लिए है," एक हिस्सा अपने पास रखते हुए कीमियागर ने कहा। "क्योंकि मुझे रेगिस्तान में लौटना होगा जहाँ क़बीलों की जंग छिड़ी हुई है।"

फिर उसने चौथा हिस्सा मठवासी को पकड़ा दिया।

"यह इस लड़के के लिए है। अगर कभी इसे इसकी ज़रूरत पड़ी, तो इसे दे दीजिए।"

"लेकिन मैं तो वैसे भी अपने ख़ज़ाने की खोज में जा रहा हूँ," लड़के ने कहा। "अब तो मैं उसके बहुत क़रीब हूँ।"

"और मुझे यक़ीन है कि तुम उसे हासिल कर लोगे," कीमियागर ने कहा।

"तब फिर यह क्यों?"

"क्योंकि तुम दो बार अपनी जमा-पूँजी गँवा चुके हो। एक बार उस चोर के हाथों और एक बार फ़ौज के उस मुखिया के हाथों। मैं एक बूढ़ा अन्धविश्वासी अरब हूँ, और मैं अपनी कहावतों में भरोसा करता हूँ। एक कहावत है कि 'जो कुछ एक बार हो चुका होता है, वह दोबारा नहीं हो सकता, लेकिन जो दो बार हो चुका होता है, उसका तीसरी बार होना निश्चित है'।" वे अपने घोड़ों पर सवार हो गए।

* * *

"मैं तुम्हें सपनों के बारे में एक क़िस्सा सुनाना चाहता हूँ," कीमियागर ने कहा।

लड़का अपने घोड़े को उसके क़रीब ले आया।

"प्राचीन रोम में, सम्राट टैबीरियस के समय में, एक भला आदमी हुआ करता था, जिसके दो बेटे थे। उनमें से एक फ़ौज में था, और उसे साम्राज्य के सबसे सुदूर क्षेत्र में भेज दिया गया था। दूसरा बेटा एक कवि था, और वह अपनी सुन्दर कविताओं से सारे रोम को आनन्दित किया करता था।

"एक रात पिता ने एक सपना देखा। उसके सामने एक देवदूत प्रकट हुआ, और उसने कहा कि उसके एक बेटे के शब्द दुनिया की आने वाली सारी पीढ़ियों द्वारा सीखे और दोहराये जाएँगे। पिता कृतज्ञता से भरकर और ख़ुशी-से रोता हुआ सपने से जाग उठा, क्योंकि जीवन ने उदारता दिखायी थी, और उसके सामने एक ऐसी चीज़ उजागर की थी, जिससे किसी भी पिता को गर्व होता।

"उसके कुछ ही समय बाद, पिता एक बच्चे को रथ से कुचले जाने से बचाने की कोशिश में मर गया। चूँकि उसने अपना जीवन उचित और ईमानदार ढंग से जिया था, वह मर कर सीधे स्वर्ग गया, जहाँ उसकी मुलाक़ात उसी देवदूत से हुई जो उसके सपने में प्रकट हुआ था।

"'तुम हमेशा एक भले इंसान बने रहे,' देवदूत ने उससे कहा। 'तुमने अपना जीवन प्रेमपूर्ण ढंग से जिया, और मरे भी तुम गरिमापूर्ण ढंग से। तुम मुझसे जो चाहो माँग सकते हो।'

"'जीवन मेरे लिए शुभ था,' उस आदमी ने कहा। 'जब आप मेरे सपने में प्रकट हुए थे, तो मुझे लगा था कि मेरे सारे किए का पुरस्कार मुझे मिल गया है, क्योंकि मेरे बेटे की कविताएँ आने वाली पीढ़ियों द्वारा पढ़ी जाएँगी। मैं अपने लिए कुछ नहीं चाहता, लेकिन कोई भी पिता अपने उस बेटे द्वारा अर्जित की गयी ख्याति पर गर्व करेगा जिसे उसने बच्चे के रूप में पाला होगा और उसके बड़े होने पर शिक्षित किया होगा। कभी किसी सुदूर भविष्य में मैं अपने बेटे के शब्दों को देखना चाहूँगा।'

"देवदूत ने उस आदमी का कन्धा छुआ, और वे दोनों सुदूर भविष्य में पहुँच गए। वह एक विराट स्थल था, जिसमें हज़ारों लोग एक अजनबी भाषा में बातचीत कर रह थे।

"वह आदमी ख़ुशी-से रो पड़ा।

"'मैं जानता था कि मेरे बेटे की कविताएँ अमर हैं,' उसने अपनी भीगी आँखों से देवदूत से कहा। 'क्या आप बता सकते हैं कि ये लोग मेरे बेटे की कौन-सी कविता दोहरा रहे हैं?'

"देवदूत उस आदमी के क़रीब आ गया, और, बहुत स्नेह के साथ उसे पास की एक बेंच तक ले गया, जहाँ वे दोनों बैठ गए।

"'तुम्हारा जो बेटा कवि था उसकी कविताएँ रोम में बहुत प्रसिद्ध थीं,' देवदूत ने कहा। 'वे हर किसी को प्रिय थीं और हर कोई उनका आनन्द लेता था। लेकिन जब टैबीरियस का शासन समाप्त हो गया, तो उसकी कविताएँ भुला दी गयी थीं। जो शब्द तुम इस समय सुन रहे हो, वे तुम्हारे उस बेटे के हैं जो फ़ौज में था।'

"उस आदमी ने देवदूत की ओर आश्चर्य-से देखा।

"'तुम्हारा वह बेटा दूर देश में लड़ाई पर गया था, और वह सौ सैनिकों का सेनापति बन गया था। वह सच्चा और नेक इंसान था। एक दिन दोपहर के बाद उसका एक सैनिक बीमार पड़ गया, और लगा कि वह मर जाएगा। तुम्हारे बेटे ने उस एक रब्बी के बारे में सुन रखा था, जो बीमारों को चंगा कर देता था, इसलिए वह घोड़े पर सवार होकर उस रब्बी की तलाश में निकल गया और कई दिनों तक उसे ढूँढता रहा। रास्ते में उसे पता चला कि जिस इंसान की तलाश वह कर रहा है, वह ईश्वर-पुत्र है। उसे वे दूसरे लोग मिले, जिन्हें उसने चंगा किया था, और उन लोगों ने तुम्हारे बेटे को

उस आदमी की शिक्षाओं के उपदेश दिए। और इसलिए, इसके बावजूद कि वह एक रोमन सेनापति था, उसने अपना धर्मान्तरण कर उस आदमी का मज़हब अपना लिया। उसके कुछ ही समय बाद वह उस जगह पहुँचा जहाँ वह आदमी आया हुआ था, जिसकी वह तलाश कर रहा था।'

"'तुम्हारे बेटे ने उस आदमी को अपने सैनिक की गम्भीर बीमारी के बारे में बताया, और वह रब्बी तुरन्त उसके साथ उसके घर जाने को तैयार हो गया, लेकिन सेनापति एक आस्थावान आदमी था, और, रब्बी की आँखों में झाँकते ही वह समझ गया कि वह ईश्वर-पुत्र के सामने खड़ा है।'

"देवदूत ने उस आदमी को बताया कि उसके बेटे ने जो शब्द उस वक़्त रब्बी से कहे, वे कभी भुलाये नहीं जा सके, और वे शब्द यह थे : 'हे प्रभु, मैं इस लायक़ नहीं हूँ कि आप मेरे छप्पर तले आएँ। आप सिर्फ़ एक शब्द का उच्चारण कर दें और मेरा सैनिक चंगा हो ज़ाएगा।' "

कीमियागर ने कहा, "हर इंसान, फिर चाहे वह कुछ भी क्यों न करता हो, इस दुनिया के इतिहास में एक केन्द्रीय भूमिका निभाता है। और सामान्यतः यह बात वह स्वयं नहीं जानता।"

लड़का मुस्करा दिया। उसने कभी कल्पना भी न की थी कि एक गड़रिये के लिए जीवन से जुड़े सवालों की इतनी अहमियत होगी।

"अलविदा," कीमियागर ने कहा।

"अलविदा," लड़के ने कहा।

* * *

लड़का अपने घोड़े पर सवार कई घण्टों तक रेगिस्तान में चलता रहा, और उस दौरान वह उत्सुकतापूर्वक अपने हृदय की बातें सुनता रहा। उसका हृदय ही उसे बताने वाला था कि उसका ख़ज़ाना कहाँ पर छिपा हुआ था।

"जहाँ तुम्हारा ख़ज़ाना है, वहाँ तुम्हारा हृदय भी होगा," कीमियागर ने उससे कहा था।

लेकिन उसका हृदय तो दूसरी चीज़ों के बारे में बात कर रहा था। वह बड़े फ़ख़्र के साथ उस गड़रिये की कहानी सुना रहा था, जिसने अपने उस सपने का पीछा करने के लिए जो उसने दो बार देखा था, अपनी भेड़ों

के झुण्ड को छोड़ दिया था। वह नियति के बारे में, और उन बहुत-से आदमियों के बारे में बता रहा था, जो दूर देशों या ख़ूबसूरत औरतों की तलाश में भटकते रहे थे, और अपने वक़्तों के उन लोगों से टक्कर लेते रहे थे, जिनके मन में पहले से बनी धारणाएँ घर किये बैठी थीं। वह यात्राओं के बारे में, खोजों के बारे में, पुस्तकों के बारे में, और परिवर्तन के बारे में बात कर रहा था।

जब लड़का रेत के एक और टीले पर चढ़ने जा रहा था, तभी उसका हृदय फुसफुसाया, "उस जगह को लेकर चौकन्ने रहना, जहाँ तुम्हारी आँखें छलछला आएँ। वही वह जगह है जहाँ मैं हूँ, और जहाँ तुम्हारा ख़ज़ाना है।"

लड़का धीरे-धीरे रेत के टीले पर चढ़ता गया। एक बार फिर तारों से भरे आकाश में पूर्ण चन्द्रमा निकल आया था : उसे नख़लिस्तान से निकले एक महीना हो चुका था। चन्द्रमा की रोशनी रेत के टीलों पर छायाएँ डालती हुई समुद्र की लहरों जैसा नज़ारा पैदा कर रही थी; इससे लड़के को वह दिन याद हो आया जब रेगिस्तान में वह घोड़ा अपने पिछले पैरों पर खड़ा हो गया था और कीमियागर से उसका परिचय हुआ था। और चन्द्रमा की रोशनी रेगिस्तान की ख़ामोशी पर झर रही थी, और उस आदमी की यात्रा पर जो अपने ख़ज़ाने की खोज में निकला था।

जब वह रेत के टीले की चोटी पर पहुँच गया, तो उसका हृदय उछल पड़ा। उसके सामने चन्द्रमा की रोशनी और रेगिस्तान की चमक से जगमगाते मिस्र के धीर-गम्भीर और आलीशान पिरामिड खड़े हुए थे।

लड़का अपने घुटनों पर झुककर रोने लगा। उसने परमेश्वर का शुक्रिया अदा किया जिसने उसके मन में उसकी नियति के प्रति विश्वास जगाया था, और जिसने उसे राह दिखाते हुए एक राजा से, एक दुकानदार से, एक अँग्रेज़ से और एक कीमियागर से उसकी मुलाक़ात करायी थी। और इस सबसे ऊपर जिसने उसे रेगिस्तान की उस स्त्री से मिलाया था, जिसने उससे कहा था कि प्रेम किसी इंसान को कभी उसकी नियति से दूर नहीं रखता।

अगर वह चाहता, तो अब वह नख़लिस्तान लौट सकता था, फ़ातिमा के पास वापस जा सकता था, और एक साधारण गड़रिये का जीवन जी सकता था। आख़िरकार, कीमियागर भी तो रेगिस्तान में रहता चला आ रहा था, जबकि वह कायनात की ज़बान को समझता था, और राँगे को सोने में

बदलना जानता था। उसे किसी के सामने अपने इल्म और कला को साबित करने की ज़रूरत नहीं थी। लड़के ने ख़ुद से कहा कि मैंने अपनी नियति को चरितार्थ करने की प्रक्रिया में वह सब सीखा है, जो मुझे सीखना ज़रूरी था, और वह सब अनुभव किया है जिसका शायद मैंने सपना देखा था।

लेकिन अब वह अपने ख़ज़ाने को पाने के मक़ाम पर था, और उसने ख़ुद को याद दिलाया कि कोई भी योजना तब तक पूरी नहीं होती जब तक कि उस योजना के लक्ष्य को हासिल नहीं कर लिया जाता। लड़के ने अपने चारों ओर फैली रेत को देखा, और पाया कि जहाँ उसके आँसू गिरे थे, वहाँ एक गुबरैला कीड़ा तेज़ी-से भागा जा रहा था। रेगिस्तान में बिताये गए अपने समय के दौरान उसने सीखा था कि मिस्र में गुबरैले कीड़े परमेश्वर का प्रतीक होते हैं।

एक और भविष्य-सूचक संकेत! लड़के ने टीले को खोदना शुरू कर दिया। खोदते-खोदते ही उसने क्रिस्टल के दुकानदार द्वारा कही गयी एक बात के बारे में सोचा : कोई चाहे तो अपने घर के पिछवाड़े भी पिरामिड खड़ा कर सकता है। अब लड़का समझ पा रहा था कि अगर वह अपने बाक़ी बचे पूरे जीवन भर भी पत्थर पर पत्थर जमाता रहे, तो भी वह ऐसी चीज़ तैयार नहीं कर सकता।

लड़का उस जगह पर पूरी रात ख़ुदाई करता रहा, लेकिन उसके हाथ कुछ नहीं लगा। उसे लगा जैसे वह उन तमाम सदियों के बोझ तले दबता चला जा रहा है जब से वे पिरामिड बने थे, लेकिन वह रुका नहीं। वह खोदने के अपने संघर्ष में लगा रहा, जिस दौरान वह उस हवा से जूझता रहा जो अक्सर उसके द्वारा हटायी गयी रेत को वापस उसी गड्ढे में बहाकर ले आती थी। उसके हाथ घिस गए थे और थक गए थे, लेकिन वह अपने हृदय की बात मान रहा था। उसने कहा था कि वह वहीं पर खोदे, जहाँ उसके आँसू टपके हों।

खोदते-खोदते उसे एक चट्टान मिली, जिसे जब वह बाहर खींचने की कोशिश कर रहा था, तभी उसे कई लोगों के पैरों की आहट सुनायी दी। कई आकृतियाँ उसके पास आ पहुँचीं। चन्द्रमा की रोशनी उनकी पीठ पर पड़ रही थी, और लड़का न तो उनकी आँखें देख पा रहा था, न उनके चेहरे।

"तुम यहाँ क्या कर रहे हो?" एक आकृति ने पूछा।

लड़का चूँकि डर गया था, इसलिए उसने कोई जवाब नहीं दिया। उसे वह जगह मिल गयी थी जहाँ उसका ख़ज़ाना था, और अब वह सम्भावित ख़तरे से डरा हुआ था।

"हम क़बीलाई जंग के शरणार्थी हैं, और हमें पैसे की ज़रूरत है," एक अन्य आकृति ने कहा। "तुम यहाँ क्या छिपा रहे हो?"

"मैं यहाँ कुछ भी नहीं छिपा रहा हूँ," लड़के ने कहा।

लेकिन उनमें से एक ने लड़के को पकड़कर झटके-से गड्ढे से परे खींच लिया। एक अन्य आदमी ने लड़के के थैले की तलाशी ली, तो उसे उसमें सोना मिला।

"इसमें सोना है," उसने कहा।

चन्द्रमा की रोशनी में उस अरब का चेहरा चमक उठा, जिसने लड़के को पकड़ रखा था, और लड़के को उसकी आँखों में मौत दिखायी दी।

"इसके पास शायद और भी सोना है जो इसने ज़मीन में छिपा रखा है।"

उन्होंने लड़के को और खुदाई करते रहने को मजबूर किया, लेकिन लड़के के हाथ कुछ भी नहीं लगा। जब सूरज निकल आया, तो उन्होंने लड़के को पीटना शुरू कर दिया। उसका शरीर जगह-जगह से छिल गया था और वहाँ से ख़ून बहने लगा था। उसकी पोशाक चिथड़े-चिथड़े हो गयी थी और उसे मौत अपने एकदम क़रीब नज़र आ रही थी।

"अगर तुम मरने वाले हो, तो पैसा तुम्हारे किस काम का है? ऐसा बहुत कम होता है कि पैसा इंसान की ज़िन्दगी बचा ले," कीमियागर ने कहा था। अन्ततः लड़का उन आदमियों पर चीख़ पड़ा, "मैं ख़ज़ाने की खुदाई कर रहा हूँ!" और हालाँकि उसका मुँह सूजा हुआ था और उससे ख़ून बह रहा था, तब भी उसने उन हमलावरों को बताया कि उसे मिस्र के पिरामिडों के पास छिपे ख़ज़ाने के बारे में दो बार सपना आया था।

जो आदमी उस गिरोह का मुखिया लग रहा था, उसने दूसरों से कहा, "छोड़ो इसे, इसके पास और कुछ नहीं है। यह सोना भी इसने निश्चय ही कहीं से चुराया होगा।"

लड़का लगभग बेहोश होकर रेत पर गिर पड़ा। मुखिया ने उसे झकझोरा और बोला, "हम जा रहे हैं।"

लेकिन उनके जाने के पहले मुखिया लड़के के पास वापस आया और बोला, "तुम मरोगे नहीं। तुम ज़िन्दा रहोगे और यह सीख लोगे कि इंसान को इतना बेवकूफ़ नहीं होना चाहिए। दो साल पहले, ठीक इसी जगह पर मुझे भी एक सपना बार-बार आया था। मैंने सपने में देखा था कि मुझे स्पेन के मैदानों में जाना चाहिए और उस चर्च के खण्डहर की तलाश करनी चाहिए जहाँ गड़रिये और उनकी भेड़ें सोती हैं। मेरे सपने में उस खण्डहर के प्रार्थना सामग्री कक्ष में चिनार का एक दरख़्त उगा हुआ था, और मुझसे कहा गया था कि अगर मैं चिनार के उस दरख़्त की जड़ों को खोदूँगा, तो वहाँ मुझे एक छिपा हुआ ख़ज़ाना मिलेगा, लेकिन मैं इतना बेवकूफ़ नहीं था कि उस बार-बार आने वाले सपने की वजह से मैं समूचा रेगिस्तान पार करता।"

और वे चले गए।

लड़का काँपता हुआ उठा और उसने एक बार फिर पिरामिडों की ओर देखा। वे उस पर हँसते लग रहे थे, और वह भी जवाब में हँस पड़ा। उसका हृदय आनन्द से फटा पड़ रहा था।

क्योंकि अब वह जान गया था कि उसका ख़ज़ाना कहाँ है।

उपसंहार

रात होते-होते लड़का उस छोटे-से उजाड़ गिरजाघर पर पहुँच गया। प्रार्थना सामग्री कक्ष में वह चिनार का दरख़्त अभी भी खड़ा हुआ था, और उस अधटूटे छप्पर के बीच से अभी भी तारे दिखायी दे रहे थे। उसने उस वक़्त को याद किया जब वह अपनी भेड़ों को लेकर वहाँ आया था; वह एक शान्त रात्रि थी... सिवा इसके कि उसने वह सपना देखा था।

अब वह वहाँ अपनी भेड़ों के साथ नहीं, बल्कि एक कुदाल के साथ था।

वह देर तक आकाश को देखता हुआ बैठा रहा। फिर उसने अपने थैले से वाइन की बोतल निकाली, और उसमें से कुछ वाइन पी। उसने रेगिस्तान की उस रात को याद किया जब वह कीमियागर के साथ बैठा हुआ था, और वे तारों को देखते हुए साथ-साथ पी रहे थे। उसने उन बहुत-से रास्तों के बारे में सोचा जिन पर उसने सफ़र किया था, और उस विचित्र तरीक़े के बारे में सोचा जो परमेश्वर ने उसे उसका ख़ज़ाना दिखाने के लिए अपनाया था। अगर उसने बार-बार आने वाले उन सपनों की अहमियत पर विश्वास न किया होता, तो उसकी मुलाक़ात उस जिप्सी औरत से, उस राजा से, उस चोर से, या... "ख़ैर यह लम्बी फ़ेहरिस्त है। लेकिन मार्ग भविष्य-सूचक संकेतों में लिखा हुआ था, और इसकी कोई सम्भावना नहीं थी कि मैं कोई ग़लत रास्ता चुनता," उसने मन-ही-मन कहा।

उसकी नींद लग गयी, और जब जागा तो सूरज काफ़ी ऊपर आ चुका था। उसने चिनार की जड़ों के तले खोदना शुरू कर दिया।

"तू बूढ़ा ओझा," लड़का आसमान की ओर देखकर चिल्लाया। "तुझे सारा क़िस्सा मालूम था। तूने तो मठ में थोड़ा-सा सोना भी मेरे लिए रख

छोड़ा था ताकि मैं इस गिरजाघर तक वापस आ सकूँ। जब उस मठवासी ने मुझे फटे कपड़ों में देखा था, तो वह मुझ पर हँसा था। क्या तू मुझे इस सबसे बचा नहीं सकता था?"

"नहीं," उसे हवा में गूँजती हुई एक आवाज़ सुनायी दी। "अगर मैंने तुझे बता दिया होता, तो तुझे पिरामिड देखने को न मिले होते। वे कितने ख़ूबसूरत हैं, हैं कि नहीं?"

लड़का मुस्कराया, और उसने खोदना जारी रखा। आधा घण्टे बाद, उसका कुदाल किसी भारी चीज़ से टकराया। एक घण्टे बाद, उसके सामने स्पेनिश सोने की मुहरों से भरा हुआ एक सन्दूक रखा हुआ था। उसमें बेशक़ीमती रत्न, लाल और सफ़ेद पंखों से सजे हुए मुखौटे, और ज़ेवरों से जड़ी हुई पत्थर की मूर्तियाँ भी थीं। यह किसी जीत में लूटा गया वह माल था जिसके बारे में देश भूल चुका था, और जिनके बारे में विजेता अपने बच्चों को बता नहीं पाया था।

लड़के ने अपने थैले से यूरिम और थुम्मिम निकाले। उसने इन दोनों पत्थरों का इस्तेमाल सिर्फ़ एक बार किया था, उस सुबह जब वह बाज़ार में था। उसका जीवन और मार्ग उसे हमेशा ही पर्याप्त भविष्य-सूचक संकेत मुहैया कराते रहे थे।

उसने यूरिम और थुम्मिम भी उसी सन्दूक में रख दिए। वे भी उसके इस नये ख़ज़ाने का हिस्सा थे, क्योंकि वे बूढ़े राजा की याद दिलाने वाले थे, जो अब उसे दोबारा कभी नहीं मिलने वाला था।

यह सही है; जीवन सचमुच उनके प्रति उदार होता है, जो अपने ख़ज़ाने की तलाश करते हैं, लड़के ने सोचा। फिर उसे याद आया कि उसे टेरिफ़ा जाना होगा, ताकि वह उस जिप्सी औरत को अपने ख़ज़ाने का दसवाँ हिस्सा दे सके, जैसा कि उसने वादा किया था। "ये जिप्सी वाक़ई बहुत चतुर होते हैं," उसने सोचा। हो सकता है, इसलिए होते हों क्योंकि वे बहुत ज़्यादा भटकते रहते हैं।

हवा फिर से चलने लगी थी। यह लिवेंटर थी, वह हवा जो अफ़्रीका से आती थी। यह अपने साथ रेगिस्तान की गन्ध नहीं लिये थी, न ही मूरों के आक्रमण के ख़तरे की गन्ध उसमें थी। इसकी बजाय, उसमें उस इत्र की

ख़ुशबू थी, जिसे वह अच्छी तरह पहचानता था, और उसमें एक चुम्बन का स्पर्श था - वह चुम्बन जो उसके होंठों पर थमने तक बहुत दूर से धीरे-धीरे बहता हुआ आया था।

लड़का मुस्कराया। यह पहली बार था, जब उस लड़की ने चुम्बन भेजा था।

"मैं आ रहा हूँ, फ़ातिमा," उसने कहा।

पाओलो कोएलो और ॲल्केमिस्ट के बारे में कुछ और सामग्री

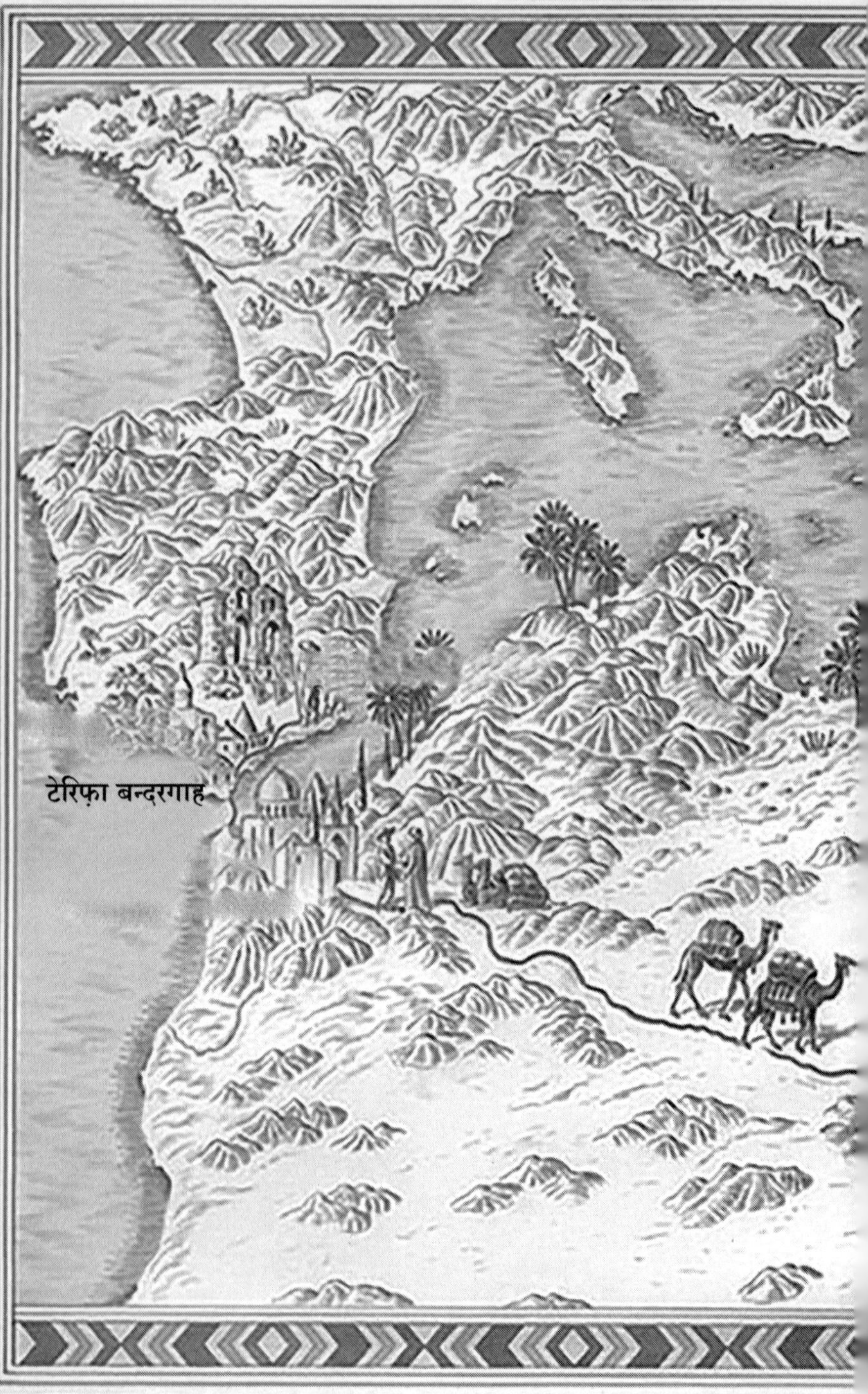
टेरिफ़ा बन्दरगाह

भूमध्यसागर
फ़य्यूम
उत्तर

पाओलो कोएलो के साथ साक्षात्कार

लॉरा शिहेन, वेबसाइट बिलीफ़नेट

यह साक्षात्कार मूलतः धर्म, अध्यात्म, अन्तःप्रेरणा और ऐसी ही अन्य भावनाओं से सम्बन्ध रखने वाली प्रमुख बहु-आस्थापरक वेबसाइट www.beliefnet.com पर जारी हुआ था। इसका इस्तेमाल इजाज़त लेकर किया जा रहा है।

ब्राज़ील निवासी लेखक पाओलो कोएलो को दुनिया के सर्वाधिक लोकप्रिय आध्यात्मिक लेखकों में शुमार किया जाता है, जिनके अनेक बेस्टसेलिंग उपन्यासों का दर्जनों भाषाओं में अनुवाद हुआ है। उनकी पुस्तकों में *द ॲल्केमिस्ट*, *मैन्युअल ऑफ़ द वारियॅर ऑफ़ लाइट* और *वेरोनिका डिसाइड्स टु डाई* शामिल हैं, जो प्रेम से लेकर जादू और आत्महत्या से लेकर जीवन के अर्थ तक विविध मसलों पर केन्द्रित हैं। फ़्रांस से फ़ोन पर लिए गए इस साक्षात्कार में कोएलो ने बिलीफ़नेट के साथ अपनी और अपने पाठकों की आध्यात्मिक खोज के बारे में बात की है।

द *ॲल्केमिस्ट* में आपने कायनात की रूह की बात की है। यह ठीक-ठीक क्या चीज़ है? यह धर्म या अध्यात्म से किस तरह जुड़ी हुई है?

सबसे पहले तो हमें धर्म को अध्यात्म से अलग करना ज़रूरी है। मैं कैथोलिक हूँ, इसलिए धर्म मेरे लिए अनुशासन और उन व्यक्तियों के साथ मिलकर उपासना करने का मार्ग है, जो एक ही गहरे मर्म को साझा करते हैं।

लेकिन अन्ततः सारे मज़हब एक ही प्रकाश की दिशा में संकेत करने की ओर प्रवृत्त होते हैं। उस प्रकाश के और हमारे बीच कभी-कभी बहुत-से नियम-विधान होते हैं। वह प्रकाश यहाँ है और उसका अनुसरण करने के लिए कोई नियम-विधान नहीं हैं।

कीमियागर नामक चरित्र एक जगह कहता है कि "हर चीज़ की एक रूह होती है" - जिनमें चट्टान और पानी जैसी जड़ वस्तुएँ भी शामिल हैं। क्या आप इस बात में विश्वास करते हैं?

मैं यह मानता हूँ कि वह हर वस्तु जो हमें दिखायी देती है, वह हर वस्तु जो हमारे सामने है, वह वास्तविकता का महज़ दृश्यमान हिस्सा है। लेकिन हमारे पास वास्तविकता के अदृश्य हिस्से भी होते हैं, जैसे कि उदाहरण के लिए, भावनाएँ हैं। यह इस संसार का हमारा बोध है, लेकिन जैसा कि विलियम ब्लैक ने कहा था, परमेश्वर रेत के एक कण में और एक फूल में भी मौजूद है। यह ऊर्जा सर्वत्र विद्यमान है।

क्या सारी आत्माएँ एक-जैसी हैं? या मनुष्य की आत्माएँ किसी भी रूप में भिन्न हैं?

मेरा मानना है कि हर वस्तु महज़ एक ही वस्तु है। इसके बावजूद, मेरे जीवन के कुछ सवाल ऐसे हैं, जिनके बारे में मैं नहीं जानता... मैंने पूछना बन्द कर दिया है। अपने जीवन की शुरुआत से ही मैं हर सवाल का जवाब चाहता था। और अब मेरे मन में इस तथ्य के प्रति सम्मान का भाव है कि मैं हर बात का जवाब हासिल नहीं कर सकता।

जहाँ तक आपके इस प्रश्न का सवाल है, मैं इसके रहस्य में जाता हूँ और कहता हूँ कि मैं नहीं जानता। मैं सिर्फ़ इतना जानता हूँ कि मैं जीवित हूँ और कोई चीज़ है, जो मेरे जीवन में रूपायित होती है, और वह परमेश्वर है और एक दिन मैं अपने जीवन को समझ जाऊँगा, शायद उस दिन जब मैं मरूँगा, या उसके बाद, लेकिन मैं अच्छे सवाल पाने की कोशिश करता हूँ, न कि अच्छे जवाब।

आपका कहना है कि शायद हम 'बाद में' ज़्यादा जान सकेंगे। आप यह कह रहे हैं कि कुछ चीज़ें जीवन के बाद घटित हो सकती हैं?

हम यक़ीनी तौर पर कुछ नहीं जान सकते, लेकिन मैं समय में भी विश्वास नहीं रखता। आप कहते हैं 'जब हम मर जाएँगे', लेकिन समय इन्हीं में से एक और चीज़ है, जिसकी हमें अपना जीवन गुज़ारने के लिए मदद की ज़रूरत होती है, लेकिन उसका अस्तित्व ही नहीं है। मैं आप से बात कर रहा हूँ, लेकिन जिस क्षण मैं आपसे बात कर रहा हूँ, उसी क्षण में विश्व की रचना भी हो रही है और वह नष्ट भी हो रहा है। मैं अपने अतीत और भविष्य के जीवन को जी रहा हूँ। मैं जो कुछ भी अभी करता हूँ, इस बातचीत तक में, वह मेरे अतीत के और भविष्य के जीवन पर असर डाल सकता है।

मैं मरणोपरान्त जीवन में विश्वास रखता हूँ, लेकिन मैं नहीं समझता कि यह बात इतनी महत्त्वपूर्ण है। महत्त्वपूर्ण इस बात को समझना है कि हम यह जीवन भी आज मृत्यु के बाद जी रहे हैं।

तो हमें समय की धारणा से छुटकारा पा लेना चाहिए?

हमें समय की धारणा से छुटकारा पाने की कोशिश करनी ही होगी। और जब आप प्रकृति या किसी दूसरे मनुष्य के साथ प्रेम के उत्कट सम्पर्क में आते हैं, किसी चिंगारी की तरह, तब आपको समझ में आता है कि समय जैसी कोई चीज़ नहीं है और सब कुछ शाश्वत है।

लगता है, जैसे इस विचार ने ही शायद अस्तित्व में न रह जाने के भय पर विजय हासिल करने में आपकी मदद की है, जिसका वर्णन आपने द *ॲल्केमिस्ट* की भूमिका में किया है।

हाँ, बेशक मृत्यु का यह भय था। और एक दिन जब मैं सेंटियागो डि कम्पोज़्टेला की तीर्थयात्रा पर गया, तो मुझे एक क़वायद करनी पड़ी और मुझे मृत्यु का सामना करना पड़ा।

तब के बाद से, मुझे इस बात का बोध हो गया कि मृत्यु जीवन का अन्त नहीं है, बल्कि वह मेरी सबसे अच्छी मित्र भी है। वह हमेशा मेरे क़रीब बैठी रहती है, इस वक़्त भी जबकि मैं, यहाँ बर्फ़ से ढँके पहाड़ों को देखता हुआ, आपसे बात कर रहा हूँ।

आपकी मृत्यु हमेशा आपके क़रीब बैठी रहती है?

हाँ, मेरे ठीक सामने की कुर्सी पर। मैं मृत्यु को एक ख़ूबसूरत स्त्री के रूप में देखता हूँ।

वह क्या कह रही है?

वह कह रही है, "मैं तुम्हें चूमने वाली हूँ," और मैं उससे कहता हूँ, "अभी नहीं, प्लीज़।" लेकिन वह कहती है, "ठीक है, अभी नहीं - लेकिन ध्यान लगाकर काम करो और हर क्षण का श्रेष्ठतम इस्तेमाल करो, क्योंकि मैं तुम्हें ले जाने वाली हूँ।" और मैं कहता हूँ, "ठीक है, मैं तुम्हारा शुक्रगुज़ार हूँ कि तुमने मुझे ज़िन्दगी की सबसे महत्त्वपूर्ण सलाह दी कि अपने क्षण को उसकी सम्पूर्णता में जियो"।

आपने कहा था कि आप कैथोलिक हैं, लेकिन आपने कहीं और यह कहा था कि आपका जेशूइट लालन-पालन किन्हीं रूपों में बहुत तकलीफ़देह रहा है। संगठित मज़हब के मूल्य और उसकी समस्याओं को आप कैसे देखते हैं?

मूल्य यह है कि वे आपको अनुशासन प्रदान करते हैं और वे आपको सामूहिक उपासना में संलग्न करते हैं और आपको गूढ़ रहस्यों के प्रति विनम्र बनाते हैं। ख़तरा यह है कि हर मज़हब, कैथोलिक मज़हब भी, कहता है कि "मेरे पास परम सत्य है।" इसके बाद आप अपने कर्मों की ज़िम्मेदारी के लिए पादरियों, मुल्लाओं, रब्बियों या ऐसे ही किन्हीं लोगों पर भरोसा करने लग जाते हैं। वस्तुतः, सिर्फ़ आप ही हैं जो ज़िम्मेदार हैं।

आपकी पुस्तक *वेरोनिका डिसाइड्स टु डाई* में वेरोनिका रोज़मर्रा जीवन के एकरूपता से ऊबी हुई है। लोग इस एकरूपता से कैसे मुक्त हो सकते हैं?

एक बार किसी ने मुझ से पूछा था, "आप अपने समाधि-लेख पर क्या देखना चाहते हैं?" मैंने कहा, "जब पाओलो कोएलो मरा तब वह जीवित था।" उस आदमी ने कहा, "यह समाधि-लेख क्यों? हर कोई तभी मरता है जब वह जीवित होता/होती है।" मैंने कहा, "नहीं, यह सच नहीं है।" जब एक ही सिलसिला बार-बार जारी रहता है, तो आप जीवित नहीं रह जाते।

जीते-जी मरना, जोखिम उठाना है। अपनी क़ीमत चुकाना है। ऐसा कुछ करना जो कभी-कभी आपको डराता है लेकिन जो आपको करना चाहिए, भले ही वह आपको पसंद हो या न हो।

आप लोगों से भविष्य-सूचक संकेतों पर निगाह रखने को भी कहते हैं। क्या आप बता सकते हैं कि भविष्य-सूचक संकेतों से आपका क्या अभिप्राय है?

भविष्य-सूचक संकेत वह व्यक्तिगत भाषा है, जिसमें परमेश्वर आपसे बात करता है। मेरे भविष्य-सूचक संकेत आपके भविष्य-सूचक संकेत नहीं हैं।

यह विचित्र किन्तु बहुत व्यक्तिगत भाषा अपनी नियति की ओर जाने में आपका मार्गदर्शन करती है। भविष्य-सूचक संकेत तर्कसंगत नहीं होते। वे आपके हृदय से सीधे बात करते हैं।

आप ग़लतियाँ करते हुए ही कोई भाषा सीख सकते हैं। मैंने अपनी ग़लतियाँ कीं, लेकिन फिर मैंने उन संकेतों के साथ सम्बन्ध बनाना शुरू किया जो मेरा मार्गदर्शन करते हैं। यह परमेश्वर की वह ख़ामोश आवाज़ है जो मुझे राह दिखाती हुई उस जगह ले जाती है, जहाँ मुझे होना चाहिए।

द *ॲल्केमिस्ट* अनुकूलता के सिद्धान्त की बात करता है, जोकि 'शुरुआत करने वाले के भाग्य' जैसी कोई चीज़ है। आप उन लोगों के बारे में क्या कहेंगे जिन्होंने शुरुआत करने वाले के भाग्य का अनुभव कभी किया ही नहीं है? उन लोगों के बारे में, जो महसूस करते हैं कि हर बार जब भी वे किसी सपने की दिशा में बढ़ने की कोशिश करते हैं, वे रोक दिए जाते हैं?

फिर से कोशिश करिए (हँसते हैं), क्योंकि जब आप उस चीज़ के क़रीब होते हैं जिसके क़रीब परमेश्वर आपको देखना चाहता था, तो आप शुरुआत करने वाले के भाग्य को महसूस करेंगे ही।

***इलेवन मिनट्स* में आप काम-भावना और आध्यात्मिकता को स्वस्थ अवस्था में लाना चाहते हैं। यह कैसे सम्भव हो सकता है?**

इस बात को स्वीकार करके कि काम-भावना परमेश्वर की दैहिक अभिव्यक्ति है, और वह कोई पाप नहीं है - वह एक कृपा है। और फिर यह समझते हुए कि दो चीज़ों - बलात्कार और बच्चों का यौन शोषण - को छोड़कर,

जिन्हें मैं सच्ची बीमारी मानता हूँ, आप सृजनशील होने के लिए स्वतन्त्र हैं। यह आप पर है कि आप इसे कैसे करते हैं।

काम-भावना हमेशा वर्जनाओं से घिरी रही है, और मैं इसे अनिवार्यतः पाप की अभिव्यक्ति नहीं मानता। मैं समझता हूँ कि काम-कर्म वह पहला और प्रमुख कर्म है, जिसके लिए परमेश्वर हमें इस धरती पर लाया है, भौतिक धरातल पर प्रेम की इस ऊर्जा का आनन्द लेने के लिए।

तो काम-भावना की स्वस्थ समझ के साथ आप इस दुनिया में स्वयं को व्यक्त करने में परमेश्वर की मदद कर रहे हैं?

बिल्कुल। सिर्फ़ समझ ही नहीं, बल्कि उसको अपना कर भी।

लेखक परिचय : पाओलो कोएलो

पाओलो कोएलो का जन्म 1947 में रिओ में हुआ था। उनके पिता पेड्रो क़्वीमा कोएलो डि सूज़ा पेशे से इंजीनियर थे और उनकी माँ लीजिया एक गृहिणी थीं। जीवन के शुरू के दिनों में पाओलो का सपना एक कलाकार बनने का था, जो एक ऐसा पेशा था, जिसे उनके मध्यवर्गीय परिवार में बुरी चीज़ के रूप में देखा जाता था। जेशूइट स्कूल के सख़्त रूप से सादगी और संयम से युक्त वातावरण में पाओलो को अपने सच्चे पेशे का बोध हुआ : लेखक बनने का। लेकिन पाओलो के अभिभावकों ने उनके लिए अलग ही योजनाएँ बना रखी थीं। जब साहित्य के प्रति उनकी समर्पण-भावना को कुचलने की उनके अभिभावकों की कोशिशें नाकामयाब रहीं, तो उन्होंने इसे एक दिमाग़ी बीमारी के लक्षण के रूप में देखना शुरू कर दिया। जब पाओलो सत्रह साल के थे, तो उनके पिता उन्हें दो बार मानसिक रोगों की चिकित्सा के एक संस्थान में ले गए, जहाँ उन्हें 'चिकित्सा' के नाम पर बिजली के झटके सहने पड़े। उनके अभिभावक उन्हें एक बार फिर उस वक़्त वहाँ लेकर गए जब वे एक नाट्य-समूह से सम्बद्ध हुए थे और पत्रकार के रूप में काम करने लगे थे।

पाओलो हमेशा से परम्परा विरोधी और नए की तलाश करने वाले व्यक्ति रहे हैं। 1968 के उत्तेजना के दौर में गुरिल्ला और हिप्पी आन्दोलनों

ने जब दमनकारी सैन्य तन्त्र द्वारा शासित देश ब्राज़ील को जकड़ लिया था, तब पाओलो प्रगतिशील राजनीति में कूद पड़े और शान्ति तथा प्रेम के लिए काम करने वालों के समूह में शामिल हो गए। उन्होंने कार्लोस कैस्टानेडा के पदचिह्नों पर चलते हुए आध्यात्मिक अनुभव की खोज में समूचे लैटिन अमेरिका की यात्रा की। उन्होंने नाटकों में काम किया और पत्रकारिता के क्षेत्र में हाथ-पैर मारते हुए 2001 नामक एक वैकल्पिक पत्रिका की शुरुआत की। उन्होंने संगीतकार राउल सीक्साज़ के साथ गीतकार के रूप में काम करते हुए ब्राज़ील के रॉक संगीत के परिदृश्य को रूपान्तरित कर दिया। 1973 में पाओलो और राउल स्वतन्त्र अभिव्यक्ति की व्यक्तिगत आज़ादी के पक्ष में काम करने वाले संगठन ऑल्टरनेटिव सोसायटी में शामिल हो गए, और उन्होंने अधिक आज़ादी का आह्वान करते हुए कार्टूनों की एक शृंखला का प्रकाशन शुरू कर दिया। इस संगठन के सदस्यों को हिरासत में ले लिया गया और जेल में डाल दिया गया। दो दिन बाद, पाओलो का एक अर्धसैनिक समूह द्वारा अपहरण कर लिया गया और उन्हें यातनाएँ दी गयीं।

इस अनुभव ने उन पर बहुत गहरा असर डाला। 26 साल की उम्र में पाओलो को लगा कि उन्होंने उत्तेजना-भरा जीवन काफ़ी जी लिया है, और उन्होंने 'सामान्य' जीवन जीने का फ़ैसला किया। उन्होंने संगीत उद्योग में एक्ज़ीक्यूटिव का काम किया। उन्होंने लेखन पर भी हाथ आज़माया लेकिन गम्भीरतापूर्वक इस काम की शुरुआत तभी कर सके ,जब उनकी एक अजनबी से आकस्मिक मुलाक़ात हुई। यह आदमी पहले तो उन्हें एक सपने में दिखा, और दो महीने बाद एम्स्टर्डम के एक कैफ़े में उसके साथ उनकी मुलाक़ात हुई। उस अजनबी ने पाओलो को सलाह दी कि उन्हें वापस कैथोलिक मत की ओर मुड़ना चाहिए और जादू के कल्याणकारी पक्ष का अध्ययन करना चाहिए। उसने पाओलो को सेंटियागो जाने वाले तीर्थयात्रा के मध्ययुगीन मार्ग पर पदयात्रा करने के लिए भी प्रोत्साहित किया।

1987 में वह तीर्थयात्रा पूरी करने के एक साल बाद पाओलो ने *द पिल्ग्रिमेज* का लेखन किया। यह पुस्तक उनके इस अनुभव और उनकी इस खोज का वर्णन करती है कि साधारण लोगों के जीवन में असाधारण घटनाएँ घटित होती हैं। एक साल बाद, पाओलो ने एक बिल्कुल अलग तरह की पुस्तक लिखी, *द ॲल्केमिस्ट।* इसके पहले संस्करण की मात्र 900 प्रतियाँ बिकीं और प्रकाशन-गृह ने इसे पुनर्मुद्रित न करने का फ़ैसला किया।

पाओलो अपने सपने को समर्पित करने को तैयार नहीं थे। उन्हें एक और, पहले से बड़ा प्रकाशन-गृह मिल गया। उन्होंने *ब्रीडा* का लेखन किया जिसे अख़बारों में बहुत प्रचार मिला, और *द ॲल्केमिस्ट* तथा *द पिल्ग्रिमेज*, दोनों बेस्टसेलर की सूची में आ गईं। *द ॲल्केमिस्ट* की इतनी प्रतियाँ बिकीं, जितनी ब्राज़ील के साहित्यिक इतिहास में किसी पुस्तक की नहीं बिकी थीं। 83 भाषाओं में अनुदित उनकी पुस्तकों की 23 करोड़ प्रतियाँ बिक चुकी हैं।

पाओलो की कहानी यहीं पर समाप्त नहीं होती। वे अनेक दूसरी बेस्टसेलिंग पुस्तकें लिखते गए हैं, जिन्होंने हर कहीं के लोगों के दिलों को छुआ है :

द पिल्ग्रिमेज

ब्रीडा

द वाल्किरीज़

मक्तूब

बाइ द रिवर पीड्रा आई सैट डाउन एंड वेप्ट

द फ़िफ़्थ माउंटेन

मैन्युअल ऑफ़ द वारियरऑफ़ लाइट

द वेरोनिका डिसाइड्स टु डाई

द डेविल एंड मिस प्रिम

इलेवन मिनट्स

द ज़हीर

लाइक द फ़्लोइंग रिवर

द विच ऑफ़ पोर्टोबेल्लो

द विनर स्टेंड्स अलोन

अलेफ़

मैन्युस्क्रिप्ट फ़ाउंड इन एक्रा

द स्पाई

हिप्पी

द आर्चर

सवाल, जिनके
कोई जवाब नहीं हैं

किसी पुस्तक को उसके पाठक तक ले जाने वाले जादुई रास्ते पर उत्सुक लोगों की मौजूदगी बुनियादी महत्त्व रखती है, क्योंकि यही लोग लेखक के शब्दों को आगे ले जाते हैं। इसलिए मैं द *ॲल्केमिस्ट* में उत्सुकता रखने वाले तमाम पाठकों का शुक्रगुज़ार हूँ, जिनकी वजह से इस उपन्यास का गड़रिया, सेंटियागो, दुनिया के ख़ूबसूरत भूदृश्यों से होकर गुज़रने वाले रास्तों पर आगे बढ़ता रह सका।

और मैं इस अवसर का लाभ उठाते हुए एक क़िस्सा सुनाना चाहता हूँ : मैं अक्सर धनुष-बाण का इस्तेमाल करते हुए ध्यान करता हूँ (यह ध्यान की एक जापानी तकनीक है, जिसे *क्यूडो* के नाम से जाना जाता है)। एक बार जब मैं फ्रांस में था, तो मैं किसी ऐसे स्थान की तलाश में निकल पड़ा, जहाँ मैं यह सक्रिय ध्यान कर सकता और मैं फ़ौज की एक छोटी-सी छावनी पर जा पहुँचा। सैनिकों ने मुझे ग़ौर से देखा, लेकिन मैं इस तरह व्यवहार करता रहा, जैसे मैंने उन्हें देखा ही न हो (हम सभी एक जासूस समझे जाने का हल्का-सा भय पाले रहते हैं), और अपने रास्ते पर चलता रहा।

मुझे एक आदर्श जगह मिल गयी, और मैंने श्वसन सम्बन्धी आरम्भिक अभ्यास शुरू कर दिया। तभी मैंने एक हथियारबन्द वाहन को आते देखा।

मैं तुरन्त बचाव की मुद्रा में आ गया, और सैनिकों के सम्भावित सवालों के जवाब देने की तैयारी करने लगा : मैंने धनुष का इस्तेमाल करने की इजाज़त ले रखी है... यह एक सुरक्षित जगह है... मेरे वहाँ होने को लेकर काई भी आपत्ति फ़ॉरेस्ट रेंजर की ओर से उठायी जानी चाहिए, सेना की ओर से नहीं, इत्यादि, लेकिन एक कर्नल वाहन से उतर कर मेरे पास आया और उसने मुझसे पूछा कि क्या मैं द *ॲल्केमिस्ट* का लेखक हूँ।

जब मैंने 'हाँ' में जवाब दिया, तो उसने अपनी ज़ाहिर घबराहट पर क़ाबू पाते हुए अपने बारे में कुछ बताया।

उसने और उसकी बीवी ने कुष्ठ रोग से ग्रस्त एक बच्ची के लिए दान दिया था। वह बच्ची मूलतः हिन्दुस्तान की थी, लेकिन उसे फ़्रांस लाया गया था। एक दिन उस लड़की के बारे में और अधिक जानने की उत्सुकता के चलते वे दोनों उस कॉन्वेंट में गए, जहाँ की नन उस बच्ची की सेवा-सुश्रुषा कर रही थीं। दोनों ने वहाँ दोपहर बाद का सुन्दर वक़्त बिताया, और जबवहाँ से जाने को हुए, तो कॉन्वेंट की मदर सुपीरियर ने उनसे उनकी गोद ली बच्ची की जीवन की और अधिक समझ हासिल करने में मदद करने को कहा। कर्नल ने जवाब दिया कि उसे अपने काम के अलावा और किसी चीज़ का अनुभव नहीं है, लेकिन उस रात उसने परमेश्वर से मदद की प्रार्थना की।

उसके सपने में एक देवदूत प्रकट हुआ, जिसने उससे कहा : "जवाब उपलब्ध कराने की बजाय, यह समझने की कोशिश करो कि बच्चे क्या पूछना चाहते हैं।"

जब कर्नल जागा, तो उसने निश्चय किया कि वह कुछ स्कूलों में जाकर वहाँ के छात्रों से कहेगा कि वे जीवन के बारे में जो कुछ भी जानना चाहते हैं, उसे लिखकर दें। इस आशंका से कि कुछ झेंपने वाले बच्चे शायद खुद को अभिव्यक्त करने से डर सकते हैं, उसने उनसे कहा कि वे अपने सवाल काग़ज़ पर लिखकर दें। जो नतीजे सामने आए, उनसे पता चला कि हमारे अनुभव और पृष्ठभूमियाँ चाहे जो भी हों, हम सब के सवाल, उन बच्चों की ही तरह, एक-जैसे होते हैं।

उदाहरण के लिए :

मरने के बाद हम कहाँ जाते हैं?

हमें अजनबियों से डर क्यों लगता है?

दुर्घटनाएँ क्यों होती हैं, यहाँ तक कि उन लोगों के साथ भी, जो ईश्वर में विश्वास करते हैं?

जब हम सब को अन्त में मर जाना है, तो फिर हमारा जन्म ही क्यों होता है?

आसमान में कितने तारे हैं?

क्या प्रभु उनकी बात भी सुनता है, जो उसमें विश्वास नहीं करते?

ग़रीबी और बीमारी का वजूद क्यों है?

परमेश्वर ने मक्खियों और मच्छरों की रचना क्यों की?

जब हम दुखी होते हैं, तो हमारे रक्षक और मार्गदर्शक देवदूत हमारी मदद के लिए क्यों नहीं आते?

ऐसा क्यों है कि हम कुछ लोगों को प्रेम करते हैं और कुछ लोगों से नफ़रत करते हैं?

अगर ईश्वर स्वर्ग में है, और मेरी माँ भी वहीं है क्योंकि वह मर चुकी है, तो फिर ईश्वर जीवित कैसे हो सकता है?

तीस साल पहले, जब मैंने द *ऑल्केमिस्ट* उपन्यास लिखा था, तो मैं हमारे अस्तित्व की वजह के बारे में कुछ समझने की कोशिश कर रहा था। और, इसके लिए कोई दार्शनिक ग्रन्थ लिखने की बजाय, मैंने उस बच्चे से बात करने का फ़ैसला किया, जो मेरी आत्मा में बसता था।

मुझे यह जानकर आश्चर्य है कि वह बच्चा सारी दुनिया के लाखों लोगों के भीतर अभी भी जीवित है। इस पुस्तक का दर्जनों भाषाओं में अनुवाद हो चुका है, और 168 से ज़्यादा देशों में यह प्रकाशित हो चुकी है, जिससे मुझे दूसरे पाठकों के साथ उन सवालों को साझा करने में मदद मिली है, जिनके कोई जवाब नहीं हैं, और इसीलिए ये जीवन को अद्भुत साहसिक कर्म में बदल देते हैं।

अनुवादक के बारे में

मदन सोनी हिन्दी के लेखक हैं, जो मुख्यतः साहित्यालोचना के क्षेत्र में सक्रिय हैं। आलोचना पर केन्द्रित उनकी अनेक पुस्तकें प्रकाशित हो चुकी हैं। उन्होंने विश्व के कई शीर्षस्थ लेखकों और चिन्तकों की रचनाओं के अनुवाद किए हैं, जिनमें शेक्सपियर, लोर्का, नीत्शे, एडवर्ड बॉण्ड, मार्ग्रेट ड्यूरास, ज़ाक देरीदा, एडवर्ड सईद, उम्बर्तो एको *(द नेम ऑफ़ द रोज़)*, जेम्स डब्ल्यू. डॅगलस की पुस्तक *गाँधी* और *अकथनीय* आदि शामिल हैं। मंजुल प्रकाशन के लिए उनके द्वारा किए गए अनुवादों में हरमन हेस्स का उपन्यास *सिद्धार्थ*, विश्व के प्रसिद्ध लेखकों की कहानियों का संचयन *चुग़लख़ोर दिल* और अन्य कहानियाँ, डैन ब्राउन का उपन्यास *दि दा विंची कोड*, युवाल नोआ हरारी की पुस्तकें *सेपियन्स : मानव-जाति का संक्षिप्त इतिहास*, *होमो डेयस* और *21वीं सदी के लिए 21 सबक़*, प्रमोद कपूर की पुस्तक *गाँधी : एक सचित्र जीवनी*, शीला रेड्डी की पुस्तक *मिस्टर ऐंड मिसेस जिन्ना* और एस. हुसैन ज़ैदी की पुस्तक *डोंगरी से दुबई* तक आदि शामिल हैं।

भोपाल स्थित राष्ट्रीय कला-केन्द्र भारत भवन के मुख्य प्रशासनिक अधिकारी के पद से सेवा-निवृत्त सोनी को अनेक सम्मान और पुरस्कार प्राप्त हुए हैं, जिनमें मानव संसाधन विकास मन्त्रालय, संस्कृति विभाग की वरिष्ठ अध्ययन-वृत्ति और रज़ा फ़ाउण्डेशन पुरस्कार शामिल हैं। वे नान्त (फ़्रांस) के उच्च अध्ययन संस्थान के फ़ैलो भी रहे हैं। उनसे madansoni12@gmail.com पर सम्पर्क किया जा सकता है।